UMA TRAGÉDIA LATINO-SERTANEJA

fellipe fernandes
f. cardoso

URUTAU 10 ANOS

EDITORA URUTAU

rua do cajú, 478
jardim das cerejeiras, 06724-015
cotia-sp
brasil

rua dr. manuel pacheco nobre, 109, 4° esquerdo
2830-080
barreiro (setúbal)
portugal

[+351] 928053619 [portugal]
[+55] 11 95608-8983 [brasil]

www.editoraurutau.com

sumário

Para Lucas, Henrique,
Luiz Eduardo, Theo e Thomas:
como uma espécie de herança.

A saudade é o revés de um parto
Chico Buarque

A paz não ressuscita ninguém
José Saramago

1.

La tierra amanheceu com hálito de chuva.

Na noite anterior, no escuro da casa, ouviram-se o gotejar da água e o rastejar de bichos que buscavam alento. A cada acender de raio, o reflexo no copo de alumínio ao lado do filtro de barro mostrava o rosto de *la Madre de Dios* e as florezinhas que a adornavam. A vela estava apagada pela madrugada.

O vento se forçava para o lado de dentro, fazendo dançar o manto da mesa e tilintar as panelas que, dependuradas dos ganchos na cozinha, prenunciavam a *los encantados*. Uma noite de chuva na fazenda abria uma fissura no tempo e, por ela, atravessavam os cochichos de quem cria e pedia, na queima da palha santa, que a calma se restaurasse e que pudessem, por mais um dia, seguir adiante com suas vidas e usanças.

O telhado da casa resistia. Pequenos veios d'água se embrenhavam pelas telhas e lacrimejavam pelas paredes de barro, deixando uma cartografia seminal de medo e de fé. *Dios solamente* existia para quem o temesse. E o povo da roça não chorava por qualquer coisa. As casas eram cofres sentimentais quase nunca abertos, urnas de corpos duros e fortes, ainda que ressequidos e, antes de tudo, utilitários.

Havia muitas maneiras de se demonstrar humanidade. Reparar no que não era humano talvez fosse a mais eficaz. Na noite escura do mato, sobreviver era ensinamento básico das onças, das cobras e das garças. Esperar era humano, o agir era selvagem. *No hacía falta mucho* estudo para entender que o tempo noturno tinha seus próprios quereres e que nós, povos das urbes, pouco sabíamos sobre o que fazia de uma terra a cor do sangue.

As pessoas sem muita cidade dentro de si, essas que atravessavam apocalipses de intempérie como o daquela noite, cavavam uma cova onde se depositavam as obrigações, como as de semear o chão, de tratar das reses, de pastorear as cabras, de colher as frutas, de alimentar aos porcos, de correr atrás das galinhas, de casquear os cavalos e de sobreviverem. Um casamento fiel rumo à morte, quando ao pó tudo retornará e o vento se encarregará de espalhar o que for resto junto das folhas podres.

A infância, na fazenda, não durava mais do que o aprendizado de pernas de *un niño*. Nascia-se *viejo* na lavra. Os primeiros passos de uma criança já eram a permissão para que ela pertencesse a uma galeria de personagens subjugadas ao contexto, cujas ambições se confundiam com o recolhimento, o odor morno do leite recém-ordenhado na imersão de estrume e moscas do curral. *Un niño* na roça acabava, por isso, vivendo pela promessa da força, garantindo sobrevida a todos os outros já envelhecidos pela mesma brutidão dos troncos das árvores que apenas sabiam que, quanto mais raízes fincassem pelos subterrâneos, mais chances teriam de enxergar para além das matas.

No bafo daquela manhã pós-tempestade, enquanto o sol subia ao seu altar para causticar aos insetos e curtir o couro de quem o tinha, quando tudo estava tão nítido que a fazenda, escrutinada por suas pequenezas, voltava a ser uma cultura de sobreviventes tímidos a retomarem as suas rotinas, a ordem devagar se reapresentava, mesmo que os seres viventes carregassem consigo um pouco do pesar que a escuridão úmida da madrugada havia escorregado sobre aquele alvorecer. *La Madre de Dios* e suas florezinhas pareciam sorrir orgulhosas de sua intervenção, quando o galo deu o primeiro sinal, tal qual um maestro a conduzir orquestra impossível de se desarmonizar na mesmice dos sertões latinos de um Brasil imenso e despertar, com ele, todos os fantasmas.

No contorno daquelas linhas no mais fundo vale da pátria que nunca foi minha, nas beiras do Centro-Oeste *brasileño*, o bonito do solo não era o vermelho, nem as pedras que nele repousavam, tampouco as raízes que nele penetravam com apetite, mas a força que por ele varria levantando uma corrente empoeirada e que atravessava o antes e o depois, como a cartografia milagrosa das veias humanas a sulcar a pele de um peão rústico e bruto.

No enquadramento das vistas, para o mais alongado que se pudesse enxergar, havia mais amarelos do que verdes, mais amarronzados do que alaranjados, todas as cores desgastadas sob uma onipresente abóboda azul do cerrado onde pesavam muitas nuvens baixas. Qual era o centro de tudo? Os ovos das minhocas dentro de um casulo? As minhocas já nascidas nos bicos das galinhas que as ciscavam? O odor da queratina das penas quando escaldadas pela água fervente? O sangue usado no molho pardo ou nos rituais herdados dos povos indígenas? O gosto do tempero a rescender da panela na qual se ferviam os ossos e a carne? A força das pessoas que tomavam daquele caldo? O toque dos músculos dos homens nas selas em que montavam seus cavalos? A consciência nos olhos de um boi segundos antes do seu abate? A coragem de quem precisa ser o que se é?

Quanto mais se expandia o mistério, mais também se aprofundava, numa ordem proporcional ao gênesis e ao arrebatamento. Naquela fazenda, as correntezas de um córrego entravam por uma estreita bica que, desviado de seu curso, corria por dentro da cozinha na casa onde viviam *padre, madre y sus dos hijos*, todos bem ocupados do quinhão de suas rotinas e botinas, importantes para esta história. O interior de Goiás era feito de anéis que davam origens a outros anéis, como os que se formavam na água quando uma manga, ao fim de sua madureza, soltava-se de um galho e caia no riacho, que atravessava o curso de todo o rego até passar pelas mãos de *la madre*, que lavavam as panelas depois de um breve café.

Quanto mais longe do aro central de onde brotava a vida sertaneja, os aros finais se desfaziam fracos nas vidas urbanas. Ao redor da fazenda, outras chácaras e sítios se estendiam até chegarem à cidade goiana de Baíra, onde era possível, com frequência, ver bichos mortos no asfalto superaquecido das estradas que a ela davam acesso. Era também ali onde, numa transposição de infortúnios, os humanos das roças se aventuravam no cumprimento de suas obrigações civis, obedientes às invenções de *los hombres* urbanos. Registros, promissórias, laudos, aposentadorias, compra e venda de objetos, casamentos e óbitos, *secretos y mentiras*. Sob a bandeira da propriedade ou a da servidão, da gasolina e do óleo, das roupas do bazar e das festas religiosas, os indivíduos se repetiam na noção imediata de suas reciprocidades, que *yo vine* a entender como quem semeou e colheu antes da hora um fruto que prometia dulçor.

Na vala malcheirosa das águas contaminadas de um regato que antes era de perfeita balneabilidade, tinha-se o início da cidade cerratense, que se desfazia na água com o lixo do seu progresso. Quando Miguel, peão de boiadeiro, 28 anos, o *mayor de los dos hijos* de *padre y madre*, ensimesmado e sem amigos, montado em sua égua, terminasse de escalar a última ladeira antes do trevo da entrada, para além da certeza de estar entre dois mundos, era o fedor do esgoto que o fazia se lembrar de seus afazeres obrigatórios como pedágio necessário para que pudesse então viver os eletivos. Situações que o levavam todas as sextas-feiras, como naquela manhã limpa de tudo o que era noite, a se despedir dos seus recatos matutos na fazenda da família, numa aura de mister imprescindível para a sua condição humana.

Foi naquela hora profana, no fim do século passado, que, na expectativa de suas absurdezas, essa história que *aquí te cuento* começou a me surpreender para muito além de meus vieses incautos. No tempo em que Miguel pousasse seus olhos verdes nas casas e antenas do horizonte e cravasse os estribos nas ancas de seu animal, apressando-se num galope rumo ao anverso de sua história, também *yo, Ernesto García, narrador extranjero y mexicano,* senti correr no meu corpo o mesmo visgo do destino *del hombre* jovem e agreste que foi o peão por quem me apaixonei com tamanha perdição e que *ahora* traduzo pelas minhas vivências que aqui se vão conhecendo na garupa do tempo.

2.

Nas trilhas por onde caminhavam aqueles que delas dependiam, Miguel apeou-se do cavalo e macerou o cascalho com botinas surradas e silêncio. A rua era um palco como em um teatro vazio. Tudo nela lembrava que havia histórias possíveis, ainda que distraídas pelo canto dos pássaros. Os carros estacionados às margens refletiam a luz do sol e davam a sensação de estar mais quente do que, de fato, estava. *Un niño* virou a esquina numa bicicleta e passou por ele encarando ao cavalo, ainda que não fosse de todo estranho dar com a presença como a dos dois, ali, refugando diante da ordem. A mística de um cavalo e de um peão passava em branco num lugar aplainado pelo cotidiano de muitos deles.

Miguel amarrou as rédeas no tronco de uma jaqueira, repleta de frutos apodrecidos. Certificou-se de que o nó estivesse bem atado tanto quanto estavam as convicções que o trouxeram até ali uma vez mais. A rua, localizada nas saias de Baíra, fora o bastante do Centro para que as línguas não dessem pela sua existência, tinha calçada em apenas num dos seus lados. Por isso, ele pisou no que havia o calçamento, encarando seu animal com a intimidade de quem o perscrutava apenas pela respiração.

— Calma, Paloma, que eu já te trago a sua água.

Retirou da garupa suas matulas cheias de coisas mínimas o que, neste momento, não fará diferença alguma que saibamos quais eram, porque nelas vieram apenas o que Miguel podia manter na fazenda ao alcance das vistas questionadoras de *padre, madre y hermano*. Carregou-as, mesmo assim, com a importância de que haveria de levá-las de volta no domingo, quando retornasse para casa. Acomodou ambas as matulas nos ombros, suspirou, retomou seus passos rumo ao portão, que abriu sem bater ou avisar. Quando o fechou, não olhou para trás. A rua permanecia sendo rua e seu cavalo não o abandonaria.

Do lado de dentro da casa, percebeu que as plantas estavam afogadas pela chuva da noite anterior. Cuidou para não amassar o barro com as botinas e considerou, com receio, se pisava o tapete diante da porta. Decidiu, por isso, dar a volta na casa pelo caminho de fora, passando por uma cisterna, moitas de capim-cidreira, entulhos que sobraram de alguma reforma. A casa mantinha, contudo, a complexidade das construções erigidas por mestres de obras que sabiam o que faziam mais por tradição do que por matemática e compassos.

Não havia nenhum cachorro ou qualquer outro bicho que pudesse, com a sua defesa, anunciar ou espantar visitas, fossem elas bem-vindas ou não. Naquela casa, a presença *de un hombre* era tão natural quanto às dos calangos correndo para fugirem do sol ou se esquentando, ao fim da tarde, na tampa de concreto sobre um poço d'água.

Miguel conhecia seu rumo. Derrubou as matulas sobre a mesa da área dos fundos, coberta por um plástico com estampa de frutas e um tanto gorduroso. No tanque, um sabão feito com banha de porco em formato de bola e uma torneira que pingava há tempos, desde que ele entrou na casa pela primeira vez. Por mais que se tenha tentado consertá-la ao longo dos anos, a torneira insistia em gotejar-se, algo que se descobriu ser útil para matar a sede de um ou outro gato vagabundo que por ali passava certo de que não houvesse de encontrar resistência.

Puxou uma cadeira. O barulho do ferro no piso de cimento queimado e encerado de vermelho veio acompanhado de um risco no chão, do qual Miguel se ressentiu com um torcer de sobrancelhas e resmungos. Levantou-se e arrastou com os pés outro tapete do batente da porta até o risco. Com a força na ponta do pé, tentou apagar o rasgo provocado na cera. Não resolveu o problema, mas pelo menos havia tentado. Devolveu o tapete e, saindo da área pela esquerda, encontrou uma bacia que já ali sabia estar. Encheu-a com água fresca, levando-a até a égua, cujo rabo espantava mosquitos e, vez ou outra, arrepiava a carne do pescoço.

— Tome aí — disse ao mesmo tempo em que passava a mão pela mandíbula de Paloma, segurando a rédea com a mão esquerda e achegando a sua testa na dela.

Parecia entender.

— Eu sei... Fique aqui mais um pouco, que depois te levo para o terreno baldio e lá você come.

Talvez a égua quisesse dizer algo mais, porém Miguel deu-lhe as costas, trancando o portão e sumindo. Paloma ficou encarando a casa, número 567 da Rua Cinquenta e Um, para os lados do bairro de Jurema. Ainda era cedo, o letreiro não estava aceso, mas a égua e os vizinhos sabiam que piscaria assim que a luz do dia cedesse espaço para a noite. Paloma não julgava Miguel, pois, sendo égua, era importante que houvesse com aquele que a montava uma conexão de confidências, sem espaço para fraquejo. Miguel e ela estavam juntos há muitos anos, não havendo outro interesse que não aquele que os atravessava quando, debaixo das pernas de seu peão, ela sentia o que nele revivia quando deixava a fazenda e o que nele se apagava quando para lá ele voltava.

Do lado de dentro, Miguel tirou as botinas e as acomodou no quartinho, onde também estavam duas bicicletas e as tranqueiras acumuladas pelos anos, como caixas de isopor, latas de tinta, partes de hidráulica e elétrica, varas de pescaria, alto-falantes estourados. Em quase toda casa no interior do Brasil, *vine a saber depois que* havia essa espécie de depósito onde se enterravam sonhos frustrados, planos realizados ou abandonados, mas todos já sem serventia, dos quais ninguém queria se desfazer dado o tamanho do investimento emocional que em nada renderia.

Descalço, com uma meia furada no dedinho direito, Miguel não pousou por ali muitas vistas. Retomou as matulas sobre os ombros e, abrindo espaço pelos fios de uma cortina de contas de madeira, por fim adentrou a casa sabendo que carregava mais de si quando dentro, uma vez protegido por *la ignorancia* de *su família* do lado de fora e pela sua ousadia.

— Sandra?

— Aqui na sala!

Miguel encheu um copo de alumínio com água do filtro e a tomou de uma única vez, deixando escorrer um fio pelo canto da boca e molhando a camiseta no peito esquerdo, esfriando o coração. A casa, limpa e cheirando a cera com desinfetante, apesar das janelas fechadas, estava fresca e nas penumbras.

Havia dois andares e a escada que dava acesso ao pavimento superior era também o que delimitava a área social da íntima.

Na sala, onde havia duas peças de sofá e algumas mesas e cadeiras, além de um pequeno palco, caixas de som e um jogo simples de luzes, Miguel viu Sandra terminar de fazer as próprias unhas. Ela tinha um corpo reto e experiente, além de um sotaque carregado das ribanceiras do Norte de onde veio há tantos anos e das quais pouco queria se lembrar. Vez ou outra, a depender do vento, nas paredes se notavam também pequenos pontos de luz refletidos de um globo espelhado que estava pendurado no teto e que, tímido, rodopiava.

— Não senta no sofá com esse seu fedor de cavalo!

— Não... vou pro quarto e vou banhar, quero tá bem pra de noite. Andei preparando coisa nova!

— O que combinamos, sô-menino? Nada de surpresas!

— Confia em mim, caboca! Nunca decepcionei ocê... ou já?

— Se respondo, ocê não vai se calar e eu tô ficando enojada com esse futum. Sai daqui, anda... Depois a gente fala sobre o que quer fazer.

Miguel se levantou. Ainda que não fosse de sorrir, esboçou um curvar de boca que Sandra tomou por riso. Sempre soube que ele não era feliz, mas, quando se aproximava de sê-lo, não restava dúvidas desse contentamento a quem dele tomasse a fotografia. Ao se levantar, não colocou as matulas nos ombros, mas as carregou com braços fortes, sem que o peso fosse qualquer problema para um corpo preparado pela lida diária. Miguel não era *un hombre* alto, ainda que tampouco baixo, com cabelos castanhos e de pele bronzeada, cujas pernas arqueadas foram acostumadas a segurar bicho de qualquer tamanho e espécie, de um modo sem raciocínio e instintivo.

Subiu os degraus de dois em dois, rumando para o quarto que ocupava nos fins de semana, sabendo que, quando entrasse, daria também de cara com Mateus, com quem dividia o cômodo.

— Chegou cedo, fiote!

— Eu queria ter vindo ontem, mas com as nuvens... ocê sabe, deixei pra ver no que dava.

Miguel, assim como qualquer um na companhia de seus semelhantes, não fez cerimônias. Despiu-se das roupas de peão, dobrando-as para levá-las ao cesto, já que Sandra, um tanto maternal, as lavava e, um tanto conjugal, as passava com esmero. Enrolou-se numa toalha limpa que estava sobre a cama, expondo sua figura rija na cor de rapadura.

— Preparei algo novo pra esse fim de semana, fiote!

— Lá vem o nego... da última vez, não deu muito certo, né?

— E, qual foi? Não como eu queria, mas eles curtiram! Ocê ouviu, eles tudo me querendo... — E, com a mão, alisava-se no abdômen.

— Tira essa roupa daqui que tá empesteando o quarto!

Ele então retirou da matula um saquinho de supermercado com um pedaço de sabonete, escova e pasta de dentes, bucha vegetal e xampu dois em um. Saiu para o banheiro, deixando Mateus deitado sem camisa na cama, vendo uma revista de celebridades e com fones de ouvido a tocarem qualquer música que, mesmo alta, Miguel já não escutava, trancando a taramela da porta atrás de si e pendurando a toalha no registro do cano da descarga.

Abriu o chuveiro, deixou a água cair no corpo antes de iniciar a sua rotina: os cabelos primeiro, porque a água suja iria passar pelo corpo, que ainda não estava limpo; depois rosto e pescoço, escovando os dentes, para então baixar pelo resto até chegar ao pé, que era a última coisa. O ritual não tardou mais do que quinze minutos, quando o chuveiro foi desligado, e Miguel, já mais manso de seus ranços, cantarolava algo que tinha ouvido pelo rádio sem ter tido tempo de decorar a letra.

3.

Da cozinha, já meio da tarde, me atravessou um cheiro abrasador de *carnitas* reviradas na chapa, além do vapor doce que subia da massa com a qual *mi mamá* fazia tortilhas de milho. Nós, mexicanos, comemos tarde. Até para mim, já acostumado com os horários antecipados dos estadunidenses, depois de quatro anos vivendo no Meio-Oeste norte-americano e trabalhando como agrônomo especialista em cana-de-açúcar, tudo parecia se dilatar num passo típico das famílias de Jalisco, meu estado natal. No rádio, tocavam as canções de *toda la vida*.

As forças que há séculos formavam identidades nacional e cultural se nutriam no coração do México, mesmo que fossem flexíveis diante das influências econômicas impostas por imperialistas a um mundo em eterno desenvolvimento. O calor sufocava e me lembrava sobre como era estar vivo. *Mi papá* estava no trabalho em uma produção de tabaco, uma das atividades mais rentáveis em Guadalajara, cidade onde nasci e me criei. Estudei, entretanto, em uma universidade de Veracruz, seguindo a mesma formação educacional de *mi viejo*.

Férias eram coisa rara no meu país. Isso dito por *una persona* que também tinha poucos dias livres de acordo com as regulações trabalhistas nos Estados Unidos. Sempre reservava algum tempo para voltar a casa e à família, sem me esquecer de onde vinha. Quanto mais uma pessoa evoluía, mais se tinha referência daquilo do qual se distanciava. Ainda assim, todas as vezes que vinha, notava um abismo se abrindo, uma fronteira se erguendo, com guardas em ambos os lados prontos para atacar quem os atravessasse, não importando o eventual crime. Bastava um *pequeño* deslize para que houvesse degredo.

A mi me parecía que havia algo de despótico relacionado à minha presença neste mundo. Nunca soube me defender dele, mesmo quando sabia que não devia nada a ninguém. Quando *niño*, brinquei muito sozinho e, ainda que houvesse um amigo ou outro da escola, eram pessoas tão desajustadas quanto sentia que *yo era*. Também apanhei de outros meninos que me achavam delicado demais para as asperezas típicas da cidade ou para os pontiagudos espinhos das palmas e dos cactos que o mundo conhecia como coluna dorsal de nossa alegria, tristeza e hombridade. Sensível demais até para os surrealismos de um povo que dançava com a morte. As vozes do ser que vivia dentro de mim logo entenderiam que precisavam se cuidar dos ouvidos moucos de *hombres* que entendiam mais sobre a força colonialista e religiosa e menos sobre o vento que descobria as arqueologias de *nuestra história*.

Mesmo que *mi família* tentasse me dar espaço para que *yo fuera* quem precisasse ser, sem perder com isso as pontes que me conectavam ao porto de acolhimento e sensibilidade que eram *mis papás*, a vara descia quente em minhas pernas vez ou outra para que pudesse me ver nos espelhos corretos e, por eles, entender que a imagem refletida devesse ser a mesma para todo mundo, todos os meninos com coerência e consistência de comportamento, sem exceções. Sempre que voltava, tudo isso sentia deitar junto comigo no sofá da sala, ouvindo as músicas de *mi mamá*, que ia por aqui e por acolá com uma vassoura ou uma colher nas mãos em busca da alquimia que transformava sua vida em algo precioso.

Mi mamá tinha uma voz bonita e desafinada. Gostava de cantar, porque assim era como atravessava o dia em vez de desfiar a seco os próprios pensamentos. Dedicava-se a arrumar a casa e as refeições, movimentando-se com habilidade pelos cômodos de um imóvel que não era grande, mas que tinha um pátio interno repleto de plantas e o engrandeciam. Tínhamos uma pequena fonte, que jorrou por muitos anos uma água da qual não bebíamos, mas que servia para nos refrescarmos do calor. A fonte foi fechada quando fui para Veracruz, sobrando apenas um tanque vazio. Com a falta dela, *mamá* precisava buscar baldes para jogar água nas pedras que ficavam grudando por conta da tamarineira, que lá já estava antes de que nós chegássemos na casa. Enquanto ela esfregava as manchas no chão, depois de já ter salvado os bagos que não haviam apodrecido, ela cantava, não muito alto, porém com tônus suficiente para que a ouvíssemos de qualquer ponto da casa, um gesto efetivo com o qual se imprimia num lugar que era dela, ainda que não a pertencesse.

Quando *yo era pequeño*, chegava da escola e, em vez de cumprimentá-la como creio que faziam as crianças no mundo, ela me pedia para adentrar a casa cantando. Não era problema... se estivesse sozinho, claro. Gostava muito, até! No entanto, havia dias em que alguns dos poucos colegas que me acompanhavam, ao pedirem permissão para entrar, ela também deles demandava que cantassem as suas canções favoritas e, com elas, espantassem *el mal de ojo* que podiam trazer da rua. Isso servia para alegrar a casa, uma vez que *nosotros todos* já tínhamos o bastante com as dificuldades do cotidiano. Então *mis amigos* cantavam, meio envergonhados e um tanto encantados, qualquer que fosse a música que viesse às cabeças. Uns a conquistavam rápido, outros demoravam mais, sendo que a música, claro, tinha um fator decisivo na rapidez com a qual ela os abraçaria ou não.

Mi papá, por outro lado, tinha uma voz de tenor, que chegava antes dele. *Mi abuelo,* nos meses anteriores do filho ir à universidade, o proibiu de cantar, vendo que o jovem tinha interesse em penhorar a razão e formar um grupo mariachi com o único propósito de conquistar as meninas daquela época. Sendo ele *un hombre* digno e de caráter taciturno, deveras orgulhoso e subserviente, não contestou, guardando consigo, debaixo do chapéu, o vozeirão e todos os desejos que, com ele, deixou de falar e de tentar alcançar.

Quando percebeu que *mi mamá*, além de pertencer a uma família respeitada, era uma garota sem pausas e silêncios, convenceu-se de que não encontraria nenhuma outra melhor e deu um jeito de pedir a *su papá* que conversasse com a família dela para que namorassem. Ele iria breve à universidade para cursar a carreira em agronomia, pois pensava ser essa jornada profissional a mais adequada para alguém de bom sobrenome como o dele. Namoraram os quatro anos em que ele esteve fora e se casaram numa festa que, ao contrário da sisudez paterna, foi bastante musical, porque a maneira de viver do povo mexicano pedia que assim o fosse. Ao *abuelito,* por outro lado, a coisa toda pareceu absurda.

Na noite de núpcias, como eles mesmos gostavam de contar, dia em que também fui feito entre as descobertas e as cobertas, ambos cantaram juntos e suas vozes, enquanto a terra se sacudia por um breve terremoto, foram ouvidas na vizinhança em pleno e bom som, fazendo os vizinhos correrem a acudi-los, pensando que o pior havia acontecido.

Entraram assustados pela casa sem permissão ou vergonhas, deram com os dois na cama, nus, iluminados por um foco de luz que se refletia da lua numa penteadeira espelhada. Tinham sorrisos largos de quem havia feito o que deviam e que, por isso, foram aplaudidos e abençoados em nome da Virgem guadalupana, sabendo desde aquele momento que o casamento havia funcionado e que, como veio a se provar, em nove meses estaria *yo* já do lado de fora, *un hombre* que chorava afinado.

Nunca, em qualquer momento, a casa havia ficado em silêncio. Talvez quando fui embora para os Estados Unidos, o que coincidiu com o momento de tomar posse de mim mesmo e admitir as inevitabilidades, marcando os meus espaços e a demanda de respeitos que todas as minhas autenticidades pediam. No aspecto geral, até para dormir, o rádio seguia ligado lá em casa e tampouco era raro que um de nós sonhássemos e nos levantássemos com muitas vozes circulando dentro de nós.

No vórtex de *la noche*, sorrindo e cantando feito demônios sonâmbulos, andávamos pelos cômodos da casa para tantas vezes amanhecermos deitados no vazio da fonte seca lá no meio do pátio, de onde começávamos o dia abrindo os tamarindos, cavoucando-os com os dedos e chupando-os com a língua retraída pelo azedume, porque não havia nada melhor que fazer, nem como melhor sermos o que éramos.

4.

No dia em que *mi papá* me levou a um bordel, porque já era a hora de ver florescer as *muchachitas*, não me contou exatamente aonde íamos, tampouco o comentou com *mi mamá*. Suspeitava que ela sabia onde nos encontrar, caso nos precisasse. Sabia, aliás, apesar das cumplicidades abençoadas pelo matrimônio, que havia coisas que ela preferia que ele as fizesse longe dela, deixando-a que cantasse tranquila em vez de pelejar, sem qualquer ressentimento, por qualquer coisa que fosse. Naquelas noites em que ele se ausentava, vinha à nossa casa uma comadre com quem ela jogava cartas e sorria de forma avivada, entre uma fofoca e outra, de histórias suplementares aos grandes feitos dos anti-heroicos machos de nossa província.

Naqueles anos no fim da década de 1980, eu ainda era meio menino, quase adolescente, e segui *mi papá* pelo caminho que ele conhecia, um tanto apreensivo, mas curioso, debaixo de um céu amplo, vendo as estrelas que caíam intervaladas. Ele assoviava uma melodia e, à medida que nos aproximávamos do local, soltou o vozeirão, cumprimentando aos passantes, sem se importar com nada e com quem estivesse perto. A amapola da música, a lindíssima amapola, intrigava-o demasiado por não saber como é que ela, uma fêmea, podia viver tão sozinha, não se entregando ao amante e, por isso, convertendo-se numa ingrata por fazê-lo sofrer. Para ele, era uma lei universal que, enquanto houvesse *hombres* assim como *nosotros*, seríamos irresistíveis a qualquer uma delas, até mesmo para a beleza de uma flor aberta e esplendorosa à luz do dia, ainda que ciente de suas vontades.

E, assim, seguíamos os dois, comigo sempre a dois passos atrasados, porque não ousava ultrapassar a sombra que se estendia pelas calçadas para tampouco quebrar o implícito protocolo. Talvez fosse algo latino-americano, quem sabe universal, que aos pais — especialmente aos *hombres* — conferíssemos uma posição reverencial, dinástica, algo tão cerimonioso que a submissão era chave para que, sem sabermos dos motivos, nos anulássemos, sobrando em nós muito menos do que deveria de nossa identidade original, quase em dívida com o pouco que mantínhamos conosco. O afeto paterno era o mais cruel dos credores. Aos pais, amava-se por agiotagem.

Ao atravessarmos a Avenida Juárez com a *Calzada* Independência, perguntei se ainda faltava muito para chegarmos, ao que ele respondeu com uma breve negativa, tomando a minha pergunta como algo positivo de alguém que mal via a hora de arriar as calças e colocar a máquina da vida para funcionar, sem questionar se haveria alguma possível avaria no sistema. Já há algum tempo, *yo sospechaba* que os meninos me chamavam mais a atenção do que as meninas. Para ele, entretanto, tudo era amarrado como uma correia ao motor. Já para mim, parecia haver algo solto na engrenagem.

Rezava todas as noites para que, com força e com esforço, *yo pudiera* me encontrar aderente às expectativas que me eram depositadas, sem entender, por um minuto sequer, que quem sabe o caminho pudesse ser outro, uma vez que *yo si lo entendía*, guardadas as devidas proporções, como é que a amapola podia viver independente e linda sem se deixar cair pelas luzes que também serviam para matar as pequenas mariposas que subiam de um chão molhado nas temporadas de *lluvia*.

Não era muito tarde e havia movimento nas ruas. Hora ou outra passava um carro com música alta, apinhado de pessoas que nos gritavam como se nos conhecessem, marcando em minha lembrança uma vergonha tão profunda de alguém flagrado, como se caminhasse já sem as calças e com *el culo* de fora. Era um batismo comum e cruel, em que a sociedade clamava por mais *un hombre* experiente no ofício de sua masculinidade, cavando as próprias experiências em vez de deixar que a vida acontecesse por si mesma. Tudo era ainda mais confuso para mim naquela época, porque Juan Manuel tinha me dado *un beso*, de supetão, detrás do mural que separava o anfiteatro do colégio da sala de aula em que estudávamos.

Duas manhãs anteriores ao dia do bordel, tínhamos ensaiado na escola para as festas pátrias de setembro, celebrando a independência do país, quando a turma já se dispersava para suas casas. Enquanto colocava meus livros na pasta de couro que usava, JuanMa me perguntou se poderia ir comigo, pedido comum até, pois ele era um dos poucos amigos que *yo tenía* e que não se envergonhava de cantar para *mi mamá* quando entrava em casa. Ao momento em que fui responder que não havia problemas, foi então que o problema surgiu.

Entre o seco dos lábios e o molhado de uma língua perdida na ação, fiquei na escuridão do desespero, de olhos estatelados e peito arfando, enquanto tentava entender se meu primeiro *beso* havia sido mal dado, ainda que bom, ou se ele estava de brincadeira, colocando em mim um anzol que, ao ser puxado, me tiraria da água para que agonizasse na terra árida dos meninos de nossa idade, tão requintados em crueldade.

Fiquei parado, sem saber o que fazer, diferentemente de dois outros colegas que, voltando para a coxia do anfiteatro, não viram, mas intuíram o que havia acontecido, deixando muito claro que, ao contrário das minhas dúvidas com o gesto de afeto, eles sim sabiam o que fazer ao nos ameaçarem com os golpes bem dados que tentávamos evitar correndo, cada um para seu canto, desistindo da caminhada conjunta e pode até ser que da amizade também. Era a estratégia mais imediata de quem hiperventilava na expectativa do fim do mundo.

Não falamos mais naquilo. Calhou então de, dois dias depois, *mi papá* anunciar, depois do jantar, que precisava ter comigo. Pediu à senhora sua esposa que nos deixasse no recinto, uma vez que o tema era, oras, de *hombre para hombre*. Quem deve, sabendo que deve, logo pensa no que se pode fazer para enrolar a quem cobra. Entretanto, quem deve, mas não tem certeza do que se deve, logo tem o ímpeto da defesa por meio do ataque, uma estratégia de clemência, deixando que a ansiedade libere informações indevidas, criando assim um espaço para que o julgamento se encerre breve com uma autocondenação sem apelação.

Tão logo *mamá* saiu da sala, eu comecei:

— Não foi culpa minha, *papá*! *Te lo juro*!

— O que não foi culpa *tuya, hijo*?

— Sei que o senhor já vai dizer...

— Do que *usted* está falando, *mijito*?

— *El beso*... na escola, não foi culpa minha!

— Mas que *beso*? Uma menina te roubou um?

A voz de *mamá* cantando cortava o silêncio.

Yo sabia que era melhor então ficar quieto, porque havia falado demais, no aspecto mais ingênuo de quem responde aos policiais de fronteira coisas que não estavam no radar, mas que ali apareciam entregues à investigação. Também não podia ficar calado, porque estava claro que haveria mais perguntas e mais desconfiança, pedidos para abrir um baú ao qual os fantasmas já começavam a abandonar, deixando atrás apenas os vermes de nosso próprio medo.

Menti e respondi que sim.

Há mentiras que, apesar de um bem-estar imediato, acabam abrindo rotas para lugares onde as serpentes ululam pelas areias e arbustos em busca de sombra. O *viejo*, que antes estava mais sisudo, de repente assumiu um estado mais solar e via, naqueles olhos que me vasculhavam, uma certa dose de alívio de quem sabe agir no momento certo, não perdendo o bonde da relação entre pai e *su hijo machote*. Foi, nesse estado de tremedeira, que ouvi dele que já estava, pela confirmação do evento do beijo roubado, na hora de um *muchacho* como *yo* virar *un cabrón* de verdade.

— Vamos fazer uma visita a um lugar de onde você sairá preparado para roubar *besos* e não os ter roubados, *hijito*.

Preso nas vozes de minha angústia, não percebi, naquela noite, o resto do caminho que nos faltava. Ia tomando consciência do que significava aquela caminhada e, se *mi papá* cantava, *yo rezaba* para que um milagre se operasse: que pudesse emagrecer o peso de três sentimentos ruins dessa volta inadequada que a vida me dava, questionando aos céus sobre o desvio da rota e duvidando da capacidade divina de fazer o que deveria, quase a acreditar que *Dios* estaria *viejo*, cansado, meio surdo, entendendo errado o que ouvia de nossas preces, já que cá *estaba yo* cinco sentimentos ruins mais gordo, doloroso coração puríssimo diante da possibilidade de um fracasso e da decepção que *mi papá* sentiria de mim, com todas suas veias entupidas por ranço e ódio por descobrir que era, na realidade, *un maricón*.

Minha frustração, claro, ao me relembrar deste dia, falava muito mais sobre mim do que sobre *Dios*. Ele fez o que pôde, mas nos falta a todos, ainda hoje neste México querido e alegre, um tanto de educação sentimental. O esforço da relativização não valia nada naquela época e seguiu sem valer nos anos posteriores. Quanto mais penso nos motivos dos outros, mais me empapuço com essa busca infinda de pertencimento a um lugar seco, contaminado pela Igreja, pela duração ancestral da colônia, como se meu corpo pesasse na espera de que *yo pudiera* ser outra pessoa e que não a fui porque não quis e não por haver outra maneira de escolher não a ser. Quem crê, assim como um dia eu cri, numa solução como esta, acabava desejando que os rios que corressem suas águas em mão dupla e, sabemos todos, eles não existem.

Quando então anunciou que havíamos chegado, olhei para a casa de aspecto normal como as outras, ouvindo até alguns sinais familiares de canções e risadas de gente que desfrutava de suas companhias quando chegada a hora da comida, mesmo que o prato a ser servido fosse a necessidade de reafirmar o milagre conservador de moral e bons costumes por serem eles todos imagem e semelhança de um *Dios hombre* e poderoso.

Atravessei a porta e, dentro, entre cortinas rubi e muitos bigodes acobertados pela meia-luz, percebi que o mundo dava voltas tão rápidas como se, na cartilha que todos liam, mas da qual pouco se apreendia, me sentisse inteligente o bastante para compreender que o problema humano não era pela velocidade do giro que a Terra dava, mas por não sermos capazes de sentir o impacto das leis da física quando tudo parecia tão plano e estático. Cada homem é um mundo em suspenso. Cada menino prestes a se confirmar homem é jogado de uma única vez no revirar das tradições, como a bolinha que é solta numa roleta enquanto os apostadores esperam, de olhos fechados, que saiam premiados e prontos para mais apostas, fadados a perder sempre.

Não demorou muito para que *papá* me apresentasse à Rosaura. Com faro de lince, percebeu meu desespero, sendo elegante para tomá-lo, diante da sombra de *mi padre*, por um festivo ar de ansiedade. Foi assim que agarrou minha mão e sumiu comigo por um sem-fim de portas, trancando-me detrás de uma delas, onde havia um cheiro fermentado do qual jamais me esquecerei e que hoje sei identificar como um carimbo loquaz de um antes e depois, o lembrete de que a madeira, os carpetes e as cortinas tinham biografia por terem presenciado muito suor, mescal, tristezas gozadas e pagas, quem sabe algumas lágrimas.

— Sabe o que *usted* veio fazer aqui hoje, *señorito*?

— Creio que sim...

— E o que *usted* crê que sim?

— Acho que vim abrir um novo capítulo da minha vida.

— E como você quer escrever esse capítulo, *mi amor*?

— Com alguma poesia, *pienso yo*. Vai ser contigo... mas me perdoa porque estarei pensando em *otras cosas*.

— *Mira*, temos aqui um poeta!

Pois um poema é também um suspiro, uma ferramenta de autorregulagem emocional. É pela poesia que se entende que o choro pode ser muitas coisas e que o sorriso é uma só: isca de gente, falsa mensagem de que o mundo é possível, gordo ou magro, apesar do que se sente. Ela, de forma sábia, percebeu que a minha poética era outra, sendo generosa para me ensinar o que na escola não se via, muito menos nos lábios de JuanMa e muito mais próximo dos punhos daqueles que me batiam. Era possível sentir prazer na violência.

Quando, depois de uma hora, ela desceu comigo as escadas, dei por mim que havia envelhecido e que, com a madureza recém-conquistada, também havia morrido a culpa, algo que me permitiu, pelo menos naquela noite, ser livre de mim mesmo ou de quem *yo deberia* entender de mim mesmo, mentindo outra vez para *mi papá*, enquanto processava o fato de que era, sim, *un hombre* homossexual e que Rosaura, tal qual uma aparição da Virgem, havia acendido uma luz forte dentro de mim. Foi bonito ter alguma fé.

Acreditava muito mais na experiência dela ao me dizer que tudo bem ser quem *yo era* do que na convicção que tinha quando pedia a *Dios* para me corrigir dessa condenação de ser o que não se podia. Nunca mais rezei depois daquilo. Todas as decisões que se seguiram àquela foram tratadas com a força da convicção de que, um dia, haveria menos daquele México em mim, um futuro que viria a validar uma alma só minha, universal e menos provinciana.

Mi papá y *yo* voltamos para casa na hora das almas perdidas. O tempo passou, porque é assim que tudo o que está vivo ganham importância ontológica. Existe-se porque o tempo consome tal existência. Depois que fui embora de meu país, o que precisava ser dito foi feito com voz própria do destino. Em culturas coloniais ibéricas, costumava-se calar a boca dos preconceitos com poder e dinheiro. Minha jornada como empregado de uma multinacional de produção de açúcar e álcool me deu a doçura e a embriaguez de poder voltar ao México apenas de férias, sem jamais me colocar outra vez no contexto bruto das expectativas familiares, socioeconômicas e políticas nacionais. Eu havia fugido daquela força e, ao fazê-lo, abri entre nós um abismo difícil de transpor, mesmo que voltasse ao lugar onde me formei, um retorno como aventura.

Ao contrário, passei a esperar pelo dia seguinte, pelo próximo ano, pela baixa do dólar, a confirmação daquilo que já estava mais que certo e o benefício do que se duvidada. Passei a esperar pela mensagem, que *otros hombres* compartilhassem comigo dos meus ideais, que acreditassem em mim, que me quisessem por mim e não pelo corpo. Ser gay na amplitude das províncias faz que um, de certa forma, seja mais desenvolto e flexível para as agruras da jornada, mas não nos deixa menos imunes à rota dos afetos. Espera-se pelo amor, pela compreensão dos pais, que a amizade signifique também para o outro aquilo que se espera de um amigo como um acha que é.

Espera-se que liguem para você, que se preocupem consigo, que tudo fique bem no fim e que, se não estiver bem, se espere um pouco mais porque o fim ainda não chegou. *Yo esperaba* que lessem meus olhos, que ouvissem minhas opiniões, que me convidassem para sair, que quisessem me ver de novo, acordar comigo de manhã para sentir o meu hálito de quem *soy de verdade*, que me deixassem às vezes em paz, em silêncio, que organizassem meus pensamentos quando, na tormenta, as folhas sujassem meu alpendre e o gelo quebrasse minhas telhas, sempre sozinho em casa.

Se eu morresse, quem acharia meu corpo?

Esperaria apodrecendo até que alguém notasse e me removesse dali, me transformando em notícia de jornal, pois a solidão rende muita notícia.

Com dificuldades, *yo esperé por muchos años* cumprir com o que esperavam de mim. Esperei que a angústia passasse quando não fosse capaz de cumpri-lo, que me recompensassem quando sim, e esperei sentado, deitado, insone, com terrores noturnos, inveja, desejo por aquilo que varria para debaixo do tapete, aquilo que atirava contra a parede, nos cortes que passei a me fazer nos braços, no perigo que abraçava a madrugada quando voltava para casa e esperava por mais um dia, por mais uma chance de encontrar o rumo, o caminho para outras tantas esperanças que jaziam num futuro que deixava cada vez mais de ser viável. Era preciso sempre prezar pela mudança, pelo movimento.

A esperança é a última que morre, porque, antes dela, vamos *nosotros* esperando que alguém dê falta da gente, que cremem nossos restos e que se lembrem de guardá-los no buraco onde se plantará um floreiro amarelo e sobejante que haveria de crescer bonito, debaixo do qual se sentariam à sua sombra e que, quem sabe se por isso, se lembrassem de você com alguma saudade e um certo arrependimento por não terem lhe podido dar um pouco mais de acolhimento e afeto.

Existe utopia dentro de uma distopia?

É por isso, talvez, que continuo voltando ao México para ouvir a voz de *mi mamá*, para medir o precipício aberto entre *mi papá* e mim, para que *yo no me pierda* de quem sou, sem jamais me esquecer de quem fui, onde quer que *yo* esteja no mundo. Porque quando, em 1999, mesmo depois do sucesso profissional e do distanciamento conquistados, de independência financeira libertadora, de uma vida complicada, porém consequente de si mesmo, você ainda sente que precisa contar a *sus viejos*, como se pedisse a eles alguma permissão, que a empresa para a qual você trabalha vai lhe transferir em expatriação para o Brasil, precisa também entender se, na complexa lexicografia geracional, eles o apoiam na decisão de ir, mesmo que não tenham a mínima ideia do que significa o Brasil para além do futebol, do Carnaval e do Roberto Carlos.

Mi mamá, que esteve calada por um momento, voltou a cantar desafinada, com a voz molhada de um choro engolido, dizendo que *un hombre* não deve chorar, enquanto *mi papá*, naquela noite, pisou outra vez a calçada cantando para a amapola, de quem ainda cobrava, depois de tanto tempo, um amor que ela não queria dar. Por outro lado, ele já sabia por ancestralidade que esse tipo de amor o restituía de suas mágoas e o fincava na noção do que deveria ser para a sociedade, em especial se pagasse com os pesos ganhados pelo seu trabalho como um autêntico provedor de uma família tradicional mexicana.

5.

Quando desceu as escadas, Sandra já estava envolta pelas fumaças que subiam das panelas no fogão. Miguel chegou sem fazer muito barulho, mesmo porque uma madeira já tinha rangido com a força daquilo que tem hábitos de denúncia, como os cavalos que sobem montanhas quando algo de ruim se avizinha, como os cães que se recusam a abandonar suas casas para protegê-las ou como sapos e rãs pequeninos, cujas cores avisam que são perigosos.

Nas panelas, arroz, feijão e bife. O cheiro da carne frita com as cebolas dava à cozinha um sentimento de casa e à Sandra uma presença de mãe, ainda que não pudesse sê-lo. Ela se esforçava, como todas as mães e, também como todas, nem sempre conseguia. Era possível, entretanto, reconhecer em Sandra uma chispa de afeto que ela mesma nunca recebeu numa contínua jornada em busca de pertencimento, compartilhando com Miguel e com os outros meninos da casa a acidez da realidade, o colo ilusório nos momentos de angústia e a força para superar as dificuldades, limpar as feridas e não olhar para trás.

— Vou precisar sair, Sandra...

— A comida já tá quase pronta. Dá pra esperar não?

— Até que dá, só queria resolver logo.

— Que que tanto tem pra resolver, sô-moço?

— Coisa minha, uai! Se quisesse falar, já tinha falado!

— Eita, que tá azedo demais!

— Foi só jeito de falar... ocê tá enxerida demais.

Sandra deixou a colher sobre a bancada da pia, tampou a panela, respirou fundo. Debaixo da *la luz* que atravessava a janela, como se num palco onde se desenhava um trapézio amarelo sobre a protagonista, caminhou devagar, enxugando a mão no pano de prato até chegar a menos de um palmo de distância de Miguel, que apenas sentiu o tapa estalar na bochecha e romper a resistência de si mesmo, sem saber se havia lágrimas para chorar ou tutano para se enraivecer.

— Pois nunca volta a falar comigo desse jeito, tá me entendendo? Marmanjo nenhum me trata com grosseria, muito menos se menino meu.

Miguel estava arrependido, mas não conseguiu explicar ou dar voz ao remorso. Era como se o epicentro da tempestade da noite anterior tivesse sido e continuasse sendo dentro dele, tomando aos poucos a consciência de que, diante do desastre, não haveria muito o que fazer a não ser se render e esperar que o caos se reorganizasse.

— Desculpa... Não é nada com ocê, não.

— Sei que num é, mas acaba sendo! Senta aí que vou servir seu prato. E não me arrasta essa cadeira, que eu vi o rasgo na cera da área lá de fora.

Sandra tinha um movimento próprio, um andar de garça, que sabe onde pisa e não tem pressa com o bico. Agarrou um prato de vidro translúcido e marrom com a mão de unhas vermelhas, a concha em outra, e verteu feijão grosso, depois serviu arroz por sobre o caldo e, por cima do arroz, frango ensopado, reservando a moela para Miguel antes de chamar os outros garotos ao tocar um sino que ficava ao lado da porta e que dava para os fundos da casa.

Desceu as escadas, correndo, uma dúzia de rapazes de diferentes alturas e corpos, numa algaravia de casa feliz, ainda que ali estivesse longe de ser uma casa, e a felicidade, sendo um conceito flexível, pudesse até estar presente de vez em quando. Era à mesa que todos eles se sentavam e tinham, na comunhão de seus arbítrios, uma certa paz de espírito, longe dos olhares e das mesquinharias, longe das igrejas e de seus juris, perto uns dos outros pela profunda experiência de viver no interior do Brasil com anseios de mar aberto e ética própria, compartilhando dos mesmos *secretos*, gastos pela ordem normativa do mundo.

Uma tábua morta, colocada na horizontal, parece se embrenhar pelo homem mais do que se estivesse viva e frondosa lá no mato, cuidando de crescer para baixo e para cima. Essa tábua morta acaba sendo onde mais se revive em uma casa: a mesa. *Yo me acuerdo*, ainda que distante da realidade, mas muito próximo da solidão diante do conforto da comida, a mesa de minha casa, muito diferente desta onde os garotos do bordel Mão Amiga almoçavam todos os dias. Ali, na casa de Sandra, era uma mesa com oito cadeiras mais os tamboretes com os quais se revezavam a cada dia.

Ao contrário da mirada da cafetina sobre os seus, na sala de minha infância havia um orgulho medieval de *mis papás*. Naquelas cadeiras todas vazias, com o veludo verde fechado, protegidas por uma mesa que dava fé pública das posses no feudo, que se rachava pelos mal-entendidos, ficávamos todos rodeados pela cantoria de *mamá*. Já no recorte da vida de Miguel, treze homens sendo cuidados por uma mulher transgênero que, um tanto como a *mi mamá*, se pensasse bem, compartilhava com eles os desejos de sair adiante, nem que fosse da vida, para entrar num lugar onde não mais lutassem tanto para existirem. E, lutando, santificavam-se em seus corpos não menos atravessados pela sanha de outros pais de família, menos santos, porém cidadãos de bem, nos extremos da rotina que se vivia: ou tudo ou violência. Nada, jamais.

Miguel, ao olhar a mesa a cada fim de semana, não deixava de ficar esperançoso de ter calor de família feito cão acariciado, algo de pertencimento que era difícil de sentir, mesmo quando era parte. Lembrava-se das raras vezes em que *su padre* havia pedido sua opinião. Enquanto mastigava, lembrava-se de uma vez em que ele quis saber o que pensava sobre um presente que daria à *su madre*. Ah! O mundo todo coube naquela conversa e o peão se sentiu importante, porque *su padre* o havia notado para além da mão de obra que o ajudava na fazenda, para além da secura, apenas um filho, enquanto mirava uns cacos de vidro brilhantes de um anel muito simples.

Depois daquela conversa, *el padre*, para ele, esteve sempre como numa fotografia rasgada. Miguel não se lembrava de ver o anel na mão de *su madre*, mesmo porque ela nunca tinha sido mulher de usar anel. Assim como se lembrava também, sentado à carteira no grupo escolar, enquanto tentava escrever os exercícios que aprendia nas aulas de educação básica, de ver brilhar na mão da professora o presente que *su padre* havia mostrado dias antes.

Correndo feito cão assustado, decepcionado com a mentira e com a fragilidade de sua família, Miguel voltou então, naquela hora, a sua casa direto para o esconderijo da cachaça e puxou uma cadeira. Se soubesse a idade que tinha, teria nove anos, mas o tempo era um espírito muito difícil de domar quando se vivia apartado do mundo dos relógios, entre dia e noite como ponteiros. Era meio da manhã, *su hermano* nem meia infância tinha vivido. Tomou tudo de uma vez só e sentiu o que estava preso na garganta se queimar como cana da usina, para depois chover em cinzas por todo o pasto.

— Eu era muito sozinho quando criança — murmurou entre os companheiros durante o almoço e ninguém o entendeu. Miguel tinha dessas de falar sozinho.

Haveria silêncio, se não fosse tanta fome. Mastigando pensamentos e lembranças, pensava que talvez fosse assim que todo mundo se sentia quando cruzava a porta do Mão Amiga às noites, menos às segundas, terças e quartas-feiras, que eram dias de descanso e de lavar os lençóis. Aprendeu a lidar com o vazio, sempre preso às mesas: onde escrevia, onde organizava os instrumentos da lida na roça, de onde planejava ir embora, onde comia com os companheiros de cabaré e onde, todas às vezes, se ralhava porque o plano não se cumpria nunca. Sentia que ele galopava adiante, mas seus desejos ficavam sempre atrasados na estrada.

Levantou-se, depois disso, com o rompante dos garanhões no cio, e deixou mesa, prato sujo largado e Sandra gritando para que voltasse. Vestiu uma camiseta e saiu desembestado em busca do que precisava desgarrar de sua garganta. As estrelas quando olharam do céu para o Mão Amiga aqui na Terra, viram Miguel se apagando numa visão metafísica do tempo e da distância. Enquanto desatava Paloma da árvore e a montava com a destreza de quem escrevia coisas belas com aquele corpo firme e cheirando a desejo e à raiva, o brilho nos olhos dele oscilava com o gás que saturava nos pulmões e, é preciso reconhecer, com algo de loucura.

Nesse dia, enquanto cavalgava pelas ruas da cidade, entre uma e outra buzina de carro que passava e parava assustado com a impetuosidade daquele cavaleiro, se houvesse mesmo quem assistisse do céu à cena toda, mais interessados ficariam ao apontarem o dedo e, com ele, o marcassem com a palavra "coragem" feito uma brasa na coxa grossa daquele que lá ia segurando a potência de uma égua com o seu períneo, centro do mundo.

Coragem é também palavra que aqui se grafa para que não nos desapeguemos da figura do peão que, de súbito, parou no cruzamento das duas únicas avenidas que cortavam a cidade, desmontou-se de sua égua, entrou estabanado e afoito na loja de produtos agropecuários, agarrou a camisa de um homem mais velho que ele, mas não tão velho e frágil quanto pensaríamos que fosse, *un señor* robusto e bonito, com esposa e filhos em casa, portando uma corrente de ouro no pescoço da qual pulava um Cristo dourado, morto e impotente e, no bolso da camisa bordado com a marca do estabelecimento comercial, um par de canetas azul e vermelha, uma carteira de cigarro.

Olhando-o com a força última de quem se sufoca e quer se salvar, Miguel gritou para a sua presa:

— Verme de merda!

6.

Miguel nunca conseguiu ser o tipo de *hombre* com quem os outros *hombres* da família ou da escola pudessem ser gentis, amigos, jeito que nunca também tiveram comigo lá no México. Sim, *su hermano* tinha o tipo desejado. No porta-retratos da família dele, *su padre* era grande e era pequeno; *su madre* via e não via; *su hermano* pensava e não pensava. Uma família que conversava e nada dizia.

Depois que descobriu o Mão Amiga, soube que trabalharia lá e propôs o acordo a Sandra, que viria sempre de sexta a domingo e, além de atender aos clientes, também gostaria de fazer uma ou outra apresentação artística, vestido de *mujer*. Sandra duvidou, pediu que fizesse um teste. Miguel voltou para a fazenda e, entre um afazer e um descanso, pensava no que apresentaria. Nunca havia feito isso antes e só a ideia de o fazer já parecia tão criminosa e excitante que, naquele primeiro fim de semana, quando deu um redemoinho que tirou as telhas da casa de lugar, pensou que *Dios* mandava mais um recado como muitos dos que lhe foram entregues durante a vida, como os punhos fechados de outros rapazes. Adiou a ida ao bordel.

Intensificou o trabalho para reduzir os momentos de solidão, quando um eco absoluto rondava pelos pastos, rebatendo-se nos chifres das vacas, nas asas das moscas que os rabos dos bois espantavam, nas corridas sem rumo das galinhas, no coaxar dos sapos do lago a gritar repetidamente um lembrete inconveniente daquilo de que somos reféns: *eu, eu, eu, eu...* Não se pode domesticar uma alma sem maltratar o corpo.

Aproximou-se de *su padre*, tentava falar com ele de coisas corriqueiras que poderiam ocupar o lugar da vontade de um abraço, mas, quando uma família estava tão ligada à terra, era nela que se concentravam todos os esforços até que chegasse o momento de serem por ela engolidos. Entre *su padre y su hermano* existia uma afinidade na expressão do gênero, que os aproximava na felicidade. A tristeza de Miguel nunca foi atraente e seus hábitos e pensamentos sempre soaram como excentricidades.

Ele não teve amigos na escola, tampouco em casa. Todos os que passaram pelos anos dirão que tentaram e, de fato, Miguel até reconhecia a fé que eles alimentaram ao forçar dele o jorro de leite que daquela pedra nunca conseguiram tirar, como se houvesse nele tetas frágeis de masculinidade, algo de desistência. *Los hombres* da família estendida, como os tios e primos, quiseram muitas vezes enquadrá-lo como um deles ao exigirem de Miguel testes nos quais ele sempre falhava. Recusava-se a abandonar, nesse processo, a poesia que ele nem sabia que tinha ou entendia que era, a valer, poesia. Calou-se e se abraçou a ressentimentos.

Como se graça alcançada pela solidão, moldou-se pelo aprendizado constante em si mesmo no espelho dos outros e, mesmo diante de uma certa repulsa à aspereza do homem típico, azul, automobilístico, pouco higiênico, raso, nunca deixou de ser bruto, forte, firme, destemido, másculo e consciente daquilo que trazia entre as pernas. Nenhum dos homens que cruzou caminho com ele, conhecido ou estranho, jamais pensou em ceder um pouco de si mesmo para ser, num lufo de vida, como Miguel era, para que pudessem também se reconhecer no reflexo de um átimo de vida possível. Ele precisava, não obstante, se adequar com reiteração ao que dele demandavam. Era ele o anormal.

Miguel então foi se construindo com as sobras dos tempos e se desmanchando na carência dos sentimentos. Nunca foi e jamais seria um deles, ainda que nas mãos, retiradas dos ganchos sociais, sobrassem as iscas que de si cortava com os dentes, preparado para sobreviver no oceano das revoltas silenciosas, ainda que a muitos quilômetros de distância do sal do mar, porém salgado demais em suas bochechas rasuradas pelas suas incompreensões.

Foi no cantinho de um rancho, onde todos os *hombres* dos arredores um dia bebiam e sorriam, à margem de um rio cujo borbulhar das águas soava como o sangue a se endurecer nas veias, que Miguel então entendeu que seu tipo de homem deveria se desfazer em cascalhos diante de tanta pedra bruta e ordinária que eram os outros. Por isso, depois daquele dia, arrumou as matulas com coisas mínimas pela primeira vez, subiu em sua égua e saiu a galope, pronto para Sandra, pronto para qualquer mão amiga e braço forte que o pudessem deixar próximo da verdade, menos refém do teatro escrito pela religião e pelos bons costumes daquelas tradições latino-sertanejas.

Desde então, entre o despercebido e o notado, a família e seus tentáculos o acusavam da distância na cerimônia ao pedir ou dar a bênção, ao beijar as suas faces, ao romper no riso por suas piadas e ofensas, quando *el Dios* que o abençoava era o mesmo que o fazia passar pela vida querendo dela ir-se embora para sempre. Ele se sentia irremediavelmente descreditado de sua possança.

Então, ao entrar no Mão Amiga para ficar, preparado para o teste, Miguel usou um vestido de *su madre* que havia roubado do guarda-roupa, atou um lenço na cabeça, agarrou uma vassoura e, no palco, pôs-se a varrê-lo em silêncio, enquanto Sandra e alguns dos garotos o assistiam atentos. O inóspito da personificação materna, debaixo de uma luz vermelha, ganhou assim algo de lúbrico. Deixou a vassoura escorada num canto e caminhou lento, ajeitando a saia do vestido, até parar diante de um rádio toca-fitas no qual colocou uma delas e apertou o botão para que a música voasse e, filtrada, fosse oferecida aos que o viam entre gracejos e olhares admirados por tamanha a audácia daquela dramaturgia.

A música começou e todos, de alguma forma, a reconheceram de algum momento da vida. Ouviram as vozes que vinham de seus próprios galhos genealógicos, como goiabas bichadas que continuavam acidulando o ar que secava o olho e não o espírito.

Miguel começou a cantar:

"A nós descei, Divina Luz
A nós descei, Divina Luz
Em nossas almas acendei
O amor, o amor de Jesus
Em nossas almas acendei
O amor, o amor de Jesus"

A música então continuou e Miguel, com a voz rugosa, tomou de novo a vassoura em mãos e seguiu a limpar o palco, sem cantar o estribilho. Repousou mais uma vez a escova no canto. No lugar da letra, Miguel passou a recitar um texto que ele mesmo havia preparado. Declamava-o ao mesmo tempo que se despia:

> "A nós descei divina luz,
> Em minh'alma acendei o amor-próprio que Jesus num teve.
>
> Quando penso nas cinco chagas, eu me alembro
> De cada um dos meus horrores. Onde houve vontade,
>
> Apodreceu na realidade das mangueiras carregadas
> E completamente inúteis, mangas que cederam à força
>
> Do tempo, o peso do bago pendurado do galho.
> Num há pássaro no céu,
> Fica só o rastro da voz de Mãe cantando para Penha, Rosário,
>
> Cristóvão, José, Terezinha, Edwiges, para o Divino Pai Eterno.
> Ela morre aos poucos, doce como cristal de açúcar, rodeada de flor.

Eu espero. Não tenho coragem de abandonar
A roça sem a bênção do Pai, que não vai nunca
existir. Filha órfã,

Sou mãe de mim mesma. Ontem, eu rezei antes
de dormir
E acordei com o mesmo enforcamento de todo dia.

Falta ar para alcançar o futuro. Vou, por isso, como
Sobra de antanho, resto da esperança de um país
vermelho,

Pronto para oferecer este corpo e o meu sangue
Aos homens de fé e de boa vontade."

Quando terminou, ele estava nu e seu sexo pulsava vivo, teso.

Miguel olhava sem medo para o horizonte e, acima das cabeças que o assistiam, via por fim as pessoas, atônitas, que existiam por detrás das prosas e do fim do caminho.

— Ai, capeta!

Foi o que Sandra gritou quando, na absurdez do momento, Miguel por fim recolheu as suas coisas, desceu do palco e, diante dela, pisou descuidado sobre o seu dedão do pé. Até aquele momento, certeza de que ele não era *Dios* Miguel tinha, porque Anésia, a professora do anel de vidro, o ensinara que ele só era pecado e desgosto. Mas Sandra o chamou de capeta e ele não se importou. Deixou-se marcado na carne pelo tom imperativo da travesti a quem presumia ter, talvez, sessenta anos de idade.

— Ocê fica, meu fi!

— É sério?

— Claro que ocê não vai fazer isso de novo, né, porque eu vou te ensinar como é que faz de uma forma, digamos... mais atraente pro nosso negócio aqui.

— Mas causa de que então tá me aceitando?

— Sabe, sô-menino, eu tinha uma tia que cuidava de mim quando eu era pequena. Naquela época, era pior que hoje, e ela me batia muito, até que um dia eu caí no chão e cortei aqui ó — mostrou a cicatriz no pescoço. Então continuou:

— Fiquei ruim, quase morri e, ainda assim, ela seguiu me maltratando, causa de que eu era o demônio para ela. Eu era mulher, mas ela só enxergava o homem. Então, sendo o trem ruim, sem ter muita coisa que perder, pedi para pro mesmíssimo que me desse uma ajuda, que eu tava na precisão dele. Um dia, depois desse pedido, um rato subiu pela perna da minha tia. A gente tava tudo sentado na calçada, era noite clara, com aquele cheiro poeirento no vento, em roda como os tropeiros de antigamente faziam. Uma mancha pequenica cruzou como bala a rua sem saber para onde ia ou o que fazia. Decidiu subir as varizes da minha tia, mordendo a coxa dela, enquanto o resto sorria do susto. Eu não. Perdi foi o medo do rato, do capeta, da minha tia. Cada um pegou sua cadeira e entrou, menos eu, que não podia sair de mim mesma. Minha tia morreu de doença pestilenta uns dias depois.

— E o que essa história tem a ver comigo?

— Sua apresentação hoje foi como o seu rato, sô-moço. Ele passou direto e foi subir nas varizes do povo que já te fez mal.

Por isso, ocê fica no esquema que queria fazer até querer ficar de verdade.

— Já posso então ficar a partir de hoje?

— Oh, Mateus! Vem cá, sô-menino!

— Sim, senhora!

— Ocê vai acompanhar o Mateus nesse fim de semana e ele vai te mostrar como é que funciona as coisas daqui. Pode dividir o quarto com ele.

— Oh, Sandra, e se tiver algum compadre que achar estranho eu tá dividindo o quarto com outro moço?

— Ocê fala que é brinde da casa. Duvido que algum deles há se de importar de ter um outro catrumano olhando pr'ocês dois... ara!

Enquanto subiam, Miguel ainda nu, olhou para Mateus como irmão e o colega correspondeu, com uma pronúncia de ceceio chiado e encorpada de ribeiros do Rio Tocantins, região de onde ele tinha vindo:

— Tu és ar-tis-ta, mulé.

* * *

Todo pássaro nos conta uma história. Não apenas aqui ou acolá, em ramos ou cantos, em flores ou concreto, num olá ou num adeus. Para um poeta, mesmo os que não sabem que o são, como no caso de Miguel, assim como a vida de um pássaro, voar não é preciso, mas é uma ilusão necessária.

O que há de matemática nos pulinhos que, erráticos, eles dão por aí a se ocuparem dos espaços que nos são impossíveis, ainda que em busca de migalhas?

Todo pássaro nos conta um conto sobre como, para sermos livres, nos sobra vento demais sob as asas que não temos, vento traduzido por muita insegurança. Jamais seremos tão graciosos e leves, mas podemos fazer o que eles fazem de melhor: todo pássaro nos conta, nas pontas de cada uma das suas penas, uma história de como é vasto o mundo para quem, dele, se entende parte e nele clama mais por espaço.

Naquele fim de semana, Miguel voou pela primeira vez e ali, no tronco da árvore que salvava a vista da janela do quarto que ele passou a dividir com o Mateus, o colega assoviava no ouvido do novato as trilhas futuras: segredos da arte do corpo e da sedução, da segurança e da proteção, do amanhã que se abria no céu de estrelas que cintilam nas retinas de toda carne que tem fome, cuidar do furico como quem cuida da boca, cuidar do pau para sempre ter mamão maduro para comer. Miguel tinha, naqueles dias, dezenove anos e gostava dos passarinhos, porque neles se sentia, de novo, meio natureza.

No Mão Amiga, ele era bárbaro.

A história que todo pássaro conta é o mar, que Miguel não conhecia, mas ouvia rugir dentro de si. É o amar, é o remar, é o pomar. É tudo o que floresce e frutifica, o que abraça e o que umidifica, que leva adiante. É o fio que amarra tudo o que sobrevive e o barco que leva longe tudo o que morre. A voz do passarinho que Miguel passou a ser naquele fim de semana era a força dos pés de Sandra, aquela mulher nem deusa e nem diaba que corria incansável no coração de quem estava debaixo de suas asas e que, com um certo grau de esperança, nelas acreditava ter um lar.

Foi a partir deste dia que Miguel, peão de boiadeiro, passou a voar pelo infinito do universo a fazer cocozinhos na cabeça dos outros com quem já não mais se importava. O nome que ele adotou, quando no palco, passou a ser Maria, a mãe de todos.

7.

— *Yo tengo que irme, mamá!*

— *Quédate un poco más...*

Na rua de casa existiam carros, também o velho e a janela da casa vizinha. Um moleque que passava e mostrava que a rua era também caminho. Havia *hombres* bonitos. Impressionavam meninas, suas blusas e falas arrastadas, quando com elas cruzavam. Nela, não havia muitas árvores. Havia antenas, sinais e *mis papás* que já não mais os via, depois que virei a esquina indo embora do México dentro de um táxi. Vez ou outra, trabalhadores cavavam travessia no asfalto quente, pisavam as promessas do verão na faixa de pedestres, como se sair dali fosse simples como cruzar uma avenida.

Quando era noite, a rua de casa ficava vazia. Vento varria as sangrias do dia com o frescor das horas próprias, o lusco-fusco. Da varanda, *yo estaba acostumbrado a* observar o movimento para além da esquina. Nos olhos, a distância evidenciava não outras, mas as minhas asas. Eu era como um papagaio a quem fizeram crer que as asas estavam cortadas. Quantas vezes quis sair? Quantas vezes já deixei o México para trás de mim? Em quantas delas *mis papás* estavam comigo? Em quantas outras eu os abandonei, como estava fazendo de novo? Nítidas, sinceras, outras ruas de sonhos surgiriam, futuras raízes de outras casas vazias, mas nenhuma seria como a rua de minha casa, por mais que *yo siguiera* buscando.

Onde viveria o coração no corpo de uma alma que peleja consigo mesma? Na boca, quando a mudez do grito concorreria com a ferida? Na mão, quando a rigidez da pele reagiria ao abraço do tempo? No peito, quando a mania de sobreviver demandaria esforço? No chão, quando o cansaço do cheiro fresco do ar pediria mais silêncio? Na luta, o som morria no calor da busca pelo depois, que o consumia, como *yo a respirar*, por exemplo. O coração viveria porque precisava e não porque queria. A contenda estava no que sobrava dessa fricção e era aquilo que dava por mim, um resto.

Todos os dias, *yo me despertaba* para tantas perguntas que, quando encontrava uma resposta, apesar de satisfazer um pouco a ansiedade, alimentava também a angústia. *Era un hombre* de porquês, mas carente de comos. As pessoas me olhavam e talvez me vissem. Às vezes, sonhava como se pudesse me enxergar com olhos menos apáticos que os meus. O México era meu espaço e, nele, *yo debería* me libertar. O que acontecia entre mim e o meu país que parecíamos nos sufocar mutuamente, como deveriam também se sufocar pessoas que se deixavam cair de grandes altitudes e se arrependiam de ter pulado?

Pessoas me desestabilizavam.

A sua aura de normalidade, a vida comum que pareciam levar, o gosto de todas as coisas que comiam, a alegria que lhes davam as bebidas que bebiam, a energia que sentiam quando se interessavam por outras pessoas. Na rua, entre os carros, enquanto conversavam e fumavam com amigos, como seria a felicidade que cultivavam? Não conhecia, porém esperava pelo milagre.

No caminho para o aeroporto, regava as minhas esperanças, mas me questionava se sabia quais eram e como elas sobreviviam. A poluição visual da cidade e seus outdoors, compra e venda de tudo o que era possível sobre a face terrestre, no horizonte uma faixa cinza de fumaça, nada me dava um só momento de suspiro, de sossego, parado num engarrafamento. Deixar meu país, não sei se para *siempre*, porque *siempre se regresa*, era também um processo similar ao de sair do armário, uma vez que um homossexual precisa se reafirmar dia após dia e, com isso, acabe voltando repetidas vezes ao mesmo lugar onde a frustração se tornava sinônimo de cotidiano e a violência era o normal. O trauma da vergonha.

Estaba adelantado e tive que seguir esperando até que chamassem para o embarque, mas essa já era toda a rotina do mundo. No ar que me separava dele, deixei voar algumas palavras, o desejo genuíno de fazer diferente. *Yo lo hice*, é preciso dizê-lo. O vento passava e levava, trazia e tirava, permanecia longe das vistas de quem bebia em mim apenas quando havia sede. Para mim, seria bom também deixar os Estados Unidos, romper com o ciclo de uma vida fantasiosa, conhecer uma cultura quem sabe mais próxima da minha, encontrar-me em mim. *Yo me ponía* triste, porque coração me sobrava e não o dividia, já estava habituado à impermanência, ao vazio que não preenchia no outro após o transbordamento da minha essência.

O que *yo era* ainda não tinha encontrado pouso. Seguia estrangeiro, quando pensava conhecer a nova *tierra* e seus afetos. Colhia safra de igual produto. No ar que me separava do mundo, deixava que viessem algumas expectativas. Tentei fazer da minha vida um filme e descobri que a realidade era impossível de ser adaptada. Soprei até poesia naquilo que o ar havia me trazido para deixá-lo mais bonito. Minha companhia, no entanto, era como remédio prescrito, obrigatório e amargo. Ou seria a minha vida um espelho?

Yo me resignaba, porque consciência sobrava, ainda que o passo dado tenha estirado a perna, que repuxava o nervo e subia até a face, onde a boca dizia "tudo bem" com olhos fundos pelo desgaste, quando claramente nada estava. A psicanálise me fazia entender a busca, mas a humanidade se desentendia no momento do seu próprio descarte. O mundo não mudava, mas *yo* seguia tentando.

— Atenção, senhores passageiros, aqui quem fala é o capitão...

Poltrona ereta, cinto afivelado, tudo o que precisava era descer, juntar as coisas, fechar a casa e a jornada não começaria, ela continuaria entre pedaços que ficavam, como acordes de uma música que ouvíamos e, de repente, acabava, mas seguia sendo tocada dentro da gente. A vida era tímida, não gostava de ser pensada. Ela se revoltava contra quem nela muito dava voltas em busca de devorá-la para que, assim, nos decifrasse, entregasse-nos como os meus passos rumo ao mundo novo, pronto para ser resgatado de um corpo em que ela teria vindo parar sem escolhas.

A vida era bruta, como uma caixa de Césio-137 que iluminava e corroía o que nela tocasse, como a minha pele, clara demais para ser preta, escura demais para ser vista como americana. Depois do passo rumo ao novo, quem sabe ela quisesse ser deixada ao seu propósito, protegida pelos seus medos e traumas gastos como peixes que se escondiam da linha e do anzol, despercebidos das pedras, que escondiam outros predadores.

O Brasil era imenso e lá nunca tinha estado. Além do azul do mar, onde alguém sempre se afogava, ou da loucura das metrópoles, onde alguém sempre se perdia, ou da imensidão selvagem e empoeirada, onde alguém sempre fenecia, era uma aventura, uma chance de me reacender a chama. A vida não suporta ser leve. Não quer que ninguém a carregue para a imensidão explorada das floretas e dos oceanos. O que ela quer é o mistério.

O futuro seria, portanto, instinto humano pela sobrevivência, primitivo como um sorriso sincero no adeus de *mi papá* quando fechei aquela porta pela última vez. Ele tinha me dado votos de feliz ano, que nem foi novo ou feliz, somente um outro ano lambuzado sem dó por qualquer gozo da experiência de viver algo a se manter desconhecido, posto que tímido, nos pensamentos que se escreveram para desvendá-lo ou deixar-se ser devorado, depois que *yo*, de fato, *entendi* e, como esperado, tentei com essa experiência não me arrepender da vida fazendo aquilo que era o básico: vivendo.

— *Sir, can I have your passport please?*

— Aqui está. — Entreguei junto o documento de residência. A oficial de fronteira americana me analisava. Perdi as contas de quantas vezes os olhos dela subiam e desciam pela minha figura, o desprezo que não se disfarça com um *customer service*. A boca se retesou e a voz protocolar anunciou:

— *Welcome home, Mr. García.*

No avião, li um livro de um escritor brasileiro e nele vi escrito que: "cair é tão natural quanto estar de pé. Chorar é tão natural quanto sorrir. Sofrer é tão natural quanto amar. Cantar é tão natural quanto falar. Dormir é tão natural quanto eclodir. Reclamar é tão natural quanto fazer preces. O talvez é tão natural quanto um sim ou um não. O passado não é natural e futuro também não. O relógio não é natural, mas o tempo... O tempo é esse adubo de tudo o que morre e morrer é tão natural quanto nascer". Acreditar que existo porque o creio dessa forma. Os documentos às vezes fazem pessoas que nos desprezam nos tolerarem, nos darem boas-vindas. Nós mesmos também o fazemos conosco, quando estamos de posse de algo que consolida nossas decisões.

Deixei as pálpebras caírem, já no táxi no caminho entre o aeroporto e minha antiga vida, e entrei na minha pretensa casa só para depois dela sair, abandonando tudo antes de, quem sabe, ser abandonado. Não avisei a ninguém dos que conhecia que iria embora, nem a *los hombres* com quem mantinha relações casuais. Era a virada do milênio e, mesmo às margens de um futuro reimaginado, eles não lembrariam se um *chicano* desaparecesse, mais preocupados estavam com o *bug*. Ali, *era yo por mi mismo*. Da próxima vez em que *yo abrise mis ojos*, já estaria na cidade de Baíra, estado de Goiás, no coração de um gigante chamado Brasil.

8.

Nunca vi um céu tão bonito em toda *mi vida*.

Tudo parecia mais alto e mais distante quando se olhava o horizonte do cerrado brasileiro. Ainda que se vissem plantações imensas de cana de açúcar, a monotonia do verde não estragava a vividez e a profundidade da vista. O caminho estava cortado por muitos riachos e alguns rios caudalosos. Na entrada da cidade, a poeira do calcário embaçava as árvores retorcidas e, por um pequeno instante, via também algo do México e do barro com o qual fui feito.

O calor abrasava. Deixei minha cabeça para fora da janela do carro e, entre as tremulações de meus cílios, vi três andorinhas sustentando todo aquele céu no dorso de seu voo. Eram muitas, aliás, mas essas três me pareciam muito íntimas em seu belo ofício. Enquanto resistia ao peso das nuvens, quis enxergar as andorinhas a preencherem o espaço que se expandia no fusco de quem, ao contrário delas, mal sabia bater asas, ainda que vivesse migrando. Ah! seria bonito irromper na leveza de ver, pelos olhos dos pássaros, tudo o que a terra sustivesse, tal como *yo*: lusco, pronto para admirar andorinhas quando elas, por mim, não dariam uma pena sequer.

O motorista me deixou no hotel que ficava na avenida principal de Baíra. Uma olhada rápida e já via um supermercado, um posto de gasolina, um restaurante. A cidade parecia toda viver nas calçadas, papeando entre si sobre o pouco movimento das ruas naquele horário. Os comércios, à primeira vista, regiam-se por uma calmaria que beirava o tédio.

Na recepção do hotel, uma atendente que não me entendia muito, apesar do meu português de fronteira. De alguma forma, compreendi o que ela estava me dizendo, mas a recíproca não se fazia verdadeira. Talvez por isso, o silêncio só se interrompia pelo chilrear de uma ou outra ave que não conseguia perceber de onde chilreava, mas que ouvia tão perto. Ela me entregou a chave do meu quarto temporário. A empresa pagaria acomodação por dois meses até que eu pudesse encontrar um lugar definitivo para morar. Também precisava esperar que a Polícia Federal tivesse horário livre para que pudesse fazer o meu registro de estrangeiro e, assim, obter os meus documentos brasileiros para regularizar o trabalho. As pessoas de Recursos Humanos da empresa se encarregariam.

O quarto era simples e confortável. Por sorte ou por piedade, me alocaram num que dava para os fundos, longe do burburinho da avenida e das vistas dos curiosos. Todos os que passavam pela calçada da frente viravam o pescoço na direção do prédio com a expectativa de ver os forasteiros ou com o desejo de conhecer, por dentro, o melhor hotel da cidade. Abri a janela, deixei entrar um vento quente no quarto, peguei um cigarro, o primeiro que fumava desde que pousei neste pedaço imenso de *tierra latino-americana*.

Era na curvatura de um céu iluminado por um sol inclemente que as estrelas descansavam. Ninguém as via, como tampouco a mim. Lá estavam elas, viajando pela luz entre passado e futuro. Aqui *estaba yo*, apesar dos anos e das dores infantis que permaneciam no adulto. Protegido pelas paredes do quarto e abraçado pelas sobras do pensamento de um dia de outono, a crueza do sol, um outro tipo de sol que vigiava um sábado campestre. Fiquei olhando a diminuta forma de um cruzeiro desafogado em si mesmo no alto de um morro e na linha do horizonte, enquanto repassava coisas numa lista mental.

A cana-de-açúcar se plantava nos três primeiros meses do ano, durante o verão. Repensei os estudos que precisava pedir sobre a qualidade e a composição do solo, além do tipo de cana que se plantava naquele lugar. O outono aqui era ao mesmo tempo da primavera no México e *yo estaba* cansado, mas o sono deveria sempre ter hora certa. Queria conhecer a cidade e fui fazer isso caminhando, porque pisar o chão é sempre o melhor jeito de saber, de cara, o que nele brota ou não.

Tudo parecia planejado e fácil de entender. As ruas paralelas à avenida principal eram ímpares e as perpendiculares eram pares. No centro da cidade, outra grande avenida encontrava com a principal e havia uma praça ampla e arborizada de frente a uma igreja católica. Percebi um grande baruzeiro, árvore nativa da região, e debaixo dela vi alguns idosos sentados, jogando conversa fora. A igreja tinha uma torre só e, ao seu lado, um centro cultural e outra avenida que subia na transversal sudeste. Mesmo no outono, fazia calor e quase não havia umidade. Enquanto caminhava, passei pelo cemitério e segui sem rumo.

Mais adiante, havia uma casa numa rua sem calçada de um lado, apenas grama e areia, e com calçamento no outro. O vento farfalhava as ideias e as palmeiras, o sol ia se baixando sem tristeza, pintando de rosa a minha pele, enquanto de mim começava a nascer um bolero antigo e bonito, que *mi mamá* costumava me cantar:

> *"Tú me acostumbraste a todas esas cosas*
> *Y tú me enseñaste que son maravillosas..."*

O universo intacto em minha cabeça, enquanto disfarçava e tentava ver dentro da casa, buscando também entender sobre os costumes, os hábitos, a movimentação das pessoas por ali. A porta estava aberta e não havia ninguém à vista. Nesta casa, os móveis eram apenas móveis. As artes colecionavam toda uma vida da qual ninguém sabia. O cheiro era de café e bolo, mas também de cigarro e couro, um ranço de bebida alcóolica ressecada, além de uma lenha que queimava ao fundo, porque via a fumaça subir como uma fragata planando no horizonte.

As janelas davam para as lembranças: quem dançava ali contemplava a ordem do caos divino, o ritmo de tudo. Duas coisas me chamaram a atenção: a cor da cerâmica e o cheiro de pau de eucalipto. Na minha boca, o gosto das coisas inacessíveis, *yo siempre extranjero*, fosse no México, nos Estados Unidos ou no Brasil. Em que lugar do mundo o universo reservava um pouso para mim? Raízes?

O céu vermelho, na qualidade do que ia se desempoeirando, tornando mais suportável a convivência com o meu ser imarcescível, porque tudo o que de criança pude ser, de alguma *yo fui*. Mas como adulto, penava. Enquanto alguns sentiam mariposas na barriga, em mim se chocavam meteoros que se inflamavam quando passavam pela membrana da realidade. No fim da tarde, ao ser recoberto pela escuridão e às vozes do vazio, fui me deixando esquecer do dia para apenas seguir adiante. Invisível por obstinação, vivi o momento para depois me lembrar daquilo que jamais cheguei a saber que, naquela hora, vivia: as vésperas de um amor.

De repente, acendeu-se um letreiro em neon, no qual não havia antes reparado e onde se lia: "Mão Amiga".

Passei os olhos pela fachada da casa de dois andares. O presente se recuperando aos poucos sem abater os pequenos insetos que zuniam na ordem das coisas. No céu, passaram tucanos sonolentos, piaram morcegos vida adentro, as corujas gritavam. Não havia muros, apenas um portão e uma grade que separava a via do que havia do lado da casa. Através de uma cerca, enquadrava-se a fina camada da brisa que podia sentir vindo de lá de dentro. Já não sabia quanto tempo estava parado olhando. Escrutinava cada metro quadrado e dei-me, por fim, com uma janela aberta, de onde — como ondas que se quebravam num solo agreste — rompia dela um par de olhos profundos e atentos a mim.

Não há punhos que segurem as tartarugas de voltarem com ovos aos lugares onde originalmente eclodiram. No atravessado daquele olhar, uma voz que não conhecia e só ouvia na minha cabeça lambia a ponta de minha orelha. Era como se tivesse nadado toda a minha vida para estar ali naquela praia seca. Meus pés queriam correr, mas aqueles olhos tinham mãos que seguravam os pulmões do bicho apavorado que *yo era*. Corri mesmo assim, deixando tudo o que se dependurava de meus anseios para trás. Depois do giro que dei, percebi-me então sem rumo, mas a organização identificada da cidade me recuperava o trajeto, como se recebesse, no último acorde sinistro de cordas num filme experimental, *el beso* sem medo de que o Brasil me entregaria nesta ficção.

No hotel, mal entrei no quarto e corri para o banheiro. O cansaço me fez vomitar e tomei alguns comprimidos bebendo água de uma torneira que abri pela primeira vez sem saber se a água limpa era. No México, jamais bebíamos da torneira. Sentei-me no chão, escorregando a mão no meu suco gástrico, esperando que os remédios então chegassem aos meus neurotransmissores. Sem querelas, seria assim, pois, que uma pessoa morria? Ou seria assim que ela ressuscitava?

No meu paraíso psíquico, *aquellos ojos y yo*, por fim, nos aquietamos do medo. A dopagem vinha com o sossego. A noite rara, ao contrário dos dias de luta, era calma, silenciosa e sem estrelas. *Estaba embarazado* de palavras que brotaram daquele encontro entre mim e aquela mirada, ainda que o fato de *yo* ter fugido me colocava em risco imenso de abortar. Ali, ninguém além de mim mesmo e a lembrança do par de olhos na janela. As que sobrevivessem teriam sequela e carregariam meu desagravo. A vida parecia um degredo para meu espírito, exílio em que viveria às margens de um paraíso: este país divino que tanto mexia comigo já no primeiro dia e me ousava alguma esperança.

Por que estava tão assustado e encantado com aquele pouso de olhar sobre mim? Deus era um ditador e não haveria lugar para outros com Ele. Quem acreditava que entraria no reino, não tinha espelho em casa. Sentia assim as dores do parto, cada palavra que saía me feria de morte. Fui covarde. Era impossível ser feliz sabendo, mas amanhã seria domingo e eu precisava lá voltar para descobrir as razões de meu assombramento.

Quem me atravessava com uma mão amiga e que, de mim, extraía a vida a ponto de salvá-la com uma única mirada através de uma janela?

9.

— Que porra é essa, cara? Me larga!

— Por que ocê num conta pra paróquia inteira o seu segredinho, hã?

Entre pernas, punhos e sopapos, Miguel tinha *el hombre* na ponta de seus dedos, depois de tê-lo arrastado para fora da loja. Havia muito que ele vinha requentando a raiva e revirando o amargo nas tripas até o dia em que o bilhete chegou às mãos de *su padre* lá na fazenda e que, por sorte e pela desgraça das iniquidades sociais, era *un hombre* analfabeto.

— Oh, Miguel, meu fi, seu Zé lá da venda de ração mandou esse bilhete aqui, lê pra mim?

Pegou o papel nas mãos, abriu e leu:

— Chegou sal, pai.

Mas o que estava escrito gritava muito mais alto do que a mentira que havia contado ao pai. Só Miguel, naquele momento, ouvia o real recado tentando segurar a tremedeira e o desespero de sentir crescer, nas têmporas, um ruído insuportável da voz de Zé, o dono da casa de insumos agropecuários que era visitante assíduo lá no Mão Amiga, os chamados compadres, e frequentador recorrente da cama de Miguel. No bilhete, uma ofensa: *Seu filho é um frozô de merda.*

Percebeu o peito arfar e, sem poder puxar o ar direito, pediu licença e saiu lá para o rumo do lago, enquanto Zé gritava na sua orelha o "frozô de merda", que se repetia quase que se sobrepondo entre uma ventilada e outra, começando também a se lembrar do mesmo Zé gemendo alto no seu pescoço, falando que um dia iria morrer, mas que morreria feliz depois se sentir o cheiro do sovaco do seu peão.

O que havia no estômago, e não era muito, ele deixou no chão de uma única vez. Não acreditava que seu cliente-compadre tinha perdido qualquer noção limítrofe entre o espaço da cidade e o da roça, uma divisão muito bem definida que Miguel protegia a qualquer custo, não por vergonha de quem era, mas porque *sus padres* não entenderiam o romper daquelas ondas. Essa manga faria a água transbordar quando mergulhasse nela. Qual seria o limite de um rio, senão o homem que habita a sua margem? Qual seria o limite de uma pessoa, senão a estiagem prolongada que seca o rio? Qual seria o limite de um Deus, senão a sede do homem por um rio sem limites?

Ele tinha desejado o momento de vingança há meses. Havia repetido a cena em sua cabeça seguidas vezes, projetando o momento em que confrontaria o homem que o havia desgraçado desde a primeira vez em que o encontrou, mas que, na casualidade dos fatos, se por merecimento ou resignação, continuou encontrando com o passar do tempo e, claro, recebendo dinheiro por isso. Ele sabia que era uma tolice buscar vingança, que não desfaria o que havia sido feito, mas não podia deixar passar barato. Precisava encarar aquele Zé que havia tirado tanto de si.

E com Zé suspenso pelas mãos agarradas ao colarinho, o vaqueiro caminhava pelas ruas poeirentas da pequena cidade, com as botas chutando nuvens de sujeira a cada passo. Ele usava chapéu baixo sobre os olhos, protegendo o rosto do sol escaldante, porém não conseguia esconder a raiva e a dor que fervilhavam dentro dele. Aquele homem, que ainda andava pelas ruas de cabeça erguida, como se nada tivesse acontecido, a partir de agora, abaixaria a crista. Um galo a se tornar mudo para sempre.

O coração do peão bateu forte e os olhos da cidade pousaram na distância do ato, entendendo se o que viam acontecia mesmo ou se estava distorcido pela miragem que o calor forte tremulava na distância.

— Eu quero que ocê pague pelo que me fez! — ameaçou o vaqueiro com a voz baixa.

Zé zombava dele. Quem duvidaria de um empresário nas garras de pobretão no centro da cidade? Entre ele e um roceiro havia mais do que uma simples fofoca pudesse fazer desmoronar em alguns segundos.

— Não sei do que você está falando, cara, me solta!

Miguel riu. A ignorância não era desculpa. Falando baixinho perto da orelha do seu cliente, o peão deu duas opções:

— Ou ocê fala que vai todo sábado se encontrar mais eu, que gosta da minha língua no seu rabo, ou eu falo pra todo mundo da doença que ocê passou pra mim. Que ocê prefere? Se escolher a primeira, vai deixar de ir lá no Mão e nunca mais quero ver sua fuça na minha frente, tá me entendendo? Se for a segunda, eu vou gritar um nome bem alto aqui que nunca mais vão pensar em outra coisa quando olharem na sua merda de cara...

O rosto do homem ficou paralisado, os olhos dele se movendo com nervosismo. Os dois tinham o rosto muito próximo um do outro, mais do que uma situação decente entre dois *hombres* com tipo de *hombre* permitiria.

— Eu vou contar até três...

Miguel, atormentado pelo desespero, quase um cavalo com o coração despedaçado, consumido pela raiva, tinha olhos sem brilho, seus movimentos eram lentos, coreografados, como se estivesse num palco de uma grande tragédia, uma ópera, e ele fosse o protagonista, sabendo que seu destino estava também, de forma teatral, para sempre tocado pelas mãos do inimigo, pelo suor e pelos gemidos que compartilharam desde que Zé, numa noite qualquer do Mão Amiga, pagou pelo sexo de Miguel numa primeira vez e quando o estuprou depois que Miguel disse que não faria sem preservativo do jeito que Zé mandava.

O vento era implacável, um lamento lúgubre, enquanto o vaqueiro procurava seu inimigo com um ritmo febril a percorrer o corpo, o peso da angústia como um véu esmagador que o sufocava a cada passagem de vista que ele fazia no mau-caratismo do outro. Ele terminaria de contar e daria uma sova naquele estrume de gente.

— ... dois, três!

Seguia o rastro da mirada de Zé. Cada piscada, uma ferida e a respiração uma fuga sem sair do lugar, abandonado em um universo de terra, vento, tédio e moral frouxa. A arma do peão era a verdade, a de Zé era a reputação, o poder sobre a narrativa. Numa terra de bons costumes, todo cidadão é de bem, menos quem o juízo público condena, deixando cair a sua mão com o facão social que degola pretos, pobres, maricas, travestis, putas e aleijados.

O vaqueiro abriu a boca diante da inação do homem. Seria o gatilho, se houvesse arma. No entanto, antes que ele pudesse atirar, ouviu uma voz familiar vindo de trás de si.

— Para! Pelo amor de Deus Pai, para, meu fi!

Ele se virou para ver a *su madre*, com o rosto torcido pelo desgosto de vê-lo ali naquela situação. Miguel não era, nunca tinha sido, assim.

— O que ocê tá fazendo, fi? Para, por favor, para — ela chorava e pedia, confusa.

O vaqueiro largou o *hombre*, envergonhado diante da senhora, mas não arrependido do que fazia. Ela deu um passo à frente, interpondo-se entre ele e o empresário, com a mão apoiada na cintura, mais velha do que ele se lembrava que ela era, uma efígie como as árvores retorcidas do cerrado.

Miguel tinha vontade de montar o cavalo, de ir com os homens apartar o gado, arar o chão para o plantio, colher o abacaxi da lama funda, sorrir sem se acabrunhar com a malícia dos peões, comer farofa de tatu, beber garapa no copo de alumínio sujo, gritar truco e seis mil a peito nu, aberto, estar na lembrança do avô e do pai, dirigir um trator, comer a gordura da carne sem se enojar, ficar bêbado e chorar desculpado no fim da tarde, conversar sem impedimentos dos trejeitos das mãos e rir engasgado sem esgarçar a voz, com a cabeça preocupada apenas com o que fosse exterior ao ser e que, de si mesmo, sobrassem as régias dos sonhos que sonhava.

Diante de *su madre*, que desconcertada o via sem esperar por isso, o peão tinha vontade de ser homem como todo homem, tinha vontade de ser neto, de ser filho mais uma vez, mas, para sê-lo, prescindia de vontades e se desgarrava de tudo.

— Tá fazendo o quê aqui, mãe?

— Vim buscar umas coisas na venda e seu pai me pediu para acertar o sal com o Zé e vi que ele tava aí no seu cabresto. Que tá acontecendo?

— Ele tem uma dívida comigo e num quer resolver.

— E se resolve as coisas dessa forma, Miguel? Bora embora, anda! Que desgosto de te ver assim!

— Vou ficar por aqui no fim de semana, mãe, que eu tenho minhas coisas pra ajeitar. Vá a senhora pra fazenda e lhe vejo no domingo.

— Não vai contar para a senhora sua mãe onde é que você dorme aqui na cidade, Miguel? — Zé se apossava da situação outra vez, chutando terra nos olhos do peão que, cego, só pensava em fugir.

— Que história de doença é essa que ocê falou pro Zé, Miguel?

A doença é um sentimento que chega sem que percebamos. Quando nos damos por nós, estamos de cama e não há nada além de tempo e vento, folha e pó, reza e arrependimento. Miguel tomava todas as precauções que Sandra ensinara, mas, depois do estupro, a história tomou outra ribeira, já alagada pelos rios assolados dos restos provocados pelos desgastes daquela vida mal paga. Deixou a cena e saiu pisando firme. *Su madre* sem entender e ele sem explicar. Não pediu a bênção à senhora.

Adoecer é se encontrar no corpo, refém do todo, constatar-se à mercê da existência. Em sua solidão, o peão seguia na companhia de seus tormentos, na febre da luta, a tosse da expulsão, o veneno que a própria forma de viver injetava no espírito. No silêncio da saúde, quem gritava era a súplica de um dia ser curado, mas ele tinha passado a conviver com o vírus que havia matado, mas que, pelo que viu na biblioteca da cidade, parecia naquele fim de milênio ter algum controle com os remédios corretos.

Quando começou a se sentir mal, ninguém o acompanhou ou segurou a sua mão quando ouviu da enfermeira o diagnóstico de infecção. Não foi *su madre* quem foi à farmácia popular buscar os remédios, foi ele mesmo, com o pouco de energia que restava para querer enfrentar mais aquela rasteira, mesmo sem entender pelo que estava passando. A realidade tinha outra família, não mais ou menos amada, apenas passível de maior compreensão em relação ao que ele era, tinha e vivia.

Os dias passavam, os pássaros cantavam, os seres seguiam seu rumo, enquanto as angústias o pausavam. Entre uma camada e outra, o sentimento de deserção ia crescendo, deixando-se depositar no que, nele, eram partes ainda sãs. Para que pensar no mal, quando se via dono do bem? Era assim que se sentia em relação à família, ao Zé e os seus. Não seria o próprio destino do corpo a se vingar de sua matéria?

A força que restava ele a empregava em desviar-se da rota, na contínua apreciação do trajeto que sonhava por detrás das vistas. Ao chegar ao Mão Amiga, depois daquela balburdia, Miguel caiu no colo de Sandra, apertando os olhos nos dedos dela, que os enxugavam com compaixão, medindo-lhe a temperatura, afagando seus cabelos, lembrando a Miguel que o mundo seguia existindo independentemente de suas revoltas. A doença era como a introversão: haveria que abraçá-la para sobrevivê-la.

10.

Debulhar. *Yo aprendi* o significado deste verbo com Miguel algum tempo depois, mas o uso agora para recuperar o peão naquela tarde, sentado aos pés de Sandra, debulhando desesperanças com a insistência de quem estava descrente, porém à espera de um milagre. Andava com fé, mas ela, que não costumava, falhou na sua tardança.

Miguel ainda não percebia, mas concluía que o cansaço não era da vida ou do grande mistério que era percebê-la como uma bússola sem imantação: suportá-la por necessidade, como se o norte fosse o certo, mas sem saber o que de melhor pudesse haver nas outras direções. O problema de quem é analfabeto de bússola é acreditar que só tem uma direção para ir.

A metade do caminho, percorreu com a ambição como se numa narrativa em quadros durante duas horas de película, enquanto a alma pedia lápis, calo na mão, linhas tortas sobre as quais *Dios*, que não existia, escreveria sua sentença no destino mesmo assim. Ainda não sabia se perdoar; não conhecia o rumo de fazer as pazes com *el hombre* que ele teria sido se não fosse aquele possível que era. Tal qual às de Sandra, era bruta a mão que afagava a sua moira.

Mas andava mesmo debulhando desesperanças com uma mão renitente e estendida por um cessar fogo, pois ele buscava alguma paz. Na outra metade do caminho, ele se embrenharia como num texto complexo, sem certo ou errado, pelo sim e pelo não. O descolamento da lida nas savanas brasileiras se traduziu numa gota que sua respiração formava na parede de vidro de seu universo invertido como garoto de programa no *Mão* Amiga. Se a limpasse com o braço, a vista embaçaria, enquanto o monstro espreitava.

Se não a limpasse, o vidro continuaria a refletir a irreal sutileza de projeção de um desejo que não fazia sentido a aquele *hombre* possível, um canto de louvor à identidade que descansava no cerrado goiano. Ele, que vivia olhando para dentro, subiu as escadas do cabaré para ouvir o pôr do sol. Às seis horas, já menos violento na resistência, o cansaço foi adiado tal quanto a decisão de envelhecer do espírito. Ele era moço outra vez, com recursos bastantes para crer que o mundo fosse tal qual como o via e o desejo de ter mais força para acalmar os caminhos que se abririam em sua cabeça, enquanto afinava a atenção.

Tendo se esquecido de suas matulas no sofá, Miguel desceu as escadas, em total escuridão, como costumava ficar a casa aos fins de tarde, antes do letreiro gritar para a rua o que era, antes de, aqui e ali, o poder dos homens rasgar o viver em busca de algumas medalhas nos braços tatuados de quem os receberia em festa. O silêncio da pré-função era como na roça: nele, havia uma calma antes dos sapos começarem a coaxar no brejo, antes dos grilos começarem a roçar suas pernas, antes da casa se libertar do ensimesmamento das orações no meio do escuro abissal. O som alto buscaria sempre disfarçar as coisas que Miguel aprendeu crescendo filho de quem era. Assim que os compadres começassem a chegar, no pescoço de todos os meninos que trabalhavam no Mão Amiga haveria uma espécie de arma que, salvo exceções, não seria disparada, mas da qual não se podiam furtar.

Miguel agarrou suas coisas com mão firme e, antes de subir, na proteção de sua posição, banhado pelo escuro, percebeu do lado de fora um *otro hombre* encarando, com obsessão, a casa, como se nela buscasse qualquer ressonância de familiaridade ou tentasse entender, sem fazer muito esforço, se teria ou não coragem de entrar, sem entender se poderia entrar ou, entrando, o que lá dentro faria ou encontraria. *Aquel hombre era yo, Ernesto*: desprovido de nacionalidade, de cultura, de ancestrais, olhando bem dentro de Miguel, sem saber que era ele e que ele seria meu.

Sem qualquer movimento brusco, Miguel comungava comigo um novo espaço rouco onde reluziu, de alguma forma, o ouro da munição intacta, ainda que pronta a deixar de ser fria, se a noite esquentasse com o gosto de quem ainda precisaria descer as ladeiras rumo ao novo mundo sem se esquecer do outro, o velho, que o portava à sombra das inconsistências e dos vícios da civilização, da homofobia internalizada, do machismo atávico, como um oráculo pronto para me devorar, se não o decifrasse. Miguel me achou bonito, ficou a navegar no golfo que era o cruzar de nossa mirada.

Quando percebeu que *yo lo tenía* visto, depois que já tinha fugido, Miguel caminhou bambo e sozinho, pensando no adiante, nas incertezas do sono, na semana sem freio, gravando por detrás dos olhos a honra demérita que me foi dada, creio, no direito da escolha. Na analogia bélica que se produziu no encontro, um fuzil na minha mão pesaria menos, porque o devolveria a Miguel, que era quem tinha a posse da arma e atiraria. Por isso foi que fugi.

Quem o protegeria enquanto descansava? O que lhe diria a mãe quando o despertasse às manhãs? As portas daquela casa, como parecia qualquer coisa de valor na vida, tinha taramelas? No lugar, uma foto restaria da noite em minha cabeça enquanto corria, prestes a passar mal, de volta para o hotel. Miguel se deixava engolir pela noite.

Subindo as escadas, olhava sem rumo. Nada conseguia demovê-lo da lembrança daqueles *ojos míos* que o alcançaram mais do que ele pensava poder entregar. Tudo era uma massa exuberante no fim de um dia escancarado de sol e dúvidas, quando me viu ali, tal qual uma mancha vermelha em seu ritmo, como as moças que, como ele no bordel, sacudiam as suas saias, umas asas roucas de arraia nadando na natureza desperta e perigosa. Era como se Miguel, em mim, tivesse visto uma borboleta, sem noção do tempo e da força, que queria capturar e prender.

Naquela tarde, antes mesmo de nos conhecermos e nos falarmos, depois ele me contaria estendidos sobre um edredom ao sol, havia me deixado pousar naquela existência-penitência dele. As nuvens no céu formadas pelas almas de quem nasceu, cresceu, separou-se da infância e sobreviveu aos dias contados pelo estado das moscas escaneando os vidros das janelas, pensando nelas mesmas a escaparem mundo afora, desesperadas pelo lado de fora, pelo breu, pesando na tarde. Ele teria que trabalhar e se entregar em outro corpo, em breve.

Em mim, o peão viu uma mariposa púrpura como o entardecer ou o que dela imaginou no surto das coisas nas quais acreditava não merecer viver. *Yo miraba* sem rumo, mas creio ter sido ele quem me viu direito, quem me riu direto, quem me remou para fora da correnteza dos dias. Na margem de tudo, naquele encontro de nós dois se acendeu, por fim, um ponto no universo onde, a partir de agora, seríamos nós dois: *él y yo*.

11.

Mi primer día na usina de açúcar e álcool, em Baíra, Goiás, foi um teste à minha capacidade de manter a cabeça em ordem. A instalação em expansão, com sua maquinaria labiríntica e vertiginosa variedade de tinas e tubos, foi uma visão aterradora. A usina tinha proporções maiores e mais modernas do que planta onde trabalhei nos Estados Unidos. *Yo tampoco era* um novato no campo da agronomia. Havia estudado a cana-de-açúcar com uma dedicação única e estava determinado a provar meu valor, mesmo tendo vindo de usinas mais simples e sucateadas.

Ao percorrer a planta, *yo fui* recebido por um grupo heterogêneo de trabalhadores, cada um com sua própria personalidade e histórias únicas para contar. Havia o Luiz, o veterano que havia passado toda a vida trabalhando nos canaviais; a Isabel, a jovem engenheira com uma mente rápida e uma língua afiada; e o Carlos, capataz que parecia saber tudo sobre as redondezas.

As discussões que se seguiram foram rápidas e animadas, com cada membro da equipe oferecendo raciocínios para mim. *Yo me vi* arrastado pela excitação e minha cabeça galopava com as possibilidades de tudo o que poderia ser alcançado versus o que, na realidade, deveríamos fazer. Mesmo quando mergulhei nos detalhes técnicos da produção do tipo de cana-de-açúcar específico da região, não conseguia me desvencilhar de uma preocupação que me deixava com cara de iniciante, um bobão nas raias de seu primeiro estágio.

No entanto, havia um mundo para além das divisas da cidade e eu já começava a conhecê-lo. Na lógica das relações, já sabia que o mato cobria a pústula social e que havia uma força a macerar forte o povo daquele mato. O cuspe masculino a se espraiar no chão daria liga à norma, à coragem de quem pisaria o cuspe e à agonia de quem implorava pela coragem de ser o que se era, independentemente dos outros. Nas relações corporativas, não íamos muito além do que se espelhava na cidade e, muitas vezes, os cortes que aprofundam a dor nasciam no fio do sorriso sarcástico dos colegas de trabalho para morrerem na ponta da faca a furar a mão de quem esmolava perseverança por tentar alterar qualquer coisa que fosse no cenário.

Naquele primeiro dia, *yo no lograba* me esquecer dos *ojos* que tinham me exposto ao universo na noite anterior. Já sabia que não podia deixar transparecer qualquer desconfiança sobre as intempéries íntimas, porque as habilidades técnicas não faziam muito peso na balança das perseguições. *Yo debería* correr duas vezes mais para me fazer respeitado. O unguento que curaria a queimadura daqueles *ojos en mi corazón* não viria do ermo espaço entre um segundo e outro na rotina do meu trabalho.

Assim que pensava nele, tentava me concentrar no mundo que se levantava do bagaço. Só que qualquer reflexo de meu rosto nas tinas da usina denunciava meu distanciamento. O que se via era a imensidão do que me tornei ao botar reparo naquela outra mirada. Se me quisesse, com uma linha de náilon teria me costurado à eternidade daquele momento, teria me soldado nas profundezas das certezas de que seríamos felizes e, por fim, teria visto que, grudado em mim, unidos pelas nossas angústias e carências, era provável que poderíamos ser *nosotros mismos* nessa mesma vida, ainda que talvez não menos solitários.

Desde ontem, sempre que pensava nele sem saber, inclusive, quem ele era, sentia o cascalho fincar ponta nos meus pés, enquanto caminhava atrás dos meus colegas, quase correndo apavorado como estava na noite anterior, só que como um cachorro implorando por um afago, uma fêmea clamando de desejo nos telhados da madrugada, *una gata bajo la lluvia*, alguém que implorava para ser amado e não podia, já que inventou de amar logo a um *par de ojos* no escuro de uma casa, em uma rua da cidade nova, um mundo de onde os anticorpos sociais tentariam me expulsar, se não me fizesse parte daquele jogo logo.

Entre uma seção e outra, no caminho entre silos, inventava os pés dele esparramados no meu peito, as mãos grandes a segurar o manche de uma canoa, nós dois parados numa escuridão de um lago ouvindo cigarras, peixes saltando na superfície, galhos quebrados por patas ou antenas desconfiadas de predadores. *Yo tendría* enfrentado as adversidades que um *beso* dele traria se aqui ele estivesse ou se, escondidos, navegando por aí fôssemos pelejando com quem estivesse rondando a nossa barraca na ameaça de um mal que percebíamos mesmo sem vê-lo. Naquele momento, entre *hombres* envelhecidos e outros queimados pelo sol, pensava sentir o cheiro do sorriso que me turvava as vistas, porque tudo isso ainda era, naquele momento, inventado, centelhas de tesão e medo da morte, nada mais do que uma fantasia.

No corredor do canavial, as garças levavam de mim o equilíbrio, os tucunarés pulavam na superfície da água do lago distante para se sentirem vivos e as cobras ondulavam pelas rochas do caminho, lavadas por água escura, as ondas do mar de máscaras das pessoas que fertilizavam o chão de Goiás, enquanto as suas mulheres se dedicavam a preparar as festas de santo para que pudessem aproveitá-las entre bebidas e competições. Não era muito diferente de uma rotina social no México, mas era o Brasil e, ali, com a mesma esperança de um povo que vê um andor passar com a certeza do milagre, meus colegas me olhavam com fome, com vontade de aprender o que teria para ensinar, com vontade de que passasse no teste e pudesse, no rompante das almas, fazer parte da procissão, um discípulo a mais no purgatório.

Só que nada me fazia esquecer o que era aquela figura sombria à espreita detrás da janela. Um olhar que atravessou o espaço que havia entre nós, entre as culturas, entre as expectativas. Se era *hombre o mujer*, pela primeira vez, *yo no pensaba* nisso. Havia algo naquela pessoa que me contava pertencer a algo exposto e vulnerável, porém não tinha certeza de que sexo e gênero. Por mais que tentasse, não conseguia abalar a sensação de que estava, para sempre, sendo observado desde então. Agarrei-me, por certo, nessa linha bamba entre atender a aquele que me chamava e recusar saber o que a vida pedia de mim nos meus dias de trabalho, apertando a mão de cada um a quem era apresentado e tentando guardar seus nomes na memória.

Se corri na noite anterior, apavorado para não ouvir o que ele tinha a me dizer, tinha interesse hoje em nada mais que não o prêmio que teria ganhado não fosse a mudez. Enquanto me falavam sobre o bagaço da cana e o etanol celulósico, *yo tenía* vontade mesmo era de aprender com a natureza e fazer feito os gatos, ou seja, desaparecer aos pouquinhos antes de sumir por completo. A morte dentro da morte é sabedoria que considero um dia alcançar e que *Dios* me desobrigue da vida eterna depois de tanto me atormentar com a olhadela absoluta de um desconhecido reacendendo dentro de mim as brasas de uma felicidade possível.

Sempre que alguém falava comigo, fosse no primeiro dia ou na semana que se seguiu a ele, eu percebia que *yo* fechava *los ojos*. Aos brasileiros poderia parecer algo estranho, mania de estrangeiro, mas era coisa que fazia para poder pensar concentrado. No entanto, cada vez que o fazia, mergulhava um pouco mais num paraíso psíquico no qual não existia mais ninguém, *ni mismo yo* que tudo admirava de lado de fora, como muitas vezes ficava diante das artes nas paredes em galerias, museus ou recepções de consultório médico. Amava o projeto do que aquele *ser y yo* seríamos juntos e precisava descansar desta obra que criava por pura imaginação e projeção emocional.

À medida que os dias passavam, mais me sentia chamado de volta àquela rua, diante daquela casa. *Yo me hacia algún esfuerzo* para acompanhar o ritmo das discussões com meus novos colegas, saber todos os caminhos que me haviam sido mostrados, os dias de visita aos campos para medir o teor de minerais no solo, avaliar a saúde das plantas, corrigir a adubação. Com a desculpa do idioma, me via pedindo a eles que se repetissem, ainda que minha concentração escorregasse junto à garapa, enquanto tentava manter a vida em ordem sem deixar o fluxo do meu sangue baixar para o centro de meu corpo e me dar uma ereção.

No entanto, mesmo que me esforçasse para manter o foco, não restavam dúvidas, por fim, que estava onde deveria estar. Se *yo* me sentia estrangeiro em todos os lugares, aqui parecia haver uma promessa de raízes. A usina de açúcar e álcool era um mundo só para mim, um lugar onde a ciência e a indústria se encontravam em uma mistura de inovação e tradição, potencialmente perigosa e benéfica. Ali, *yo estaba* no centro de tudo aquilo, uma engrenagem vital na máquina do progresso não apenas daquela cidade, mas também para o que viria a acontecer em minha vida a partir daquele momento.

Na tarde de sexta-feira, criei coragem e perguntei a Isabel o que era o tal lugar chamado Mão Amiga, mentindo que havia ouvido duas outras pessoas conversando sobre isso no campo mais cedo. Ela me explicou que era uma casa de tolerância e que fornecia apenas serviços masculinos, para deixar aqui registrada a mesma expressão que ela me deu junto com um sorriso no cantinho da boca. Culpei o idioma e falei que não a havia entendido. Ela então caiu na risada e me aconselhou:

— A não ser que você seja gay, não vá lá!

— *Yo soy* gay, Isabel...

— Pelo amor de Deus, Miguel, não diga isso alto assim!

— *Y por que no*?

Há lugares em que estou, mas nunca os imaginei, ainda que os saiba. Acompanhei Isabel pela planta até a recepção, onde tomamos o ônibus fretado pela empresa de volta para a cidade. Não me haviam dado ainda o carro que a função permitia ter. Passeei minha presença trocando um tormento pelo outro. Sabia que teria problemas por ser quem era naquele lugar, como sempre os tive, de qualquer modo, seja no México ou nos Estados Unidos. Só não achei que estivesse tão ameaçado quanto me senti naquela tarde pela repreensão disfarçada de proteção por parte de Isabel. Era como se, ao ser descoberto, estivesse imediatamente condenado à morte. Para muitos, não estava ali. Para mim, seguia sem saber como sair de lá.

De volta ao meu hotel, refleti sobre as semanas passadas. Tomei um banho demorado e me ajeitei da melhor maneira que pude, sentindo um cheiro acre de mosto misturado ao perfume das damas da noite que invadiam o quarto. No espelho, feito adolescente que tenta aprender a *besar* chupando laranjas, treinava o meu rosto para entrar confiante no Mão Amiga, sabendo o que gostaria de estar fazendo em poucas horas, ainda que duvidasse muito de quão factível aquilo fosse.

Quando apaguei a luz e saí, tudo o que havia ao meu redor e em mim respirava, por fim, na paz de espírito. *Yo me sentía vivo*. Como a madeira que estralava cansada de fingir que não era madeira, mas mesa, cadeira, o que a determinássemos que fosse. Havia, no escuro das ruas, certa liberdade que destituía das grades e das paredes, das taramelas, dos ganchos de rede, a cruel solidez de serem servos de nossa infinda carência, insegurança e necessidade de conforto. E, sem me perder em mim, vaguei pelas ruas já me sentindo úmido na cueca e derretido nas pernas.

No escuro entre um poste e outro, chutando pedrinhas, pude me despir da máscara de mim mesmo. Deitar-me no vazio da hora, recobrar a verdade do caminho que corria feito rio banhado pela lua, enquanto, na mata, esquecendo-se do dia, a coruja piava se sabendo uma coruja. Era importante que soubesse quem *yo sería*, quando *aquellos ojos* pousassem outra vez sobre mim, para que me reconhecessem e me reclamassem como seu.

Por isso, seguindo os conselhos de *mamá*, caminhei cantando até diante do bordel, com o neon já aceso e piscando. Olhei para os lados na expectativa de que alguém estivesse me testemunhando e entrei com medo mesmo, porque não há nada no mundo que se faça sem ele. É sempre apesar dele.

A paz não ressuscita ninguém. Para a nossa história, a morte ainda haverá de chegar na esteira dos conflitos, porque o caos é também uma ordem a ser imposta. Sem nos apressarmos então, uma vez dentro do cabaré, a energia da minha decisão de retornar se alinhou à do universo e à dos anjos sem sexo, mas tão invejosos do nosso, que baba calafriado, que disseram amém.

Quem estava com *los ojos* fechados, ficou vesgo; quem estava com a língua solta, ficou com ela presa. Na confluência de tudo, Miguel era aquele que me mostraria, como se lesse na borra do café, os auspícios de um futuro de curto prazo, um vento frio que bate no rosto exatamente quando uma pessoa sai do banho quente e a vida muda para sempre.

12.

Quando Miguel me viu entrar na casa, pensou duas vezes se vinha até mim. Ele sabia que era Sandra quem atendia aos clientes e os direcionava para quem estivesse disponível. A casa ainda não estava cheia, mas já havia quem balançasse o copo de bebida e fumasse seu cigarro. As cortinas, durante as funções, protegiam as janelas que permaneciam abertas, o calor era muito e o fogo consumia todo o oxigênio. Eram de um tecido tão fino que o ar movimentado por um corpo que passava por elas era capaz de fazê-las darem vista às fendas e aos flagras. O corpo de Miguel, preso ao chão pelas forças de ontem, hoje e amanhã, entretanto, tremia de nervoso.

Bastou uma pergunta minha. O peão ficou à espera do cataclisma. *Yo soy* aquele que, com frequência, diz não, o rapaz funesto que contamina os outros feito água de brejo, mas, ali, enquanto esperava, morrendo de medo e sofrendo daquele tipo de ansiedade que revirava as tripas, buscava encontrar, *en los ojos* de alguém, a armadilha que me havia atracado e fincado raízes no chão, me dando, em poucos minutos, um país. Muito diferente do bordel ao qual *mi papá* me havia levado tantos anos antes.

Yo tengo temor a muita coisa e quero sempre chorar, um espírito tão infantil que chega a ser ridículo e, por isso, não consigo passar um ar de seriedade, assim como me é impossível gritar, quando necessário. Vi, nessas condições, atravessando a sala uma senhora que se aproximou de mim, um andar de quem conhecia os destinos, de quem trazia um cajado invisível na mão e apontava paraísos impossíveis, como as ciganas do anteontem e como as feiticeiras do depois de amanhã.

Na borda do fim, a mulher alongou o cajado, que *solamente yo* via, para tocá-lo em meu ombro. Sem pressa, me alcançou, enquanto o perigo escalava meu corpo como o uivar de um lobo para a lua arredondada, imensa e amarela no céu. Descrente, pedia, meditava, clamava e a minha fé se alimentava do meu pavor. Se não sentisse tanto medo, *yo mismo* faria chover ali dentro, controlando o ambiente. A mulher não era *Dios*, não era *el Diablo*. Era mais do que eles dois combinados, enquanto cruzava a sala em seu vestido envelhecido e seios rijos como certidão de nascimento. Mulher na força com a qual ela me bateu com suas palavras.

— Bem-vindo, sô-compadre! Primeira vez aqui, sim?

— *Si, es mi primera vez...*

— Um forasteiro essa noite! De passagem ou pra ficar na cidade?

— *Yo he venido* a trabalhar *en la* usina de açúcar.

— Aqui não faz falta dizer a verdade. — Ria desconfiada de mim. — Basta que entenda as regras da casa.

— *De acuerdo.*

Assumi seu juízo como a verdade que me faltava para cruzar qualquer rua, para repisar as falhas do meu caráter, para saber que não precisava de milagres que me salvassem daquilo que sabia que ali encontraria. Havia tanta coisa reprimida nas minhas costelas que inflei demais os meus receios naqueles anos. *Yo*, que como pouco, deixei o corpo crescer e, menos mirrado, fui me vendo pronto para enfrentar o que quer que a vida fosse capaz de me dar o que, da felicidade, fosse possível.

— Ocê sabe o que é o Mão Amiga, num sabe?

— Mais ou menos.

— Aqui é uma casa onde as noites são livres tanto quanto deveriam ser os seus dias lá fora. Como ainda lá fora num é possível, aqui dentro, sô-cabra, vai ser o seu paraíso.

— *Entiendo...*

— Aqui se paga adiantado, não tem fiado e o preço se combina com o seu compadre da noite. Tem alguma preferência?

— *Puedo mirarlos a los ojos?* — perguntei, enquanto fazia um gesto com a mão demonstrando que queria pousar as vistas no estoque.

— E o que pretende encontrar nos olhos dos meus meninos?

— É que, há uma semana, mais ou menos... — Tentei arranhar um português pesado ... — Passei por aqui na rua e *no vi un cuerpo, pero si los ojos* de alguém. *Quiero* que sejam aqueles *mismos ojos*.

— Um poeta! — E, de repente, a lembrança de Rosaura, o que tomei como bênção.

Com dois toques de palmas, os meninos que estavam livres, dentre eles o Miguel, se aproximaram em fila para uma inspeção mais íntima. *Yo no sabía* se seria capaz de encontrá-lo, mas nutria em mim uma esperança torpe, daquelas que nos empurram pelo precipício quando nos fazem crer que podemos voar. De fato, voamos. O que não sabemos é aterrissar. Fui repassando um a um. No ambiente, ainda que com pouco movimento, as pessoas riam deles e riam de mim, porém não pelos mesmos motivos.

Quando esses pensamentos concorriam com o calor daquela noite, conversava em meu âmago com as almas, pedindo que me levassem e que me banhassem no lago sem lama daquele ser que *yo* queria encontrar. Em cada tipo de profundidade dos *hombres* que vasculhava na intenção do meu afogamento, cada mergulho me fez ver, estando também algo mais perto de mim mesmo, a distância das ondas que se formam quando o fruto maduro caía de um galho e perturbava a mesmice do espelho d'água. Nem eles estavam acostumados com tamanho escrutínio, nem *yo estaba dispuesto* a deixar que todos, fora aquele a quem buscava, mergulhassem em minha água parada.

Faltando dois ou três rapazes para terminar, sendo Miguel o penúltimo, diante de uma situação insólita num rincão de terra no meio do Brasil, foi fácil me deixar imaginar que vagava pela história de um filme qualquer. Nele, eu teria poderes para descontinuar o cajuzeiro de dar frutos, à espera de uma única fruta a me matar de vez a fome eterna de afeto e de futuro. Seria lindíssimo se *Dios* viesse me provar que Ele existisse e me podasse no toco, impedido de brotar verde e que isso me salvasse de mim mesmo. A selvageria das coisas me cobriria de amor e ninguém haveria de me achar de tão recoberto que estaria. Um dia se esqueceriam de mim e, inalterada a ordem do mundo, poderia, quem sabe, ser feliz só com o meu rapaz.

Mas ali quem mandava não era Ele, nem a serpente. A mulher do cajado se impacientava enquanto acabava de repassar a tropa. Até que, por fim, pousei *mis ojos* na mirada de Miguel e, ali, lembrei-me de que os discos, os pratos brancos, as facas pratas que dormiam tranquilas nas caixas de minha mudança, a mão que palitava os dentes do bar do cabaré, a outra que afagava a barriga de seu companheiro, ambas buscando um sorriso à toa, bobo, nas paredes, na pia, na torneira que pinga cujo som me fazia recordar de *mi nombre, mi nombre, mi nombre, nombre, mi*.... tudo ganhava, de repente, um sentido.

Percebi que a vida tinha uma nitidez, que novos olhos e mãos brotavam no meu corpo, no meio das minhas pernas um sinal de graça, na tristeza dos passos, na angústia do dinheiro conquistado, na lágrima pingada no ralo da pia, nada disso era mais ou menos importante para mim. Algo se assentava em minha carcaça. Era preciso certa soberania para abrir a porta quando os *hombres* saíssem daqui e a respiração desembestasse, as luzes se acendessem e o mundo parasse sem aviso prévio, porque Miguel, com garganta seca e tão ansioso quanto *yo*, mandando sinais claros, jantaria sozinho o meu coração à mesa que não era a mesma das cartilhas pelas quais aprendíamos o que era amor, masculinidade, Deus e família.

— *És él*...

— Miguel é o nome. Leva ele pra tomar alguma coisa, sô-moço...

E, assim, meu peão agarrou a minha mão e me conduziu para dentro de uma caverna da qual jamais sairia, cujas sombras me fariam companhia por muito, muito tempo até os dias de hoje, razão pela qual reconto essa história como um tótem de uma transformação. Ele me pediu que me sentasse e que esperasse, sumindo na baderna dos compadres repletos de emoções recalcadas, prontos para elaborar sobre as razões pelas quais *hombres* amavam a outros *hombres* sem a necessidade científica de justificar o amor ou encontrar evidências que explicassem e validassem a autenticidade dos seus desejos.

Em minha poltrona, *yo era* uma nuvem pesada de chuva: desequilibrada do sistema, matando e alimentando seres, recusando aos outros e fugindo das ameaças, retirando do céu o ego deformado pelo sol e outras estrelas, para expor-me a ele, *hombre* rústico, bruto, sistemático, de pernas arqueadas e prontas para montar em mim.

Voltou e se sentou comigo, pousando a mão no meu joelho e passando o braço direito sobre meu ombro. Cada pergunta tinha a força de um raio que partia a dureza dos sentimentos ao meio, ao passo que as formigas de meu raciocínio se escondiam sem muito o que fazer enquanto o doce não começasse a brotar de nós dois feito seiva. Elas nadavam, afogavam-se, nada passava despercebido pela surpresa do rebote no impacto com a camada da água que caía de sua boca no poço sem fundo da minha carência.

— Ocê confia em mim, forasteiro?

— Meu nome é Ernesto.

— Confia em mim, Ernesto?

— O que me resta *hacer*?

No ciclo das baixas pressões, na angústia que brilhava como relâmpagos nas nuvens que cresciam diante dos meus olhos, me deixei levar por ele. Não pedi ajuda. Escorri no vidro que me separava da pedra rochosa do meu passado e que, sem luz, tanto quanto *yo estaba*, via que *los encantados* ao mesmo tempo que choravam pela inevitabilidade do que viveria também semeavam algo no meu espírito. *Nosotros*, humanos, somos brinquedos eróticos dos seres mágicos e *yo era* um terreno fértil, com raízes robustas crescendo de mim. Uma mandioca que estava pronta para ser apanhada direto do chão.

— Fique aqui... Antes da gente subir, eu tenho um show pra fazer!

— Um show?

E, então, não sei: pode ser que houvesse seca, mas quem é que espera a seca quando se está atravessando a temporada das monções?

Esperei, bebi de uma cerveja morna que ele me trouxe, notei que minha poltrona estava virada de forma conveniente para diante de um pequeno palco, um lugar honrado para assistir ao que havia para ser visto e imaginar o que dava para ser imaginado, criando na intimidade de minhas neuroses o anseio pelos nossos corpos, quando se encontrassem e se acendessem.

Yo era todo incêndio.

13.

Num intento atabalhoado de deixar o ambiente à meia-luz, algumas das lâmpadas foram apagadas e duas luminárias acesas, uma de cada lado do palco. A luminosidade interior do Mão Amiga já era fraca, não mudou muita coisa, ainda que a região do palco estivesse sim mais clara, ressaltando um chão poeirento e as manchas várias de um pano que ficava atrás, formando um cenário burlesco com alguns festões dourados antigos, mirrados e desfiados.

Sandra subiu e agarrou um microfone que estourava na caixa. Ela olhava para *los hombres*, seus compadres, todos espalhados pela sala, e deitava a mirada em mim um tanto mais de tempo, como se colorisse meus olhos, como se enquadrasse meus gestos em planos fechados em busca de alguma intimidade. Soltou um sorriso, que *yo no supe* interpretar.

— Sôs-compadres, mais uma vez, agradecida pela preferência... Como de costume, aqui meus meninos sempre preparam algo para divertir ocês. Hoje, eu apresento: Maria, a mãe de todos.

Num rompante de palmas, vi Miguel entrar no palco, vestido com uma roupa justa de veludo preto, maquiagem forte e peruca curta, castanha, um reflexo de cada um dos vivos diante de um espelho dos mortos. Maria era bruta, um olhar profundo de arado a sulcar o pasto, braços marcados pelos anos de rédea e enxada, uma alma enlameada pelas lágrimas dos anos, pronta para ser semeada, ainda que a um ponto de se cansar, de se fechar e se deixar arenosa, permitindo que apenas capim e praga crescessem de suas entranhas.

Ela se sentou num tamborete alto, cruzou a perna com um desjeito de quem sabe ser o desajuste uma forma de elegância, respirou fundo e cumprimentou a plateia. A menina do espelho era, portanto, *un hombre* triste e solitário, de *ojos* verdes e de pele entardecida. No palco, o vestido de gala, o cabelo artificial, o medo da porta se abrir.

— Essa sou eu.

Onde havia amor, medo de recriar o mundo, também havia vontade de fecundar. Onde havia *Dios*, havia negativas, mas a menina do espelho, percebi, sonhava com a verdade, que não estava no reflexo de ninguém. Agitava o fio do microfone, passava os dedos pelo pano manchado de seu palco, guardava-se um silêncio como se fosse um lençol pronto para ser usado e a menina pedia para que ligassem, por fim, o som. A música começou a tocar, reconheci os primeiros acordes de uma canção mexicana, mas cantada aqui em sua versão brasileira, tendo depois descoberto que uma dupla sertaneja das mais famosas havia feito uma gravação literal do clássico de minha terra e, com ela, tido muito sucesso.

> "Eu vivia tão contente
> Tão alegre e sorridente
> Cheio de felicidade"

Maria-Miguel estava centrada em sua vontade de fazer bonito. Entendia, melhor do que ninguém o que, naquele lugar, cantava. Estávamos os dois suspensos no ar, envelhecendo a película nas ilusões ainda não filmadas. Tudo era inédito. A música que ouvia embalava os bailes diários no resguardo das minhas vontades, como se me sentisse em casa. Senti a minha calça viva e, ainda que não precisasse esconder a vida que se elevava de mim, cruzei a perna com medo de vulgarizar o espetáculo que se desenhava à minha frente.

> "Eu vivia de alegria,
> Da beleza, da poesia,
> Não sabia de saudade,
> Nada de saudade...
> Eu vivia muito bem.
> Eu jamais sofri;
> Eu jamais chorei;
> Eu era tão feliz,
> Não pensava em ninguém"

Seguia Miguel-Maria cantando, a música estourada no alto-falante. Sandra transitava pelo salão do Mão Amiga pousando gestos nos ombros dos clientes. Oferecia bebida, comida, investigava gostos e contragostos, estava ciente de seu papel de anfitriã e orgulhosa de sua menina-menino no palco que, naquele momento, sobrava em vida, como o toque quente de uma mão na superfície fria dos azulejos quando dois se amam no chuveiro, as janelas sem grades, os compadres, a vida ou o esboço dela. No fundo do poço, um grito que não saía da garganta, mas que cantava, olhando para mim, como se estivesse de novo no escuro da casa e *yo*, na rua, a desejar estar dentro dela, dele, de *sus ojos*. A menina do espelho era um homem taciturno, mas cantava.

> "Até que te conheci
> Não sabia o que era amar,
> Eu que era tão feliz,
> Por que fui me apaixonar?
> Muito tarde compreendi
> O que a paixão nos faz,
> Vivo só pensando em ti,
> Mais que tudo, muito mais"

Por um minuto, voltei ao México e ouvi a voz de *mi mamá* no pátio de casa. As cenas em que nos via por detrás das memórias aumentavam a ansiedade real pelos toques do meu peão. Queria e precisava de um abraço. Quantas palavras seriam necessárias para desvendar a ficção palpável de minha liberdade de amar?

Maria-Miguel aproveitou um trecho orquestrado da música, ficou de pé, pisou o degrau do palco, ajuntou o fio num rolo na mão e, enquanto se aproximava de mim, recitava para além da conjuntura, criando uma vivência para um além-mundo. Se entidade ou não, se possuído ou não, o corpo que se movia era um bicho que se aproximava para estraçalhar sua presa, sentada indefesa e entregue numa poltrona velha, diante de muitos desejos que não eram apenas o desejo sexual que se canalizaria entre aquele corpo e o meu.

Senti minha pele ferver com a febre de quem estava corajoso e retribuí a investida, oferecendo o que em mim havia de mais sagrado, aquilo que brotava da fonte, independente da vida latente em minhas calças. Enquanto a música subia de volume, Maria caminhava e *yo solamente tenía* vontade de perguntar:

— *Diosa*, estás mesmo aqui?

Estar acordado e presente parecia já uma resposta, que haveria de rolar nos lençóis ao meu lado, que haveria de sentir a sola no piso frio da manhã, que haveria de descer como lã ou jorro de água na face, de recender calma na xícara do café. A dúvida, como a alma, invisível e necessária, existia para mover o dia, porque queremos acreditar que é possível, que nós seremos o milagre, eleitos, agraciados. Arqueólogos de fé, abismo na vida, sabor inigualável de comida de mãe, carinho raro e seminal de pai. Nada disso me levava mais para dentro de mim mesmo do que a voz de Miguel como Maria, roubando da noite, eucarística, o tempero de todas as horas e do ar que respirávamos. *Yo, entonces,* senti o sopro entrar em mim, apegado às minhas feridas, com o chão sumindo dos pés e a bebida virando promessa de brado. Era quase um xamã cavado no barro à força.

Busquei a moça, sentada agora na minha perna, sua coxa pressionando o corpo que antes estava morto, e ela cantava, enquanto brincava com meus cabelos:

> "Eu jamais sofri
> Eu jamais chorei
> Eu era tão feliz
> Mas eu te encontrei"

A música acabou, a casa inteira se movimentou no ar dos aplausos. Maria se levantou de mim, sussurrou qualquer coisa ao meu ouvido que não consegui distinguir, subiu de novo ao palco, agradeceu ao público e saiu. Fiquei parado e, quem quisesse, me levava dinheiro e a vida inteira naquele momento.

Muita gente reclama do tempo, querem segurá-lo com desejo quase infantil. *Yo no lo* prendia. O seu passar era o meu prazer. Sentia-me vivo, já que no resto de tudo *yo tenía* dúvidas. No meu rosto, fincavam-se as rugas e as marcas porque era da natureza do tempo. Achava bonito vê-lo em mim, ver-me presente. Envelhecer sempre foi um privilégio e uma escolha, que vinha renovando toda manhã enquanto fizesse sentido. Nada nos envelhece mais do que tentar parar o tempo.

Miguel deixava tudo nonsense. De repente, o tempo significava um contrato que assinei com uma multa alta se dele desistisse. No braço de Miguel, depois que retornou, já sem Maria, e, enquanto me conduzia para o quarto, pensava que, até que morresse, teria que cumprir tal acordo, só esperando que o dissenso não fosse naquele dia, que deixasse o próprio tempo com a responsabilidade cobrá-lo.

— Você pode me *besar*... — *yo* pedi.

E ele, então, com se diante de um ingá adocicado, me abriu com os dedos e me beijou molhado.

14.

As roupas no varal, outras na cama para que fossem dobradas. Havia mais coisas numa casa do que apenas a espera. Para uma *persona como yo*, também havia muito mais do que se enxergava no alcance das mãos que nada faziam. Tudo na órbita da minha poesia não escrita poderia ser dito, mas aquela que se podia ver, como Miguel ao se secar depois do seu banho, não caberia no papel.

Yo poderia escrever que a fímbria da vida estava na busca do corpo, mas isso jamais daria a dimensão da beleza do encontro da luz na pele dele, nem da dança livre e contumaz do tecido ao lamber passageiro do vento na umidade que morria dentro do quarto, como nós dois na mística sorrateira e impiedosa do momento, entrelaçados de vontade e prontos para viver uma vez mais a nossa transa.

Ele veio e se deitou do meu lado. *Yo podría* desejar o toque, a ânsia do suor, a digestão da urgência na mecânica do sexo outra vez depois de muito tê-lo, mas tudo o que desejava era que ele dormisse, calmo, já que nas pálpebras do seu descanso passaram, naquela noite, a sobreviver ao amor e à esperança que surgia de nós dois. *Yo antes no sabía quien era yo*, agora já não tinha dúvidas de quem seríamos *nosotros*.

Yo sabía que estava vivo para sentir a aragem do mundo, mas a poesia residia fugaz no amante, que se aproximava na dança dos braços dormentes no recobro do calor de uma noite curta. Nenhum amor resistiria sem o alvorecer de *un beso* no novo dia. Quis ir embora, ele insistiu para que ficasse. Comecei a me angustiar na confusão das coisas: deixaria o dinheiro a alguém a quem já amava? Ou o amor seria uma ofensa ao acordo comercial do ambiente onde tínhamos nos conhecido?

Fomos os dois então à descoberta das possibilidades e vi Miguel se levantar, destemido, enquanto persistia nestas linhas que ainda não estavam escritas naquele momento, mas que já se umedeciam na minha língua, com a qual replantava os sentidos na terra fértil e crua da literatura que era a ficção da vida que acontecia ali naquela cama entre nós dois, ainda que *yo también* pudesse estar a inventá-la como sole ser de costume de todos que respiram.

— Onde que ocê tá?

— Pensando *cosas* bonitas sobre você.

— Me dá um beijo por um dos seus pensamentos?

E minha boca sendo alimentada como filhote de pássaros.

— *Yo tengo que irme.*

Ele, claro, não sabia que já o amava e *yo tampoco tenía la idea* do que ele sentia por mim, se era que sentia alguma coisa. Vesti minha roupa, arrumei o meu cabelo, cocei meu braço desajeitado, ele percebeu minha indecisão e presumiu a vergonha, acostumado que estava aos tratos do negócio a que vinha se dedicando.

— Pode deixar o dinheiro com a Sandra. Tinha que ser antecipado, mas você teve a liberdade comigo, foi sua primeira vez...

Sorri mais do que deveria, aliviado da agonia de quebrar a ordem do caos com as notas de reais que ganhava trabalhando sem poder falar sobre mim, apenas sobre cana, açúcar, queima, álcool, safra, plano, orgânico, mosto, bagaço, energia. No mundo da engenharia e da agronomia, por mais espaço que existisse para fertilizar e fazer brotar vida que apenas se transformava em outras coisas, não cabia a essa própria vida fazer brotar em nós a transformação de tudo. Ela era a tela, a responsabilidade pela arte continuava com o artista. Sentia-me florido, como se estivesse debaixo de luz forte num campo aberto e foi assim que de lá saí.

Se felicidade fosse algo permanente, não choveria nunca ou até pudesse chover, mas sem nublar o horizonte de quem, nele, já vivia debaixo d'água, afogado. Se felicidade fosse uma recompensa, bastaria o céu se azular outra vez, com sol a iluminar a curvatura dos relevos de Miguel e o mundo, sozinho, acenderia também o meu rosto.

Se felicidade fosse destino, mesmo estourando a beleza de um dia para as fotografias, estaria dentro do quarto, da vida, da revida, da além-vida de Miguel procurando, para meu ofício, palavras tardias. Se felicidade fosse cidade, não seriam o Rio de Janeiro ou a Cidade do México. Seria Baíra, aquele povoado insosso, ainda que potente, no interior de Goiás. Éramos deuses civilizadores em outras esferas, onde a solidão se ancoraria no cais de pessoas como as que íamos nos compondo, *como yo* ao deixar o Mão Amiga chutando expectativas pelas ruas escuras, feliz da vida. Quem me visse, lidaria com a inevitabilidade de uma tarde chuvosa, pois Miguel era todo tempestade e eu sem guarda-chuvas.

Na madrugada, ventava e nada se movia, como a vara com a qual se açoitaria o tapete que foi sujo pelos pés de toda a História. *A mi me gustaría* desejar os planos, o futuro, e me perguntava quando foi que passei a aspirar o fosso e não isso que sentia naquele momento, dependurado apenas por um fio que me suspendia no arco de uma jornada anti-heroica. O que havia antes, de repente, já não me lembrava mais diante das memórias esculpidas na noite junto com Miguel.

Ventava e o mistério varria as folhas de livros antigos e contos que caíram, depois de horas, de uma árvore genealógica a se corroer de incertezas com as quais me remoçava a cada olhar frustrado que tivesse sido pousado sobre a vida. Quanto menos certezas, mais juventude. Juntos, *Miguel y yo* éramos como uma cura, também uma ameaça, éramos sanidade e doença daquelas que não se nomeiam por medo do que elas precedem. Não havia notícias sobre o planeta onde tenha existido alguém que tenha sido feliz para sempre, mas *yo* seguia desejando e queria tentar.

Ventava, não sei quanto ainda nos restava de pulso, mesmo que os aparelhos viessem a ser desligados em algum momento, o tapete por fim limpo, retirado para que o pó de nosso atrito fosse varrido por mãos mais firmes e que, em nossa casa, ou pelo menos em meu corpo, casa de meu espírito, pudesse de novo residir um amor que haveria de curá-lo de mim e de acabar, nele, com o mal de um coração que não sabia ser pouco. Nunca pensei que amar fosse possível para alguém como *yo*, afinal gays se conformam desde cedo com o que está disponível entre uma violência e outra. Assustava, portanto, ver-me diante de uma catarata caudalosa de sentimentos.

No relógio, as horas seguiam sua mecânica. Não havia vivalma nas ruas e, ao cruzar a Rua Trinta e Um, quase pronto para virar na esquina com a avenida que me conduziria ao hotel, a clareza de uma estrela cadente me fez sentir mais uma vez grávido de palavras, coisas que eu gostaria de dizer, mas com risco imenso de abortá-las. Pensava que as que sobrevivessem teriam a sequela de carregarem o meu desagravo com a vida naquele idílio em que vivia. O paraíso seria, portanto, o abraço de um peão, eu saindo desgovernado do brete.

Não voltaria à direita de *Dios*, pois, mesmo que nos ditadores também haja um coração, o acesso a ele é restrito. Trabalho em minha evolução para que não seja apenas espelho de um genitor que abandonou o filho com seu santo Espírito doente, porco cansado da lama de onde brotavam as ervas daninhas e o capim com os quais deveria se alimentar, inclusive. Deus e seu fetiche pela eutanásia. Em minha barriga sem útero, as palavras se mexiam, respiravam, querendo abrir espaço entre as vísceras, buscando a oportunidade de amansarem o futuro ao saírem pelos meus líquidos, pelos meus pelos, agarrando-se aos dentes de uma boca fechada e muda, mas que queria gritar.

Guardei dentro de mim o leite redivivo de Miguel e o senti escorrer pelas cartografias de minha pele, em minha roupa íntima, lembrando do quanto esperei para que, ao me deitar numa cama ao lado de *un hombre* como ele, pudesse sonhar com o que fosse possível na rota das ilusões. De repente, *yo me acordaba de mi papá* e da noite em que ele me levou para perder a virgindade, como se ele estivesse prenunciando o meu destino, como se lesse nas nádegas das suas putas as benditas curvas de minha vida tal qual as videntes vasculhavam o cristal nas bolas de seus clientes.

Quando minhas palavras nascessem, sobreviveriam numa página em que um texto estaria a clamar de fome pela vida, pelo desejo, pelo tesão, por Miguel, por Maria, *por mi mismo*. Então, iria amamentá-las com os olhos, com essas duas tetas na face humana a criar espaço para o mesmo amor que brotou entre ele e mim no coração de quem as lesse no futuro e conosco suspirasse diante da literatura.

Entrei no meu quarto e me encarei no espelho sem julgamentos. Era impossível que o cerrado goiano fosse capaz de fazer viver algo tão precioso quanto dois *muchachos* enraizados um no outro. Tudo que o cerrado aprendeu com os anos foi a luta constante na busca pela água em um solo árido, retorcendo seus galhos, ralentando o sangue de seus filhos, fincando fundo na terra qualquer esperança que teria de conviver com animais rasteiros e fugidios, sobrevivendo ao calor e à seca de um vento que, ao mesmo tempo que limpa, também suja.

Não quis tomar banho. Deixei que o cheiro de Miguel na minha pele emporcalhasse os meus lençóis e que, ao acordar, estivesse ainda lambuzado de sua saliva a brilhar no raio de sol que descia da janela entreaberta, feito um rastro de lesma na minha pele. E, ao me deitar, quase entregue à pequena experiência de morte que é gozar e dormir, fechei os olhos e me lembrei:

"Y muy tarde comprendí
Que no te debía amar

Porque ahora pienso en ti
Más que ayer, mucho más"

O peso de Maria-Miguel em meu colo; a mão de Miguel--Maria no meu rosto; o toque do veludo na roupa de Maria em minha palma; a voz de Miguel estourando na caixa de som; o grito mudo dentro de mim antes de Miguel; a coragem de Maria depois de Miguel; Miguel me olhando protegido pela escuridão; Miguel me penetrando com sua vontade de me atravessar; *yo corriendo* de medo; *yo volviendo* porque era o que me restava fazer, apesar do medo. As coisas mais importantes não devem estar à mercê das coisas menos importantes.

Sem rezar por muitos anos, naquela noite supliquei por mim, por ele, pelo dia de ontem e pelo dia de amanhã. Talvez tivesse sido este o primeiro sinal meteorológico, o aviso da defesa civil. Pressentindo a tragédia, restaurei *Dios* brevemente à sua monarquia.

— *Señor*, dá-me paciência, mas não me testa, pois *estoy* cansado de sofrer. Meus nervos são cordas muito esticadas num violão. Quanto mais, desafinando-me, as apertar, mais violentas elas se arrebentarão em *mi cara*. Para que a música não pare, *Señor*, preciso das mãos e das vistas, toda a minha cabeça na qual, com um fio de voz, a boca que te clama, vendo-te em miragem, também é a boca e que, ajoelhado, alimenta-se com o milho de Miguel, implorando pela misericórdia de um dia tranquilo, sem insônia, sem compulsões, sem o absurdo medo de tragédias e catástrofes, sem pensamentos de morte. *Señor*, ajuda-me a viver, ensina-me a amar, ensina-me a ser livre de mim, ensina-me a estar com o outro.

No meu altar, *yo lo veía* sorrir, um sorriso eletivo, projetado para fora da vida, como o ar que se expirava porque era necessário, não porque significava um recomeço, mas uma nova vida. Se antes as pessoas me viam, me perguntava a quem elas viam exatamente, porque se antes me sentia sem viço, sem pisar o mesmo chão que elas pisam, como é que agora me percebiam? Naquela manhã, abriu-se uma fenda no tempo e no espaço e cravou em mim os espinhos da possibilidade de ter o que desejava. Se as pessoas entrassem lá, naquele quarto, além de ver as malas, os móveis, os quadros, o que mais elas veriam?

Una persona feliz?

Tinha muita vontade de que um dia me contassem o que de verdade existia em mim quando por mim, a partir de então, elas passassem e me notassem.

— *Señor*, devolve-me ao coração a fé que perdi, porque hoje me provou o milagre. Se me criou para isto e não me cuida como deve, como *el Padre que todo sabe, todo ve y todo siente*, como posso seguir me sabendo ignorado pelo seu amor se não me acompanha no amor que me dá através de Miguel? *Señor*, dá-me a energia e o descanso e leva-me de volta, com rapidez, ao colo de meu peão, que ele sim saberá o que fazer comigo.

15.

Miguel se arribou com as matulas, arriou a égua e foi embora para fazenda, pois era segunda-feira. No meio do caminho, apeou-se na beira de um riacho, encarando o correr de água até onde a vista se perdia no encontro com o ponto finito. Percebeu algo se mexer, mas não de uma forma que lhe desse *miedo*. Os animais não fazem mal por vontade. Curioso, o peão adentrou o mato pelo próprio rego d'água, provocando uma perturbação na ordem das coisas, como se também, em seu coração, *yo hubiese* subido contracorrentes e aberto, no horizonte, uma picada por onde se descobriu um rumo novo.

Rodeado pela mata e pelo mundo inteiro, Miguel olhou as botinas molhadas e seguiu adiante. Não havia nada para postergar, nem a adiantar, apenas o silvo de algum pássaro que dava a dimensão da realidade de que precisava para não se esquecer de que, fora do Mão Amiga, ele se esfarelava como as expectativas por dias melhores. Voltar à fazenda era sempre seu destino e dever, por mais irreal que suas viagens fossem, por mais frustrados que seus despertares se apresentassem.

Depois de um tempo tentando se costurar com seus receios, Miguel se viu entre o caminho e uma grande parede rochosa, onde a luz pousava com suavidade sobre diferentes tons de verde. Percebeu também, do outro lado, um casebre abandonado, apenas janela, trepadeiras e um vazio imenso. Tal uma onça encarando o abismo, o peão pensava que a liberdade era um tipo de folclore. Alguns minutos mergulhados no silêncio de uma clareira no regato manso de um riacho que sempre esteve ali, independente dele, entre ele e a grande parede rochosa recebeu muitos lembretes de que não deveria, mesmo querendo, acreditar numa vida feliz possível. Um dia, uma hora, porque a coragem ainda não se tomava como remédio e não se curava o infortúnio com facilidade.

Ele apenas ouvia aquele pedido de *beso* numa língua estrangeira, tal a voz de um cachorro a brincar com seu humano, um marco de raiva na fina camada de incertezas que envolvia seu brio. Ouvia e esperava a catástrofe. Ele sabia que, na queda, talvez desse tempo de chorar. Quem sabe desse tempo de aprender, quem sabe desse tempo de entender o porquê de, mesmo livre, estar preso naquele lugar onde luz não alcançava nunca, ainda que por ela implorasse.

Miguel se sentou na água e, como os patos, brincava com os braços espraiados, deixando que o toque fresco acalmasse sua pele, que o tempo passasse, que o sofrimento parasse, que os outros queimassem e ele a salvo no molhado, que não restassem carne e vestígios de quem foi, apenas do que queria ser. Aquele corpo que trazia, o fazia porque era preciso, assim como a alma que levava, a levava, pois, como uma verdade tal qual aquela parede rochosa iluminada, enquanto ele se umedecia à sombra de tudo.

— Meu Deus, se eu morrer, que assoprem as minhas cinzas em lugares verdes e silenciosos como esse daqui. Minha cabeça anda atrapalhada de tanta coisa e eu já num sei direito quem eu sou mais. E continuou ele: — Ou que me misturem com a terra, que plantem sobre mim uma muda de ipê como esses imensos daqui do Goiás, cobrindo toda a minha existência com as cores que reconheço, mas que nunca consegui sentir.

Ele ouvia o vento roçar as beiradas dos buritis e parecia som de chuva, assim como os quero-queros corriam depressa só porque um tinha visto o outro, que viu o outro, que viu o outro, pois assim que eram.

— Quando o chão estiver amarelinho ou roxinho, não importa, quero que Ernesto se deite no meu tapete e repita as palavras de maior boniteza da minha língua, mesmo que seja na língua dele.

E, uma a uma, Miguel, enquanto remava o riacho sem sair do lugar, olhando a parede rochosa e o corte de luz que descia de uma abertura na mata, começou a recitar as palavras das quais mais gostava:

Caminho
Alumbramento
Mãe
Pai
Entardecer
Cavalo
Chuva
Voz
Vontade
Saudade
Roça
Maria
Casa

Amor
Fé
Homem
Corpo

Tão logo terminou, nada mais foi dito. Ficaram eles dois, Miguel e Maria, a mãe de todos, assim, tocados pelo mesmo vento, roçados pela mesma paz, arados pelo mesmo rapaz, grávidos de amanhãs e uma rama florida imensa a brotar do coração.

* * *

Quando Miguel chegou em casa, chovia. Apeou e chamou por *su madre*, que não respondeu. A casa parecia calma demais para o horário, mas não havia onde eles pudessem ter ido. Tentou abrir a porta trancada. Rodeou pelo lado de fora até os fundos, sem que desse por eles. As galinhas escondidas em algum lugar, os cachorros preguiçosos, um e outro mugido de rês vindo do curral, sem qualquer voz humana ou barulho que o fizesse reconhecer sua casa.

Sentou-se num banco feito de um tronco caído e ficou encarando a poça de água que se formava no sopé rebaixado entre a casa e o terreiro. Na água, o encontro dos pingos permitiu que imaginasse pequenos mosquitos que sobrevoavam aquilo que apodrecia. *Sus padres* não estavam em casa, já não havia dúvidas, mas onde poderiam ter ido se não havia vida para além das cercas e, quando acontecia, era muito mais por necessidade do que por vontade?

Olhou para a massa nebulosa no céu ardósia da tarde. Recuperou, dentro de si, onde repousavam os segredos e as angústias, a voz de todas as coisas que, na corrente, iam adiante, como sangue a espalhar um vírus, as bactérias, os micróbios, todos que, tal qualquer coisa viva, merecem espaço no mundo, mesmo que isso signifique o fim de outras coisas, como talvez ele, como talvez a família, estancados na ancestralidade da terra e despreparados para o apocalíptico destino de tudo.

Os marrecos grasnavam em algum canto, assustados com nada, porque essa era a sua natureza. Miguel pressagiava estar sempre na margem do perigo da condenação, do enraizamento de suas convicções e do apodrecimento de seus galhos, de sua seiva, de suas flores. O peão sabia que não daria frutos, mas estaria disposto a viver de outro modo, desde que isso não significasse a dizimação do campo que proveu as suas sementes, dos pastos que o ensinaram a correr, nem dos coxos onde outros peões passantes o ensinaram a ser *hombre* com a brutalidade e o contorcionismo daquilo que precisava nascer e crescer, ainda que em lugares inóspitos e uma série de abusos.

Miguel, ao exemplo de mim, seguia no rumo da vida sem entender dela, sem se dar pela formalidade das línguas, sem se tratar, em prosa, com psiquiatra e terapeuta. Ele apenas era e sabia que, quando a chuva precisava escorrer, ela abriria o espaço e arrastaria o que houvesse de bambo em sua frente. Meses depois do dia em que se deu para a nova vida com a fé nas coisas que, como a cidade, traduziam sua beleza no cheiro do café, no urro das correntezas ou na ausência de pensamento durante um galope, nos lençóis que estavam à espera de pernas fortes e olhos por cima da linha do horizonte, ele se via buscando pelo impulso no ato impossível de voar para além do que conseguia imaginar.

Na espera pelos parentes, trancado para fora de casa, sem chave que desse entrada na intimidade seminal da família, tão sua e, ao mesmo tempo, tão estranha, ainda pensava sobre o descasamento que havia entre o peso de si naquele presente, tateando os cantos em busca da simples morada, do conforto de se saber dali e não de acolá, mas na libertação da certeza de se reconhecer também de acolá e não dali.

Miguel chorou por se dar conta que levar as coisas da maneira como estava levando seria impossível sem que alguém sofresse, fosse de desgosto ou por sadismo, sendo ele parte de quem somos todos, como humanos, mas repleto daquilo que, para muitos de nós, seria excesso ou anormalidade.

16.

Antes era sempre assim, alguém desconhecido vinha acompanhado de sorrisos e *los padres* de Miguel diziam: cumprimente sua tia tal! peça a bênção ao seu tio fulano! Ele não entendia quando havia tantos tios, pois de nenhum vinha a inspiração ou a repulsa pelas quais seus pés sonhavam em se bandear dali para o mundo. Mania esquisita essa de apresentar estranhos como pessoas da família, até entender que a família estava repleta de estranhos, libélulas a flanar no caminho que se interpunha entre o dever e o querer.

Herdou, talvez por isso, o fado dos antepassados. As tias já foram felizes e não mais o eram. Naquela época, Miguel também acreditava nisso de felicidade como coisa inerente ao existir, um sinônimo de gratidão. Era simples viver de cajus, jabuticabas, pães de queijo, cachorro que pressentia quando os outros chegavam, a cerveja que tomavam antes do almoço, a ideia de continuidade da vida que cimentava a sua casa. Naquela tarde, enquanto chovia e ele esperava do lado de fora, estava tomado por uma pasmaceira em relação ao entorno, como o chão encerado, porém riscado pelo descuido. A casa escorada nas suas costas foi ficando, de repente, imensa, solitária. Sem estranhos, sem tios, sem pai, sem mãe, apenas o vazio e o cheiro de terra molhada.

Pela corrente que se dependurava do teto, tentando guiar o caminho da água da chuva para um tonel onde faziam uma reserva para o banho e para os sanitários, desciam pinguinhos compassados, escoados de gotas mais gordas, como se tivessem sido acesos desde dentro por uma luz que tinha necessidade de ser vista. Miguel coalescia no peito tudo o que era vontade de partir e admitia que tinha de fazê-lo o quanto antes, mesmo que as portas de casa ficassem trancadas para sempre. Casa é, afinal, onde um se permite viver sem medo ou o lugar onde, com as chaves nas mãos, se possa entrar e sair sem quaisquer condições, e não essa coleção de hematomas que talvez dessem em hemorragia.

De tanto esperar pelos pais, levantou-se para partir de volta à cidade e foi assim que avistou *su padre* descendo pela pequena ladeira que separava o curral da casa. Eram apenas os dois: *padre y hermano. De su madre*, o que tinha sido? Esperou que se aproximassem, e ele ali, chorado de chuva ou chovido de lágrimas, enforcando aquele que era ou poderia (ou queria) ser, e os dois que, lentos, se bastavam com as certezas de serem homens, corretos e seguros de si mesmos. A espada-de-são-jorge apontando para alto ao lado da porta e a voz de *su hermano* gritando lá do descampado.

— A mãe... — A voz chegou e os dois a acompanharam em seguida.

— Que que houve?

Isso não era coisa de agora, mas *su padre* voltou-se contra o filho mais velho como um jogador de truco faria se estivesse jogando com uma criança, uma mágoa tão forte que, mesmo se Miguel tivesse oito, nove anos, ainda assim seria injusto. *El hermano* assistia quieto aos seus familiares numa imagem de poder e autoridade, pensando que haveria de ter qualquer razão isso do Miguel ter culpa, pois, antes dele partir, eram tempos mais fáceis de serem administrados. Mas o passado existe para dizer que fizemos o melhor que pudemos.

— O senhor veio a pé, pai?

— Não, vim montado num cabrito — desferiu com destempero e rancor, coisa que Miguel já conhecia.

O cuspe dele no chão marcou para sempre o respeito pela insensatez da idade: ele, velho demais para dar explicações; Miguel, jovem demais para saber de qualquer coisa. Quando se é velho, o grito e a loucura são medidos no fio do bigode, nos calos das mãos, no tom da voz. E baixinho, como se não devesse nada ao filho e cobrasse tudo dele, apenas informou:

— Sua mãe começou a morrer no dia em que viu ocê brigando com o Zé na praça e terminou no hospital, depois que ocê deu as costas pra ela e foi-se praquele antro onde ocê fica nos fins de semana. Sua mãe, meu fi, morreu foi d'ocê.

Se Miguel um dia acreditou na água benta de *su mamá*, a injustiça se antecipou, como é de sua graça, e ele deveria tê-la bebido. Talvez tivesse evitado essas duas dores: causa e consequência. Acreditou que era possível e que nenhuma rua daria em qualquer lugar que não fosse no caminho certo, mas as casas pareceriam, para sempre, desbotadas de família. Ninguém mais se lembraria de colocar florezinhas para a santa na sala de casa. Naquela tarde, nenhum dos três se sentou no lugar que era o dela na mesa da cozinha ou no sofá da sala.

Miguel, que tinha vindo para passar a semana, como era costumeiro, se entregou com mais afinco ao trabalho. A culpa adubava o cotidiano e, mais triste e ensimesmado, o peão decidiu que não iria à cidade e nem ao Mão Amiga. Tinha, claro, que avisar à Sandra, mas não queria montar a égua, porque, se partisse, era certo que não mais voltasse e, dali, não podia sair enquanto *la tierra* onde *su madre* tinha sido enterrada na cidade não estivesse assentada e, quem sabe, brotando alguns matinhos à riba da sepultura.

Então, na sexta-feira, quando era hora de partir, *el padre* perguntou se *su hijo* não ia para o trabalho que mantinha na cidade e ele nada respondeu, pois para ambos o silêncio era o melhor dos idiomas. Enquanto o dia agonizava, Miguel caminhou sem rumo, chutando os cascalhos, ouvindo o algaravio do que ainda vivia. Ele e Maria, por exemplo, num só corpo, pensando na mãe assustada enquanto brigava com Zé, no centro da cidade, e vendo os pássaros pularem de galho em galho em busca de pouso e proteção. Miguel não tinha quem o protegesse e buscar um galho era mais questão de lugar do que de pouso.

Depois da mata que margeava o córrego, abria-se um pasto amplo e o peão o foi subindo, enquanto o sol ia descendo, os dois na exegese da ilusão, com Miguel como coadjuvante essencial à cena. No Brasil central, invadia os planaltos um mar grafite de tristeza na ressaca de quem recusava coisas básicas, como comer, sorrir, divertir-se, viver em busca do clímax. A depressão e o ranço de Miguel eram o canto de um urutau no anoitecer.

Meu cabrunco se sentou numa tora apodrecida, derrubada pela força de um raio nas chuvas de um ano atrás. Era o que dava para fazer durante o passar de uma vida complexa como o funcionamento de um relógio, cuja maquinária era uma obra de arte para algo de tanta inutilidade. Se o relógio para, para o que ele serve então? Miguel se sentia arrasado, tal qual as pessoas todas depois de uma turba que enche uma avenida revoltada pelos crimes humanos ou uma tromba d'água que derruba as árvores, faz cair postes, vira barcos na onda, mergulha carros em correntezas.

Encarando o nada, o peão, mais Maria que peão, menos Miguel do que era antes da morte de *su mamá*, sentiu a voz subir do diafragma, passar pela garganta e rasgar a paz do entardecer, a um braço de distância de muitas perguntas: como será que ela tinha descoberto tudo? Será se foi Zé que falou mais do que deveria? Será se o desgosto veio, quem sabe, por ela tê-lo seguido até o Mão Amiga? Será se foi ela que conversou sobre tudo o que sabia com o pai? Será se o pai, sabendo, não o expulsou dali também por medo de morrer?

Com sua voz, Miguel sentia muito pela dor que os remédios não curavam, as conversas tão sem valor que tinha tido com a mãe em vez de aproveitar da voz dela para se curar de suas ranhuras. Ele sentia que não tinha controle sobre a narrativa e que a força das palavras e das ações era maior do que a vontade de contê-las. Vendo o sol descer pela curvatura da Terra, tão bonito quanto na televisão, tão triste e trágico que parecia uma fotografia, o fim de semana terminava antes mesmo de ter começado, com uma música qualquer para fazer companhia, cantada sem muita vontade, mas com o que havia de possibilidade, como se Miguel, em uma noite de amor, em vez de ter que mandar as pessoas embora, se deitasse com as costas viradas para quem quer fosse, talvez *para mi*, sem desejar uma boa noite sequer, mergulhando-se na hesitação de quem duvida, ainda que exercendo a sua função com assertividade, uma carcaça de buriti com um ninho de cobras dentro.

Na luz amarela da tarde, Miguel era rouquidão, perguntando-se se sua mãe ainda o ouviria, talvez fingindo que sim, não só por castigo, mas por aquele desespero que faz renascer o vazio e destituir qualquer tipo de fé:

— Eu tinha tanta coisa pra te dizer, mãe...

E então ele as disse ao vento e à braquiária.

Os grilos se calaram por alguns instantes e, por isso, Miguel deixou para pensar sobre o que seria da vida mais adiante, se amanhecesse com a coragem de fazê-lo. Mesmo que o peão não acreditasse em *Dios*, tudo isso o fez rezar e pedir pelo futuro: crendo, mas sabendo da verdade aquilo que perece à sua transparência. A morte da mãe era também um decreto para Miguel.

17.

Yo entré al Mão Amiga com saudades de mim nos braços dele. Aquela semana se arrastou devagar, porque cana-de-açúcar é doce, mas não é terna. Dependendo do jeito, se passar a mão pelas suas folhas, o sangue escorre aflito de um corte que só existiu pela necessidade do toque. Uma defesa da inteligência da planta sobre as armadilhas da carência. No trabalho, aliás, só havia espaço para o ataque. Cana deixava de ser planta e passava a ser produto. Lá na usina, aquele campo verde a perder de vista era como o anel que *padre* deu para a professora: tudo de zircônia, brilhava, mas não valia nada. O que valia era o sumo, a alma. Nosso caso *del viejo*, a paixão o mantinha aceso. Já no caso do meu trabalho, não deixar o solo se cansar e a moagem não parar jamais. Aquilo, de alguma forma, me ajudava a me manter verde e ativo.

Yo era o produto de um sistema e, para minha doçura, sobravam muitos cortes afiados na interação com os demais. Miguel e *yo* transbordávamos por nossa embriaguez. No entanto, *tan pronto llegué* ao Mão Amiga, aprendi rápido que o bordel era o trabalho de Miguel e, de repente, foi como se os termômetros tivessem baixado a zero. Ele não estava. Quando Sandra me afirmou que não sabia nada dele, com alguma impaciência pela minha pergunta e com algo de rancor por não poder me dar uma resposta. A sua impotência era perceptível e ela se incomodava com ela.

— Ofereço um outro compadre pr'ocê?

— *No, no hace falta* — respondi com presteza, marcando meu caráter.

— Fica então por aí que daqui a pouco tem a apresentação da noite e faz o que ocê quiser da sua vida, forasteiro... Beba alguma coisa, que eu ganho mais com o boteco do que com o puteiro. — Estaria um tanto ofendido com o atravessado da resposta, mas não conseguia me ofender pensando sobre tudo o que poderia ter ocorrido com ele, sobre onde estaria e o que faria o meu peão de *ojos verdes*.

Ao lado do bar, escorei-me numa banqueta. Ouvi o som de um avião que já estaria longe, o rugido chegando atrasado pelas leis da física e, pelas leis da alma, naquela noite, *era yo* quem rugia de volta para o mundo. Se os passageiros olhassem para baixo, tampouco me veriam. Um pedaço de chão tão atrasado e perdido no vale de terra avermelhada, a deglutição de meus receios pelo estômago moralista, a minha debilidade.

Pagaba yo mais esperança do que tinha para dar naquele momento. Vivia a créditos. Vez em quando, vinha uma preguiça de viver e sentia que talvez estivesse próximo do credor vir me cobrar o que era devido. Neste caminho de aparências, convenci-me de que acumulava algumas posses: lotes descampados na pele de Miguel onde veria construir minha felicidade, por exemplo. Será que era tudo fantasia? Miguel me deixou com uma dívida e não podia pagá-la. Preferiria dever para sempre e ele que me cobrasse, enquanto os animais pastassem saudáveis pelos campos de um *Señor* inexistente e de onde se alimentariam de sua autoconfiança.

A casa ia enchendo-se com os convivas, enquanto tomava da minha cerveja, virado de costas para tudo, pensando que *yo* era muito estúpido para me apaixonar por quem não deveria. Estava ali esbanjando muitas cédulas e notas sentimentais protegidas por um cofre que tenho no peito, poucas vezes aberto a quem necessitasse, ainda que quem mais precisasse fosse *siempre yo*.

Era pobre de mim mesmo. Quanto mais o tempo seguisse sua natureza, menos sobraria de meu espírito, que era o fiador do meu corpo. Seria melhor se me interditassem, que me perdoassem qualquer dívida vital presa em minha cabeça; que me deixassem sumir sem a culpa de deixar um prejuízo imenso em que antes, ainda que pouco, sobrava em amor. *Yo estaba un desastre* com aquela ausência inesperada, enciumado e despeitado.

Não tinha mais lastro. Apaixonar-me por Miguel não estava nos planos, tampouco tinha como evitá-lo. Desde que nasci, estava em busca de mim mesmo em outros corpos e, quanto mais me perdia, mais tinha a sensação de que fugia, apátrida, mesmo diante das possibilidades que o cotidiano apresentava. Fui para o Brasil para não ter que me preocupar mais com isso, mas eis que, no coração daquele país imenso, *era yo* quem pulsava, *era yo* quem ladrava, *era yo* quem se pegava na expectativa de alguém me querer do jeito que *yo le quería* a ele.

Miguel era uma interferência, uma curva. Havia um certo abaulamento para escoar as palavras que esperávamos dizer por apego à ideia de sermos prósperos um com o outro. O silêncio pesava, às vezes, como um fio de algodão. Quase não se podia ver ou sentir, agarrado que estava àquela fragilidade. Se nunca me via digno de ser amado, era, no mínimo, curioso que eu tivesse encontrado esse amor cercado de dificuldades, pois elas normalizavam a ideia da impossibilidade.

No burburinho do salão repleto de *hombres*, queria pintar a voz do peão, grave e rachada, senti-la no espaço, cobrir meu pescoço com o seu bafo morno e sua baba ardente em erupção de seus vulcões. *Yo estaba* com saudade dele, mas era mais de mim com ele, daquilo que ele me fazia sentir mais *yo mismo* e que me deixava vivo. Como se Miguel fosse um antipsicótico. Encarando minha bebida, pensava nos bairros, nos prédios, nas esquinas, me lembrando de cadeiras nas calçadas e, então, o ouvia e o via como o fator que me dizia que era possível ter o que a heteronormatividade nem questionava. Tudo o que ele quisesse, daria.

Na expectativa do ambiente, a luz baixa anunciava o ato e, com os holofotes no palco, meu coração se acelerava. O show começava. Quem sabe ele tivesse voltado, quem sabe ele tenha querido voltar para me ver, quem sabe se ele, mesmo não pensando em mim, tenha vindo de vez, porque amava dizer mais olás do que adeuses? Tem palavra mais coitada do que adeus?

Quem fazia o show, naquela noite, entretanto, era a Jordana, a menina do espelho de Mateus. Estava vestida com um maiô que ressaltava o volume no seu centro de gravidade e que subia cavado pelas nádegas, usando polainas e uma jaqueta gasta, herdada, quem sabe, de alguma prima adolescente no começo daquela nossa década. A música começou, os compadres se alvoroçaram, gritaram, brigaram pela atenção. Quem Jordana escolheria? Quem Mateus mandaria de volta para casa e para a esposa?

Às vezes, falava com o meu amor e meus botões pelo espelho que ficava detrás do bar e por onde me via cercado pela função, com compadres gritando alto, como se jogassem cartas, se trucassem uns aos outros, batendo na mesa, mesmo que os tapas fossem nas costas dos companheiros. Havia um pacto de vida que se estabelecia naquele pedaço de país, onde os homens deixavam as esposas em casa para beber e se divertirem com outros homens, numa confraria exclusiva — ainda que não tão anônima — onde se convenciam de que suas vidas seguiriam intactas, porque eram os que cavalgavam o poder. Tal pacto envolvia toda a vontade de manterem suas máscaras de bem, enquanto vissem, pelo espelho do bar, seus copos nas mãos de outros, os de mal, seus olhares de lascívia pousando na razão de seus interesses, com o reflexo que os revidava assim como o meu agora me encarava de volta.

Havia interferência em mim como algo que dessintonizava a imagem que percebia no espelho do bar. O diálogo interno e minha paranoia eram como um chiado em todo o resto. Dei nome para a mulher preto-rosa do quadro que ficava numa das paredes da sala do cabaré de Sandra, ela era a Dolores. Ferida na garganta e na penumbra, ela testemunhava a agonia e a volúpia. Miguel tinha me contado sobre ela, a tia de Sandra, uma representação de que ali vivia também a mulher-maldade que teria sido o impulso de todo aquele império e de quem o acompanhasse, o lixo na boca do céu, o futuro galgando o passado assim como a dor costumava montar, parasita, os corpos durante o sexo.

Desde que nos conhecemos, era como se *yo viviese* em casas de árvores, um metro suspenso do chão, sonhando com ele e *yo*; mas naquela noite era *yo solito*. A solidão era, junto com a frustração, uma grande zona de interferência, um bicho que entrava na casa para viver comigo e passava a alimentá-lo pela companhia que fazia, apesar de sua consumição pela carne.

— Esse lugar está desocupado?

— Não estou monitorando.

— Sempre tão educado?

— Não *quiero hablar* hoje.

— Já está falando...

— Mais do que seria prudente, *si no le gusta que yo te parta la cara, hijoputa!* — Quem era aquele que estava ali para *tocarme los cojones*.

— Não entendo o que diz, forasteiro...

— *Vete por allí, carajo*!

Eu me levantei e ele segurou meu braço.

Quando a vida não estava para toques, o primeiro que surgisse poderia levar ao desespero e o desespero sentenciaria todo um destino. Quando ele segurou no meu braço, meu primeiro intuito foi enfiar a mão na cara dele, mas ele me puxou para perto e, sem que pudesse antever, me beijou forte e demorado, como se costumasse fazer isso com muita frequência e ciência, como se tivesse aprendido a fazê-lo desde muito cedo, meninas ou meninos, cabras ou galinhas. Tudo naquele beijo denotava experiência e dominação.

Era um homem bonito, mais velho, composto com a arrogância de quem dirigia camionete, usava chapéu, lustrava a fivela, preenchia calças com as carnes moldadas pela naturalidade de quem trabalhava com coisas pesadas e jogava bola nos fins de semana, de quem se preocupava em manter uma aparência para além dos instrumentos que previam as mudanças de clima, porque controlava ele mesmo o próprio clima.

— *Que hace...?*

— Aonde você vai?

— Não te interessa!

Ele apertou mais meu braço, enquanto Jordana ia encerrando a apresentação. O ruído disfarçava a tensão. Com a outra mão, ele me tocou embaixo.

— Parece que interesso sim...

Ele me puxou, me arrastou e sabia o caminho. Subiu as escadas para o segundo pavimento e me colocou dentro de um pequeno quarto, que não era de dormir, posto que não tinha cama, mas que era espaçoso para que ele me virasse, me despisse, me colocasse escorado numa cômoda e se satisfizesse comigo.

Minutos antes, as coisas mais bonitas souberam fazer silêncio dentro de mim, ficaram de papo apenas as mais feias. Na devoção da quietude, brotou algum encantamento por *aquel hombre*, os hormônios me pregando uma peça. Ele me segurava pela cintura com a mão esquerda e me investigava com a direita. Ouvimos um barulho distante de música e vidro quebrado subindo do andar debaixo, mas o que gritava ali dentro era o arfar de duas respirações entre o encerramento de uma orquestra de dedos que lancinavam os corpos e o início das palmas a estourarem na pele, derramando-se em uma consciência de nossa pretensa liberdade e das certezas do desejo.

Ele empurrava minha nuca, subia meu quadril para que chegasse mais fundo. A pequenez humana diante do espaço profundo criado pelo tesão e deixado pela realidade era fútil, porém irresistível, como o verde na transição da muda rumo à planta, fértil no presente que se desaguava demasiado no futuro incerto de suas consequências. Havia um som que podíamos identificar como silêncio, interrompido apenas pelo arranhar das unhas na madeira, que não era menor do que aquele quando *yo cerraba* os olhos e ele me ferrava forte, tapando a minha boca, raspando a barba nas minhas costas, puxando meus cabelos, me machucando e tirando sangue de mim.

Não tinha esperança. Alguns minutos de corpo e já me esquecia de tudo, não havia nada mais que quisesse que não fosse aquele ar quente de respiração invadindo o pequeno cômodo, os movimentos sincronizados, a acridez dos odores a evadir de nossas entranhas, a mão que me tocava gentil, enquanto a outra me violava, batia e me torturava. Não há amor que não sucumba quando um homem cavalga outro homem por pura necessidade de se esquecer de si mesmo.

Esqueci-me de tudo o que sabia e desejava. Fui levado por uma vontade imensa de chorar, daquelas que vêm dos pulmões, que nos faziam expelir muco, uma tosse atrás da outra, até os olhos ficarem escuros e, quase, apenas quase, desmaiar enquanto ejaculávamos todos os anseios que não sabíamos um do outro, ainda que aquele momento fosse essencial ao espetáculo da falsa intimidade. Ele, dentro mim; *yo*, no chão, humilhado.

Enquanto me limpava e subia as minhas roupas, sentindo algo de sêmen e sangue pingar de mim, não me lembrei, por um instante sequer, de quem *yo queria* ser. *Yo me olvidé*, por alguns minutos, de Miguel. Era tudo tão frágil e *yo era* fraco. Dentro de mim, mais uma muda de culpa sendo regada.

— Como te chamas? — perguntei num português carregado de toda a minha herança hispânica, respirando fundo, enquanto ouvia o jeans dele subir pelas pernas e a fivela ser abotoada na cintura.

— Pode me chamar de Zé.

18.

Yo me sentía incriminado, como se tivesse traído Miguel. Ou melhor, por ter traído a imagem que o peão ocupava em minha cabeça, por ter desgastado a fotografia que fiz dele no contexto daquilo que queria e precisava, e que, sim, me fazia subir os cantos da boca num sorriso infantil. Não tinha esperança de que o futuro fosse diferente, mas, todos os dias, concedia espaço à vida para o assombramento. Vai que tudo fosse diferente?

Quando fui dormir, naquela noite, me acalmei pensando que poderia ser que o amanhã, quando viesse, acontecesse de acalmar as coisas. É triste ser uma planta que vai se queimando pelas bordas, sem muito o que fazer, mas era o que me cabia no mundo naquele momento. Não tinha esperanças, mas procurava da felicidade aquilo que, dela, fosse alcançável.

Na segunda, fui trabalhar ressaqueado e não tive muita vontade de pensar em nada que não fosse entender o que acontecia comigo. Entre uma planilha e outra, entre visitas, mim e todo mundo, tudo o que eu pedia era alguma receita sobre o que fazer, mas os cadernos não as davam. Com quanta angústia amassamos todos os dias o mesmo pão?

Ouvi a reza e a pressa como quem esperava a palavra na língua sem conseguir dizê-la, enquanto os ponteiros resfriavam os tijolos amarelos de um caminho pelo qual não segui porque não sabia onde começava a estrada nem onde terminava. Queria chegar até a fazenda, ir atrás de Miguel, pedir desculpas, mas ninguém sabia de quem *yo estaba* falando. Havia tantos *hijos de Dios* nesse mundo chamados de Miguel e muito mais os que eram peões e pobres. Só podia imaginar que *la señora, mi Virgencita de Guadalupe,* paria todo ano um monte deles e os santos se acalmavam. Onde é que Miguel estaria?

Olhei para todos os cantos. Tudo parecia pertencer a alguma matemática que, ao fim, encontrava o resultado na administração dos contrários da resistência. Um pássaro e sua sombra. O vulto de meninos que brincavam à beira de um rio. A arquitetura da civilização, de algum modo, era-lhes compreensível e para mim não. O ato de viver parecia tão forte e natural quanto às razões pelas quais o cerrado era uma série de descampados cientes de sua beleza e de suas privações. Como reviver depois de vulgarizar o que sentia pelo meu peão com um homem qualquer, ainda que tão disponível para a minha carência e meus melindres?

Saí à procura de Miguel e tentava fazer que parecesse normal, buscando das conexões possíveis no balaio social do interior goiano para justificar a minha exploração. Perguntava aqui se alguém conhecia quem pudesse capinar um campo, dizendo que haviam me indicado um peão de nome Miguel e a resposta ficava longe do que precisava. Indagava por ali se haveria ciência de um bom adestrador de cavalos por graça de Miguel e a resposta ficava aquém do que era admissível. Ninguém parecia saber onde viviam os vaqueiros a não ser que fosse na zona rural, ampla e sem endereço, sufocada pelos nomes que dominavam os latifúndios, os cooperados, aqueles que mandavam na roda da economia e da política, um ideal de Brasil sesmariano de onde poucos confirmavam ter conhecimento para não parecerem provincianos, mesmo que as limitações e as rigidezes de suas regras confirmassem que eram.

— É fi de quem, moço?

— Não tenho ideia, *mi señora*.

Os diálogos eram investigativos, pouco elucidativos. Se Sandra tinha me convencido não saber de Miguel, por que alguém neste lugar encrespado nas aforas do Vale da Cana, região onde Baíra estava marcada no relevo, haveria de saber de alguém sem sobrenome ou referência? Com quanto patrimônio se faria *un hombre* que fosse reconhecido? Que tipo de educação receberia uma pessoa para que pudesse ser referenciada? Um peão no interior de Goiás era como uma formiga a carregar uma folha imensa para dentro de seu formigueiro. Um estrangeiro, naquele lugar, era uma folha pronta para ser dilacerada por répteis e insetos que se escondiam às vistas da sociedade, quando o sol estava a pino no céu.

O cheiro acre do mosto da cana sendo convertido em álcool era tanto uma condição necessária, quanto insalubre, para o progresso econômico. Quanto mais se queimava na caldeira, mais se vendia e se comprava, mais dinheiro circulava nos mesmos bolsos de sempre. Por ser um funcionário transferido, tinha algumas regalias que não eram oferecidas aos profissionais locais, pessoas que iniciavam suas jornadas na madrugada e que se sobrecarregavam com os malabarismos precários de salários achatados. Entretanto, tais regalias não eram para sempre, assim como a vida também vinha me ensinando que o coração era indômito, mesmo que estivesse no cio e que talvez esse estro nunca acabasse.

Ainda que não conseguisse disfarçar a ansiedade da minha sanha, era preciso também que *yo buscase una casa* para alugar. Enquanto procurava ao vaqueiro, aproveitei para olhar algum lugar que me pudesse servir de abrigo e acomodasse a minha mísera mudança que vinha dos Estados Unidos e que chegaria em breve. Já havia tirado todos os documentos necessários para regularizar a minha situação imigratória, faltava apenas assinar alguns documentos na capital. Estava, inclusive, conversando também com consultores tributários, uma vez que seria residente fiscal no Brasil.

Então, fosse na padaria ou no posto de gasolina, perguntava sobre possíveis casas e junto delas indagava sobre Miguel com a desculpa de que precisaria de alguém para carpir ou carregar ou me ajudar com animais que planejava criar na ilusão de uma família perfeita, rescendendo a arroz e a feijão nas ancas de cada dia daquele lugar promissor.

Entre meus afazeres na usina e minha caça, sobrava pouco tempo para pensar em outras coisas. Não telefonava para *mis papás* com a desculpa de que era muito custoso, razão pela qual lhes escrevia cartas longas, mas vazias de mim, sem poder aprofundar nos temas para os quais *yo* precisaria de colo. Já se passavam quase dois meses e não tinha recebido nenhuma resposta deles.

Tampouco me fazia presente nos eventos comemorativos da cooperativa de funcionários da usina, tendo ido uma ou duas vezes aos encontros onde jogavam baralho ou bebiam juntos até que ficasse insustentável o peso da rotina nas costas e alguém tivesse que tirar as botinas de seus pés ou limpar as sujeiras que arrumavam no meio do caminho. Homem bêbado quer mesmo é voltar a ser criança, que alguém lhe limpe *el culo* e lhe nine no colo.

Yo estaba muy solo, mas assim era minha vida desde sempre. Mesmo a milhares de quilômetros de distância, seguia vagando sem rumo, porque tinha passado a confiar no meu sentimento de que Miguel seria o passe para encontrar a minha casa e que *yo*, por malcriado e pouco disposto a seguir qualquer das normas que infringissem medo e retórica, estava disposto a mobiliar com tudo o que, nele, fizesse falta, suprindo cada vazio com aquilo que, de mim, se derramava. Se fechasse os olhos, sentia que havia comigo um outro ser me rascando por dentro, pronto para ser adotado e posto nos abraços de alguém com alma de açude em geografia semiárida.

Então, foi com esse espírito que entrei, na tarde de quinta-feira, na casa de insumos agropecuários que ficava no cruzamento das avenidas principais da cidade. Na ponta da língua, as questões pelas quais já me reconheciam por aí: casa e peão, quase casar com o peão, um rodar no pião da vida para que furasse um caminho de meus anseios até Miguel, minha casa. Atravessei o corredor central, passando por pás, enxadas, cavadeiras, rastelos, sacos de sal, de milho, de ração enriquecida, adubo de folhagens, sementes de hortaliças em pequenos envelopes e cheguei ao balcão, onde uma menina de vinte e pouquíssimos anos mascava um chiclete e cantarolava uma canção que vinha do rádio.

— Bom dia!

— Bom dia! Tudo bem?

— Grazadeus!

O sotaque das pessoas era bonito, um modo econômico de construir frases, eliminando algumas letras, mas mantendo um breve arrastar que, quando posto em formação, também soava como uma canção de guarânia tocada por algum violeiro disponível na praça central.

— *Soy nuevo* na cidade, tenho procurado duas *cosas*: primeiro, se vocês sabem de alguma casa que esteja para *alquilar*?

— *Alquilar*? O que é isso?

— Peço desculpas! Como é que se diz isso mesmo em português?

— Não sei, moço... não tenho ideia do que ocê tá falando.

— Quando você paga dinheiro para viver numa casa que não é sua... qual a palavra?

— Ah! Alugar!

— Isso! — Tentei sorrir apenas para me conformar com a estranheza de dois minutos jogados fora, pois as palavras tinham sim alguma semelhança, era só uma questão de raciocinar.

— Não sei...

— Tudo bem... E você conhece algum peão que pudesse buscar um cavalo que tenho e que vai chegar na capital em breve? Me disseram que um tal de Miguel seria perfeito para esse trabalho. Você o conhece?

— Olha, moço, nesta cidade tem muita gente com esse nome, mas pode ser que meu patrão conheça. Vou ver com ele, aguenta aí. Me dá licença...

A atendente saiu então para os escritórios na parte detrás e deixou o salão vazio, comigo ali ao alcance de qualquer coisa, inclusive das chaves da loja que estavam sobre o balcão. Já havia reparado que a confiança era um acordo tácito, como se o próprio crescimento da cidade não desse a dimensão do perigo que qualquer lugar no mundo estava sujeito. Onde havia gente, havia roubos. Onde havia roubos, antes de tudo houve oportunidades. Não roubaria ninguém, já que, vindo do México, conhecia bem a dicotomia do pequeno que crescia sem saber o que fazer para se ajustar às roupas do grande.

Não a vi voltar, porque olhava para a rua, fixando os olhos na tremulação do calor sobre o asfalto deslizando as palmeiras de lugar e entortando seus caules. A luz do sol causticante era tão forte que tudo se embranquecia, com as cores quase todas em tons pastel. Não havia vermelho que fosse vivo, nem verde que se destacasse. Tudo parecia coberto por um papel manteiga de tanta luz e poeira. Fechei os olhos para aliviar o incômodo, quando a ouvi, por fim.

Virei preguiçoso em sua direção e, na transição da claridade para a sombra do balcão, fiquei alguns segundos apagado, piscando mais de uma vez para adaptar as pupilas ao contexto, como fazem os fotógrafos com obturadores e diafragmas diante de seus objetos de interesse. Quando os abri, além da atendente, vi também um homem de meia-idade, bonito e parrudo, com barba por fazer, ostentando na cintura uma fivela lustrada e uma calça jeans justa que ressaltava o tônus de quem bate bem uma bola no campo e no corpo. Zé havia sido chamado e lá ele estava.

Olhou-me com interesse, ainda que com prepotência, desferindo um primeiro ataque silencioso de alguém que me desafiava a não falar qualquer coisa que pudesse nos colocar, uma vez mais, no quarto apertado do Mão Amiga.

— Bom dia, *me llamo Ernesto y soy nuevo* na cidade e busco uma casa para alugar — digo rápido, para evitar qualquer constrangimento.

Ele pegou a minha mão e a apertou, sacodindo meu braço. Notei que seu rosto estava um pouco mais aliviado.

— Bom dia, sou o Zé, dono do estabelecimento. Sei de uma casa que está livre no Setor Sul, lá para os lados da Rua Oito com a Trinta e Três, mas preciso confirmar. Como posso entrar em contato? — ele me perguntou, malicioso.

— Vou anotar aqui o número do meu telefone. Se você conseguir, me ajudará *mucho.*

— Eu te ligo.

Zé saiu rápido e sumiu para dentro do estabelecimento, com protestos quase envergonhados da atendente, porque não havia conseguido perguntar nada sobre Miguel.

— Não tem problema, menina, entendo... Vou continuar procurando por aí. Trabalho na usina, uma hora acho.

— Olha só, eu tô me lembrando aqui de um peão chamado Miguel que mora numa fazenda lá para o lado do Barro Fundo, aqui perto mesmo da cidade. Se ele aparecer, digo que tá procurando. Vai que é ele, né?

— Você sabe me explicar como faz para chegar até essa fazenda?

— Sei não, moço. Só sei que é pro lado do Barro Fundo, numa estrada que passa depois de lá, mas virando à esquerda, agora onde-onde mesmo, não vou saber te dizer. Nosso entregador daqui saberia, mas não está em entrega agora.

— Já me ajudou muito, menina. *Muchas gracias!*

— E essa agora?

— Me desculpe! Significa "muito obrigado" na minha língua.

— Ah, então *murchas grátis* pr'ocê também.

* * *

No relógio, faltava um quarto para as seis horas. Em quinze minutos, os alto falantes da igreja matriz começariam a emitir uma música em vez de sinos. Entrei no carro da usina que me foi dado como instrumento de trabalho. O povoado de Barro Fundo estava no caminho da usina. Já conhecia a estrada até lá e seria fácil chegar em vinte minutos. Pelo que aprendi, chegando antes das sete horas da noite, tudo era possível. Depois daquele horário, a vida na rua começava a ralear e sobravam apenas os compadres, os cães e os moleques insuportáveis que dirigiam seus carros a cem por hora por puro tédio e provocando perigos.

Não me preocupei em ser mais um desses moleques insuportáveis e acelerei. Precisava encontrar Miguel e sentia que, no povoado, acharia pelo menos um indicativo de resposta, fazendo valer todos os quebra-molas que atravessei sem cuidado, todas as buzinas que afugentaram os passantes que cruzavam as ruas, freadas bruscas sobre carros que saíam de estacionamentos de supermercados, baques ao passar por buracos largos no asfalto, desvios abruptos de cachorros que corriam atrás de motos. Tudo o que precisava era chegar, porque *mi corazón* estava embrulhado pelas ramas de Miguel, que sumiu de mim depois que, por ele, começava a sentir o processo de me encontrar.

19.

Miguel se assustou com o barulho do carro se aproximando de casa àquela hora da noite. Visitas não eram frequentes e, quando as recebia, não eram coisa boa. *Su padre* segurou a garrucha e a deixou por perto, pois nunca se sabia quem irromperia pelo pasto com os dois olhos acesos feito cobra, esturrando feito onça e veloz como lobo.

Na ausência de *la madre*, a casa estava mais desorganizada, ainda que mantivesse um pouco do cheiro dela e que se misturava com a lenha que queimava no fogão e com a umidade da corrente de água que, pela bica, atravessava a cozinha. *El hermano*, que dormia, levantou a cabeça, mas logo a abaixou, porque deu com os olhos de ambos sem dizer qualquer palavra, a assegurar que estava tudo nos conformes. Miguel calçou um chinelo e, vestido com um short de futebol, saiu para o beiral da casa, esticando o braço no batente, num gesto quase involuntário, mas de muita beleza, feito um obstáculo intransponível e protetor entre o mundo e sua casa.

O carro foi se aproximando e *el padre*, que não sabia ler, reconheceu o desenho da marca da usina na porta, ficando ainda mais confuso sobre o que poderia haver para que o povo de lá viesse ter com o povo de cá numa hora em que as galinhas já tinham ido dormir e os bichos rasteiros é que estavam na busca de presas. O ruído do pneu no cascalho parecia o início de uma chuva.

Parei numa distância respeitável, como se mandasse uma mensagem antecipada de que era uma visita inofensiva. Não desliguei os faróis, entretanto. A luz que vinha do carro era bem mais intensa que aquela que brotava na simplicidade da casa, atrás de Miguel que estava à porta, uma sombra de gente que *yo no he conseguido* distinguir num primeiro momento, mas que, quando desci do carro, soube se tratar do som e da fúria da minha paixão, seminu, quase um São Sebastião cinco minutos antes de receber as flechas.

Ele talvez tenha me reconhecido, mas ali não estava o Miguel do Mão Amiga, tampouco Maria. Naquele lugar, ele era apenas um jovem como tantos outros, tentando exercer seu dever, sua macheza, suas certezas. Os corpos falavam, a areia os entendia. Gentes que pisavam o chão quente de um país desinteressado por suas pessoas, um povo para sempre no advento de dias modernos. Na orla dos anoiteceres, banhavam-se em desodorante e leite de colônia, os corpos pausados no tempo das diligências de nossa aleivosia contra as tradições, sem oferecer condições para que todos pudessem acompanhar as transformações do mundo com os mesmos recursos e compreensão.

Enquanto caminhava os metros entre mim e toda a minha vida, os olhos de Miguel se espremeram e percebi seu rosto mudar de expressão, não preocupada, mas enfadada com a interferência, com a ousadia, com a coragem de ter ido até ali. Um espelho que ele não imaginava encarar naquele lugar, diante da família. Mas nós ali nos encontramos no mar de polifonias de sapos e grilos, piados e mugidos, respirações com a noite estrelada que se abria na abóboda celeste.

— Boa noite!

— Noite!

Yo ya he entendido que as aparências deveriam ser mantidas a qualquer custo. Esforçando-me para falar o melhor português possível:

— Trabalho na usina e me falaram que aqui havia um peão chamado Miguel, que poderia me ajudar com um trabalho de preparação de solo no plantio de cana. Estamos testando a qualidade do solo aqui perto, mesmo de noite, para ver como funciona a umidade do orvalho, e encontramos uns bois que pareciam vir desta fazenda. Será que pode vir comigo e ver o gado?

Na sombra, a literatura desbravava músculos e gorduras, pelos e cabelos, uniformes laborais e bermudas no limiar da brisa quente que sopravam *los encantados brasileños*, como se eles cantassem uma música que apenas *nosotros dos* escutávamos e entendíamos. Miguel respirou mais aliviado, ainda que não tivesse perdido a postura de defesa.

Ali estava ele, rodeado pelo amarelo da luz de sua casa, vestido apenas com a bermuda esportiva azul, o torso nu e belo, caramelo, a perna direita elevada com o pé apoiado, como alça, na panturrilha esquerda contraída. Tudo desenhado à perfeição como se fosse o focinho de um gato.

— Miguel sou eu, mas tenho nada pra ajudar ocê, não. Esses bois são nossos não, sô-moço.

— Você poderia pelo menos vir comigo para ver antes de negar? Precisamos tirar de lá o quanto antes...

— Já é tarde e tô aqui mais o pai e meu irmão.

— Prometo que não vai tardar e eu te trago de volta em pouco tempo.

— Oh, fi, vai, vê como ocê pode ajudar, ocê sabe que essa gente da usina pode trazer muitos problemas para nós — incentivou o pai de dentro da sala, sem se mostrar muito para mim. Uma voz idosa, mas firme, quase como o ranger de um imenso pé de pequi que marcava sua presença e seu conhecimento.

Miguel respirou fundo.

— Vou só colocar uma camisa então e calçar alguma coisa.

Sobravam palavras, transbordavam os desejos, repicavam-se as lembranças, cansavam-se as mágoas. A viola do poeta estava no poema, um choro a mais no catálogo. Dentro de mim, sentia apenas o retorcer de minhas tripas e o tremor de minhas carnes. Minhas pernas estavam bambas e não tinha força alguma nos braços de tanto que apertava as mãos na tentativa de não parecer muito nervoso.

Dez minutos depois, Miguel saiu de casa vestido de calça, camisa e botina, me olhando fundo e, sem qualquer coisa dita ou redita, indo para o lado do passageiro. Abriu a porta e entrou. Fui mais lento, acenando para o pai que ficou na porta e reiterando:

— *No se preocupe, señor*, que vou devolver seu filho daqui a pouco.

Entrei no carro, não olhei para ele. Acendi os faróis, soltei o freio, fiz o balão para voltar pelo caminho. Saímos pela mesma estrada pela qual vim, depois que me ensinaram o caminho numa vendinha lá no Barro Fundo. Não falamos nada por algum tempo, até que:

— Vira aqui — ele me indicou uma pequena trilha dupla feita por anos e anos de passagem de carroças e cavalos.

Obedeci, como se ouvisse uma sanfona, como se eu soubesse que, nas impossibilidades de toda uma vida, de repente, tudo soasse melancólico e sem expectativa alguma de clímax, apenas uma história que passava sem esperar que algo, de fato, passasse.

— Pode parar ali — me apontou uma clareira rodeada por árvores altas, talvez eucaliptos de replantio, mas não conseguia muito bem distinguir na escuridão.

Então parei, não deliguei os faróis e, no silêncio profundo do momento, incomodado pela ansiedade que tomava, liguei o rádio baixinho. Por tempo demasiado, nenhum deu o primeiro passo.

— Que é que ocê quer, Ernesto? — ele me perguntou.

— *Yo te eche mucho de menos...*

— Quê?

— Desculpe... disse que senti muito a sua falta, mas na minha língua.

— Não se pode sentir falta de alguém a quem não se tem ou não se conhece.

— Tivemos dois encontros muito especiais.

— Foram dois encontros, Ernesto... Não dá o direito d'ocê vir até minha casa e assustar minha família.

— Você não tem vindo mais ao Mão Amiga...

— E ocê, sim, anda indo, pelo que tô vendo?

— Vou à sua espera, porque não conseguia não mais te ver. Por isso, *estoy aqui*, inclusive.

Miguel abriu a porta do carro e desceu. Eu fiz o mesmo, sem entender o que estava, de fato, acontecendo.

— Entra no carro, Miguel, vamos conversar...

— Tô ficando sem ar aí dentro!

— O que está acontecendo?

As ramas do maracujá que cresciam ali do lado abraçariam o que estivesse disponível e os frutos se dependurariam para a vida à espera de uma mão trêmula, que claramente precisava se acalmar. Subiam pelos caules das árvores altas e se estenderiam na rama que se espalhava fazendo uma cortina sobre *nosotros*.

Ali estava Miguel, detrás de um portão inexistente, me pedindo que eu entrasse de alguma maneira. A noite estava clara, ele não estava feliz, tudo parecia simples como a palavra na boca.

— Minha mãe morreu...

— Oh, sinto muito... *yo* não sabia. — Sua tristeza me consternou, pensando em *mi mamá* e no que aquela frase significaria, caso fosse comigo.

— Ninguém sabe, porque ninguém considera que puta tem mãe, só filho...

— O que foi que aconteceu?

— Ela me viu brigando na cidade e, depois que eu saí, descobriu da minha vida lá na casa de Sandra, passou mal, foi parar no hospital e morreu.

— Você brigou na cidade?

— Isso não importa, não agora...

Ele me olhava e estávamos frente a frente, diante das luzes do carro. *Sus ojos verdes* perigosos como uma onda que se formava na imensidão daquele mar. A água se condensava, transformava-se em gota e das nuvens que nublavam as vistas, brotou por fim a torrente. Ele chorava. Tudo o que pude fazer foi correr e abraçá-lo. Quando o fiz, ele se desmontou como um quebra-cabeças frágil, em mil peças complexas e similares que, para remontá-lo, dava a impressão de que custaria toda uma vida.

Onde antes havia olhares esguios, agora havia uma flor de maracujá tão complexa quanto o sexo. Parecia que, apesar de tudo, ele ficaria bem em algum momento, mas não agora. Os frutos apodreceriam rápido nos trópicos, no sangue, a química tomando seu rumo retardando a verdade. *Yo abrazaba* o que, dele, naquele momento, estava disponível e prestes a me dependurar na vida à espera de uma mão firme e implacável como a dele e que me sustentasse também.

— Calma... no dia seguinte, o dia clareia e a dor, de alguma forma, passa...

Ele se desmanchava em água. Ainda que a felicidade fosse algo muito desconectada do momento, estaríamos mais refeitos de nossas misérias, só que ainda miseráveis o bastante para nos entendermos como antídoto para isso que nos subia as veias, impulsionados por dois corações fracos, mas valentes, como a percussão de um bolero. Um ritmo que nos dava o suficiente para entendermos que estávamos enamorados um do outro, apesar de tanta tristeza e que ele, por fim, tivesse entendido que receber um abraço é bom e viciante.

— Dorme comigo?

— Tenho que voltar pro meu pai.

— Venha amanhã?

— Você já alugou sua casa?

— Não, ainda não.

— Então não vou entrar lá no hotel.

— Volte ao Mão Amiga?

— Se volto, não posso garantir que seja só c'ocê...

— Não me entenda mal, *pero yo pago por el fin de semana entero! Todos!*

— Por que eu entenderia mal?

— Porque não estou comprando sua atenção. Quero que esteja comigo e com mais ninguém.

— Vamos ver...

Meu amor, que foi perdendo a alegria de viver com a morte de *su mamá*, não conseguia fugir de mim. Por mais que evitasse, a cachoeira dele já se martelava sobre o que *yo* viria a ser. Ia levar Miguel de volta para casa com um contrato parcialmente assinado com fios de nossos bigodes. Não nos beijamos. Quando ele foi entrar do carro, longe das vistas que não estavam aparentes, ele segurou firme a minha mão.

— Eu me alembro, Ernesto, de como a mãe se acendia, feito luz de quermesse, toda vez que me via, mas parece que agora vou apagado e, se estou apagado, a mãe também está. Do que serviria eu pr'ocê?

— *Yo veo la luz* em você, mesmo que mais fraca agora. Tenha paciência... tudo vai ficar bem e você vai se acender novo.

Fez questão, antes de entrar, de sujar a botina e a calça, afinal como explicaria em casa que tenha ido ver o solo de uma usina e voltasse limpo? Peão limpo é aquele que mora no asfalto, os donos da fazenda, os que gostam de falar que levam uma vida simples e rústica, mas sempre cheia de conforto e sem necessidade de muitas preocupações. Entrou em casa e se foi. Se dormiu, não sei. Voltei para a cidade sem correr, ainda sentindo o aperto dele na minha mão, tentando não me esquecer do tom de sua voz, mas sem deixar que as vistas se acostumassem com a escuridão do caminho, porque enxergava uma nesga de luz em seu espírito.

Já no hotel, tomei a decisão de apressar o *alquiler de la casa*. Sempre ligava a tevê e nela via a luz brilhar forte. Naquele dia não. Quis me concentrar na imagem do meu peão em seu sofrimento repousado em meu colo, enquanto chorava, uma pietá reformulada, com o filho que lamentava a morte da mãe nos braços de *una persona* não tão santa, mesmo que estivesse já flechada por acreditar na luz que não se via, mas se sentia.

O peão estava com um fusível queimado e, ali no canto de seu rosto, como um vidro trincado, os olhos opacos enxergavam apenas o agora e as desilusões dos dias. A voz era como as caixas de som que deixaram de emitir músicas. Então, nele, só se via uma imagem, que não enchia mais a casa onde vivia, seu corpo lindo de *hombre* sem força e precisando de minerais. Minha opinião como agrônomo e amante.

Sempre que penso no meu amor, ainda ouço o sorriso mais alto que música nos carros que passam conduzidos pelos moleques a cem por hora em via de quarenta. Ele está no palco, cantando músicas que conheço *de toda la vida* e me olhando com vontade de mim. Por ora, o corpo ficou, mas o espírito que antes alumiava essa história buscou a estrada. Meu amor, meu peão, quis se ir para não voltar e, de amar, tive que buscá-lo, como um filme na tevê, ficando com o que sobrou dele na ponta de um anzol, cuja linha recolhia devagar e cheio de esperança de que não me escapasse.

No entanto, como se por cuidado remoto, ouvi com surpresa e assombramento a voz de *mi mamá* cantando:

"... Por eso me pregunto
Al ver que me olvidaste,
Por qué no me enseñaste
Cómo se vive sin ti"

E, por teimosia, pensei que poderia ser sim um bom professor: se ele me deixasse sê-lo. Desconfiava, por outro lado, que aprenderia muito mais à medida que me abrasileirava e, antes de qualquer coisa, que me humanizava em minha vivência com Miguel. Alguém, lá fora, ouvia Roberto e, aqui dentro, *yo me ponía de acuerdo* com aquele solo de flauta e o violão que vinha do boteco da esquina:

"Não adianta nem tentar, me esquecer,
durante muito tempo em sua vida, eu vou viver.
Detalhes tão pequenos de nós dois..."

20.

Na manhã de sexta-feira, Miguel arrumou as matulas e avisou a *su padre*, depois de pedir a bênção, que iria para a cidade decidir se continuava ou não com o trabalho dos fins de semana. Ele o abençoou e pediu a Miguel que, antes de ir, o escutasse.

— Meu fi, ocê vai com Deus. Só que antes, é importante ocê saber de algo que seu pai velho aqui sabe: a felicidade não está nos espelhos, então para de buscar imagens daquilo que já é. A gente não se esquece do caminho, porque cada um de nós tem um rumo na vida, sô-menino, feito rio, e... é isso, feito rio.

— Pai, que história é essa? Tá caducando?

— Ocê me escuta, fi, é importante ocê me ouvir. A fé não se faz com palavras, viu? e o milho não se colhe sozinho, é preciso querer colher. Quem tem vontade, fome, precisa ir lá e comer. Se tem uma coisa que esse seu pai velho aprendeu com os anos foi que a desilusão, sô-moço, não está no futuro, mas no que se planta agora. Tudo depende de nós. Tudo. O escuro nunca é pleno, ocê pode estar se vendo sem luz, mas mesmo sem luz se pode ver alguma coisa, não existe nada que não deixe a luz entrar. Não se deixe enganar pelas imagens de fora. Olha pra dentro d'ocê, meu fi, pra dentro do seu coração.

El padre então acendeu um cigarro de palha, assoprando a fumaça no rosto do filho, balbuciando uma dúzia de palavras e benzeções, de cânticos antigos, de orações murmuradas e o filho, de repente, entendeu que, para além da proteção, *su viejo padre* compartilhava com ele de um conhecimento fundamental.

— O mesquinho não sente paz, sô-moço, e ocê não pode se sentir pequeno, porque ocê é grande, Miguel. O clima não depende só do vento ou do sol. O verão não reforça a plantação e a lua não brilha sem momento certo. Tudo nessa vida tem sua hora, sô-menino. Ocê vive agora, mas ocê morre depois. A vida é uma plantação, meu fi.

El padre puxou mais uma vez a fumaça e a soprou por sobre os ombros do peão. Miguel soube que era o pai, claro, mas talvez ali, diante daquela presença, não fosse na verdade o seu, quem sabe *un encantado* que olhava fundo no seu espírito, quase catucando com as palavras a alma do menino para que ele fosse homem, buscando dele a semente com aquilo que só ele sabia, entrando com os dedos no peito aberto, exposto, rasurado e de lá tirasse o que estivesse impedindo de deixá-lo ser.

— O amor, sô-Miguel, num está no coração, não, ele tá sua na tripa, e a devoção num está no ciúme ou na posse, tá na falta, na sede. A flor não tá na lágrima que o espinho provoca, a dor num tá no hábito de sofrer. Ocê vai em paz, meu fi, meu Miguel, mô-menino, segue seu caminho, num olha pra trás! Ocê vai voltar pra casa um dia, mas vai ser de outro jeito. Tudo na sua hora! Tudo na sua hora! — Ele soprava mais fumaça. — A sua mãe te abençoe e te guarde, agora vai!

El padre então deu dois tapinhas leves na bochecha de Miguel e se perdeu no quintal extenso da casa da fazenda, repleto de tons diferentes, com aquele andar de alma antiga, confundindo-se com as mangueiras, as amoreiras, caramboleiras, goiabeiras, limoeiros, laranjeiras, aceroleiras, jenipapeiros, ingazeiros, jatobazeiros, com as moitas de cidreira e com um abacateiro frondoso e alto.

Miguel recolheu as matulas e atravessou a cozinha, passou pela sala da mesa, subiu para a sala do sofá e, antes de sair, retirou do altar a *la Virgen* sem as florezinhas e a colocou junto de suas roupas. Essa foi a última vez que Miguel atravessou a porta de casa e, sem olhar para trás, montou sua égua, a esporou nas ancas e galopou, vez ou outra reparando nas pedrinhas que pulavam para fora da estrada no passar do casco, sentindo ainda o cheiro da fumaça na bênção de *su papá* na roupa.

Pelo caminho, entre a pedra e a água, o céu e a terra, o declive e a escarpa, o vento e a chuva, o fundo e a busca, *el hombre* e a lama, estava a mesma distância que percorria o ser no peito do mundo, no respirar, no soluço da alvorada, nos olhares dos loucos, na alma de quem acreditava que podia ser feliz e ia atrás disso. Miguel tinha sede e a saliva que brotava nascia no mesmo grotão do mistério de onde as árvores se tricotavam com as folhas umas nas outras, cientes apenas de existirem já que um dia acabariam, como ele, alimentando o porvir, carpindo no rumo da vida, escorrendo-se pelos dedos de um ser que parece sem fé, mas que, mesmo assim, acredita.

Quando apeou na porta do Mão Amiga, o peão já piô a égua na árvore, entrou para deixar as matulas, beber uma água, beijar o rosto de Sandra e dizer:

— Vim de vez.

Sumiu escada acima, voltou ajeitando a camisa na calça, recolheu o chapéu e saiu silente, resoluto. Ajeitou-se na sela e partiu até o Sindicato Rural de Baíra, onde fazendeiros e produtores agrícolas se reuniam e onde também negociavam produtos. Em menos de dez minutos, lá estava o peão no lugar, entrando pelo portão e guiando Paloma, sua égua, pelas rédeas, não obstante apeado no chão, respirando fundo e encarando tudo com a dureza do momento.

— Dia, peão!

— Dia, seu Mundinho!

— Que qu'ocê precisa, rapaz?

— Preciso de vender a Paloma, arreada.

— Uai, meu fi, e por quê? Ocê tem essa égua desde que ocê era criança e ela era um potrinho.

— Tô precisando do dinheiro, seu Mundinho... A mãe morreu e eu tô querendo espraiar pelo mundo.

— Tá certo... Hoje, mais cedo, veio aqui um homem procurando um cavalo, disse que pagava dois mil e quinhentos reais, mas acho que a Paloma vale pra mais de quatro mil.

— Como é que eu acho esse catrumano?

— Ele vai voltar aqui. Deixa ela aqui comigo que eu vou ver o que eu consigo fazer pr'ocê.

Miguel concordou e se viu refletido no olho de Paloma.

— Seu Mundinho, me dá uns minutos, por favor?

— Claro, rapaz. Só piá ela aí no poste que eu volto daqui a pouco pra trazer água e farelo.

Nos olhos de Paloma, Miguel viu muita coisa na vida e ela também deu tudo o que um cavalo podia dar.

— Oh, minha vistosa! Amiga das mais leal desse mateiro que eu sou! Perdoa eu... Longe da roça, não tenho como cuidar d'ocê do jeito que merece e eu num ia ficar assossegado de saber que ocê ia padecer por falta minha. Então é melhor ocê seguir um rumo de mais sorte que o meu, né? E, sabe do quê, minha cavalona de São Jorge? Se nada ao redor de mim eu conseguir mudar, eu já bem entendi o que era a paz, um pouquinho que fosse, ao entrar nos seus olhos, Paloma; se há esse tipo de peso no meu futuro, eu fico sempre meio surdo, porque tudo que eu vejo é como se visse através d'ocê. Se a correnteza brotou todas as vezes que chorei aí na sua cacunda, agradeço demais de poder ter visto o céu refletido na fonte dos seus olhos.

Cavalo não chora, mas consegue, de formas insondáveis, abrir um portal para o que se possa ver o que há por detrás das lágrimas. O peão, entristecido, mas sabendo que era assim que tudo deveria ser, passava a mão no pelo grosso de sua égua, com o cuidado que sempre tiveram um com o outro, com as cordas do coração mais frouxas por aquele sentimento de derrota.

— Há uma imagem de Deus aí, minha amiga. Quando foi ocê que entrou nas minhas vistas, eu te entreguei tudo o que tinha pra te dar e sei que o mundo possível não vai ser nunca bom o bastante a partir de agora, porque não vou poder te ver e te sentir mais, aboiar os dias na sua garupa e as noites na sua barriga. Mas ocê há de me entender, sei disso, e sabe que é preciso fazer o que tô fazendo, num sabe?

Entrou pela última vez nos olhos da égua e foi embora sem se voltar para trás. Depois, antes do fim da tarde, retornou para recolher o cheque, passou no banco e o descontou, comprou alguma ou outra coisa no supermercado e, na praça, sentou-se debaixo do baruzeiro, frondoso e ancestral, sem qualquer velho sentado debaixo dele. Olhou para a santa lá no alto da torre da igreja. Mas, quando baixou as vistas, Zé estava plantado à sua frente.

— Que é que ocê quer, Zé? Caça seu rumo, homem!

— Olhar para essa sua cara imunda, frozô de merda...

— Me deixa em paz! Toma o caminho da sua roça.

— Vá você, que na praça não é lugar de gente indecente e depravada.

— Eu tenho o direito de tá aqui também! Sou tão cidadão quanto ocê.

— Que direito, seu baitola? Você não tem nada a oferecer para a sociedade, lixo imundo, não tem nem como se comparar comigo.

— Minha mãe morreu por sua causa, verme!

— Sua mãe morreu foi de desgosto ao saber que o filhinho dela usa o rabo para ganhar dinheiro.

Miguel se levantou com afã de quem ia bater, mas parou porque sabia que, ali, não era nem a corda que se romperia no lado mais fraco, mas que o cano da arma já estava apontado para ele antes de qualquer possibilidade de resolução no braço.

— Vai me bater, veado! Vem se tem coragem! Perdeu o rompante de homem daquele dia, foi?

— Não vou sujar minha mão na tua cara!

— Você já está sujo, Miguel! Já tem o câncer de todo veado no seu sangue! Ou você acha que sua mamãezinha morreu sem saber da verdade do filho podre dela?

— Não fala da minha mãe, lacraia! Tenho pena dos seus fi! Se um deles for assim como o papai, igualzinho que eu, há de sofrer muito!

— Prefiro que o meu filho morra num acidente do que aparecer com um bigodudo por aí! Eu sou incapaz de amar um filho veado. Não tem esse perigo lá em casa não, que meus filhos são muito bem criados, estudados, sim, senhor! Ninguém é ignorante não. E se começar a ficar assim, meio bichinha, meio mulherzinha, fracotinho e baitolinha, vai levar um couro que é pra aprender a ser homem e mudar o comportamento.

— E me diz uma coisa, Zé: faltou foi é couro pr'ocê então quando era criança? Ou ocê nasceu de chocadeira?

— Cala sua boca suja, filho de uma puta! Tenho nojo de você!

— Só tem aqui na praça, né?

— Não vou enfiar a mão aqui na sua cara, porque...

— Porque ocê não tem coragem, porque sabe que eu vou falar tudo o que sei e, na verdade, porque quer esse corpo e esse rosto que ocê tanto gosta de lamber, né?

— Em quem eles vão acreditar, bicha de merda?

— Zé, sai da minha frente, anda! Vai pra sua casa, se tranca no banheiro e vai bater uma se lembrando de como é homem só quando quer me comer.

Miguel trombou no ombro de Zé e saiu. Pisava firme nas pedras de quartzito amarelas que calçavam a ampla praça, com as pernas bambas, o sangue fervendo, as vistas turvas, a hiperventilação no peito, o coração pesado, a ira acumulada nas mãos fechadas, a vontade de chorar, até que sentiu o impacto e uma dor absoluta na nuca. Caiu no chão, não entendendo o que acontecia. Passou a mão pelo pescoço e percebeu a viscosidade aquecida e avermelhada do sangue. Ao lado, mais adiante, uma pedra do tamanho de um punho rolava até estagnar na resistência do ar.

Olhou para trás e Zé já não estava. Sabia que tinha sido ele, mas também poderia ter sido outra pessoa, poderia ter sido *Dios* quem mandou a pedra do céu, ou quem sabe talvez *el Diablo* quem a arremessou com seus braços de atleta. Não tinha ninguém para culpar a não ser a si mesmo e, como sempre, funcionou com ele. Pobre, semianalfabeto, veado, órfão de mãe, compadre do Mão Amiga, que, mesmo tomando os seus remédios, tinha o vírus.

Tampouco tinha amigos com quem conversar e, Sandra, se tomasse conhecimento, não entenderia como seria, se o deixaria ficar. Quando soube, ele procurou se informar sobre a condição, as consequências e sabia que ele precisava se precaver e se proteger, também como responsabilidade para com os outros. Caminhando, com a cabeça sangrando, subindo a rua sob os olhares pouco discretos das pessoas sentadas às portas de seus comércios e casas, Miguel se deixou perder dentro de si, procurando em algum canto a sua menina no espelho, resguardando o sagrado de sua afeição e de sua sensibilidade. O vírus o preocupava, mas os remédios que o governo havia recém-liberado prometiam transformá-lo em outra coisa, como ter diabetes ou pressão alta.

O cerrado obriga suas árvores a se retorcerem e a fincarem raízes profundas para sobreviverem. Para não morrer, o peão também se retorcia, mas, em vez de se cravar no chão, ele lutava para se manter leve, parte do lugar que lhe era de direito, formação de sua cultura. Tão leve quanto se sentiu ao se desmontar *en mis brazos*, tão certo como o reflexo de si mesmo que ele viu naquele olhar cruzado com o meu através da janela no primeiro dia. Enquanto pisava a brita que se soltava dos asfaltos, Miguel pensava sobre o peso que a terra e o cascalho tinham sobre o caixão de *su madre*, no cemitério.

21.

Poderia ser mais um dia qualquer, mas era manhã de cortejo. Depois de tomar o café da manhã no hotel, sentei-me na recepção para esperar. Trouxe dois pães de queijos no bolso da calça, que tirei e comi preguiçoso, enquanto folheava uma revista velha que estava sobre a mesa de centro em frente ao sofá. Com espaços de um ou dois minutos, a atendente me olhava e, quando devolvia a mirada, ela sorria desconcertada. Senti que queria conversar algo, mas também sabia — porque é assim todos os dias na usina — que ela tinha vergonha de me perguntar ou dizer qualquer coisa. Aqueles que ousavam, ficavam apenas nos comentários sobre o tempo, a escassez de chuva, sobre a curiosidade em relação ao meu trabalho ou se estava ou não gostando do Brasil, como é que eram as coisas lá no México, se diferentes ou iguais.

Ninguém queria saber como *yo estaba*, como estava dormindo, as dificuldades que vinha tendo com a língua, as complexas harmonizações sociais da cidade no interior brasileiro, a frugalidade das relações e das aparências, o tédio constante e crescente que se apossava da gente, a minha teimosia em relação aos meus desejos, a entrega à violência como se dela me alimentasse. Sim, *yo tenía* essa tendência ao gozo pelo sofrimento, confesso. Ninguém queria saber da saudade que sentia e nem de quem a sentia. Pouquíssimos tinham paciência de me esperar terminar de falar em vez de completar as minhas frases. Todos alteavam o volume de suas vozes comigo como se fosse surdo, como se a barreira idiomática fosse uma prova de salto à distância.

Um SMS chegou no celular e me pedia para esperar na calçada. Levantei-me, espalhando os farelos que caíram do pão de queijo e limpei a camiseta. Passei também a mão nos cantos de minha boca, olhando pelo espelho para ver se não havia nada fora do lugar. Sim, estava inteiro fora de lugar, vivendo num hotel impessoal e pronto para tentar, de alguma forma, fazer do horizonte deste pedaço de mundo um lugar onde pudesse, quem sabe, sentir que o futuro não fosse uma condenação pela lei do eterno retorno.

Na calçada, o movimento de sempre. No posto de gasolina, o entra e sai de veículos. Na esquina do supermercado, *las señoras* em conjuntos de viscose e com as suas muitas sacolas, enquanto um ou outro pedinte repetia a própria história decorada e redita sempre com a mesma cadência. Na outra esquina, no bar, o mesmo homem sentado com sua cerveja e sua calça frouxa, que deixava de fora o início do vale do rego. Tentava me proteger do sol na marquise do hotel, fazendo o possível para não ficar na entrada atrapalhando o fluxo das poucas pessoas que iam e vinham. Havia algumas palmeiras por perto, mas a cidade não tinha árvores em todas as calçadas, arrancadas pelo custo da manutenção. A avenida principal era uma faixa cinza de asfalto e concreto, cujo calor retido fazia o ar subir quente por onde o vento passava e a poeira subia.

Enquanto esperava, fiquei ali observando aos passantes e, vendo-os, imaginava as suas histórias, recriando seus concebíveis ou impossíveis diálogos, se tomasse por base um padrão de conversa que se repetia entre os locais. A minha teoria era que, para transitar bem nas tripas de Goiás, você precisaria chegar fazendo antes uma brincadeira generalizada que fosse de fácil compreensão para todos, depois introduzir o que você precisaria que a pessoa fizesse, terminar com outra brincadeira, enquanto o interlocutor sorriria ou responderia ao gracejo no mesmo momento em que fizesse ou procurasse o que você pediu.

Olhei para a esquerda e, como se cortasse a rua em duas, descia um homem preto todo vestido de branco, cabelos encaracolados, calças justas e um requebrar de quem compunha música enquanto caminhava. Só uma matemática sensível e invisível para sustentar a graça e a força inquebrantável para erguer aquele rosto diante de tanta hostilidade, encarar um ponto ao longe e descer a avenida principal, com medo, mas muito consciente de quem era, dos santos, de *los encantados* que o protegiam, enquanto as pessoas às margens da avenida o olhavam e sorriam, o olhavam e caçoavam, o olhavam e o desejavam, o olhavam e o refutavam, o olhavam e o amaldiçoavam, o olhavam e o condenavam, o olhavam e o matavam com ódio que não se justificava, mas que existia vivo e incômodo como o calor daquela manhã.

Perguntei à recepcionista do hotel:

— Quem é *ese hombre*?

— É Jonas, o enfermeiro, o maior frozô desta cidade.

Não deveria mais me assustar com os xingamentos e nem com o preconceito das pessoas, já que eles também me acompanharam desde cedo, fosse no meu país, fosse na terra dos sonhos ou ali. O que me deixava mais assustado, entretanto, era a violência com que as pessoas naquele lugar usavam as entonações quando disparavam ofensas. Cada palavra, se desenhada, teria o movimento de facada, a velocidade de uma bala, o ardor do fogo, sempre uma gula de morte.

A atendente, então, continuou:

— Esse aí merecia um pau de arara, sabe? já que gosta de pau, que seja esse! Eu sou favorável à tortura, seu Ernesto! Funciona! O povo é favorável a isso também, te afirmo, porque todo mundo aqui é decente e de boa família, precisamos limpar essa escória do nosso convívio.

— Como é que você pode dizer *eso*?

— É verdade, ué! Tivesse tido uma educação mais rígida, não seria assim... mas é isso, o que esperar desses degenerados que não têm educação, nem família exemplar, nem Deus no coração? Vivem na esbórnia e depois querem que a gente respeite? E já sabe, né? Ocê é estrangeiro, mas deve de ser assim lá no seu país também: preto quando não caga na entrada, caga na saída.

— Nunca mais me diga uma coisa dessas, *señorita*! Isso é um absurdo! Um crime! Absurdo!

Enquanto Jonas passava, *yo le aplaudia* em silêncio e, por muitos anos, vou me arrepender de não ter feito barulho, festejado aquela presença, oferecido acolhimento ou a minha amizade. Não por caridade, mas por vontade, por orgulho de vê-lo resistir. Jamais me esquecerei daquele desfile de dignidade, daquela vontade de viver. Onde quer que Jonas tenha ido naquela manhã, ele foi bênção. Enquanto ele resistisse, creio que todos nós estaríamos também um tanto melhores em nossa humanidade. Não soube, contudo, o que foi dele, depois que ele passou. Nunca mais o vi.

A calma da cidade era pura ilusão. Havia um rio subterrâneo de frustrações e inveja que percorria todo o perímetro urbano. As pessoas pareceriam boas, mas havia uma vilania palpável, como se todos os que ali vivessem tivessem algum pacto diabólico ou estivessem assentados sobre um cemitério antigo que contaminava a água e a deixava cínica, ainda que acolhedora; falsa, ainda que encantadora; querida, ainda que vil. A cidade era como um enigma de oráculo que nos pediria que a decifrássemos ou ela nos trucidaria. O que seria de mim, independente do oráculo, era a tragédia, porque essa foi e seguiu sendo a dinâmica dos dias a partir dali.

Vi o carro se imbicar numa vaga estreita, mas possível. Abri a porta, entrei, prendendo o cinto de segurança.

— Está colocando o cinto por quê?

— Como assim "por quê"?

— Ué, a casa é logo ali, não há necessidade de cinto. Ou você está com medo de como eu dirijo?

— O cinto precisa estar assim, sempre, pois *es el correcto*, Zé.

— No meu carro, sou eu que digo o que é certo ou errado! Aqui mando eu e digo o que eu quiser, é minha liberdade de expressão.

— Não entendo a correlação!

— Que relação? Não temos nenhuma!

— A relação entre liberdade de expressão e a sua noção de certo e errado dentro do seu carro. Não faz o menor sentido.

— Aqui, sou eu o rei! — Ele se alterava, sem me ouvir de verdade.

— Isso não é liberdade de expressão.

— Você é comunista, Ernesto? Com esse nome... só pode ser!

— Não entendo este diálogo, Zé...

Pode ser que sejam pelas minhas falhas na língua portuguesa, pode ser que seja apenas um texto absurdo. Zé continuava a discorrer sobre o que ele acreditava ou pensava. Quando passava o câmbio no carro, vez ou outra esbarrava a mão na minha perna. Sorrindo, como se brincasse, me dava tapinhas na minha coxa. O padrão da minha teoria aí estava: ele fazia algo engraçado para logo na sequência pedir algo que esperava, por direito, obter. Não havia negativa ou aprofundamento. Contrariá-lo, dentro do carro de Zé, como ele mesmo já tinha me deixado claro, era violar as regras do bem e do mal conforme o seu próprio julgamento.

Por sorte, ele não insistiu tanto. A casa era próxima e tinha uma fachada bonita. Um pequeno gramado entre o portão e a parede, uma garagem e uma porta de madeira com detalhes em vidro. Uma placa recém-colocada de "Aluga-se ou vende-se" e um número de telefone logo abaixo.

— Passei aqui recentemente e esta placa não estava aí!

— A casa não estava nem para alugar e nem para vender.

— E o que mudou? Por que o dono decidiu, de forma conveniente, alugá-la? *Estaré yo con mucha suerte?*

— *Suerte*? Pode ser que sim. A casa é minha, estava fechada. Decidi alugar para você, estrangeiro.

— Por quê?

— Porque aí eu fico com uma chave e posso te visitar quando eu quiser...

— Não quero! Não vou nem entrar! Pode dar meia-volta.

— Calma! É só brincadeira!

(Que sempre antecede um pedido...)

— Claro, seria muito mais fácil do que ficar indo ao Mão Amiga e acho que a gente teve uma brincadeira boa entre dois machos naquele dia, não acha?

— Vou visitar a sua casa, porque *ya me trajiste hasta aqui, pero* não quero que você pense as coisas de forma equivocada. Não quero e não posso ter um relacionamento com você.

— Que relacionamento? Você é veado?

— E você não é?

— Nem ouse sugerir uma coisa dessas, senão te encho de porrada! — me ameaçava o Zé, enquanto esmurrava a própria parede.

— Não estou sugerindo, Zé... Não quero ter nada com você, nem o aluguel de uma casa.

— Você não vai me fazer uma desfeita como essa, né? Entra aí, cara, já passou... A gente vai se entender.

Abri a porta, devagar entrei, dentro o escuro abrigava o frio e, para minha surpresa, a casa estava parcialmente mobiliada. No aparador, as imagens dos santos recolhiam o que ainda sobrava da aura de um lar. Restava no olho um último traço de algum perfil humano que antes habitava o imóvel. Cruzando a sala, perdi-me no silêncio.

Fechei a porta, de repente fora também me apavorava. Aqui dentro, fresco e reconhecível, como se todas as vidas que tive antes dessa houvessem também vivido ali. Parecia que era o lugar onde deveria estar, como se fosse onde eventos cruciais de minha trajetória seriam vividos, inescapável de mim e meu destino. Não sabia mais ser. Mesmo fechada e com móveis velhos, a casa tinha o cheiro das roupas de *mi papá* nas fotografias. É como se todos os entulhos do passado tivessem caído sobre mim. Senti o peso dos escombros. Era inconveniente, mas percebi que era ali o meu lugar.

— Era a casa dos meus pais e não soube ainda o que fazer depois que eles morreram. Apesar de velho, está tudo bem cuidado e limpo, ainda que tenha esse cheiro de coisa fechada..., mas, abrindo as janelas, tudo melhora. E eu posso também tirar aquilo que você não quiser e mandar guardar.

— Sim, tenho mudança chegando também.

— É muita coisa?

— Não muita.

De repente, a ausência de *mis papás* rabiscava as paredes dos quartos. De alguma outra casa, vinha um perfume de comida que confortava e sufocava, como *una mamá* que se perdeu de seu caminho, mas cuja alma me abraçava e me machucava ao mesmo tempo. A casa que via provava para mim que, no cortejo dos dias, tudo reviveria e morreria como orquídea, num equilíbrio ecossistêmico muito delicado, porém de muita beleza.

De uma forma estranha, porém familiar, conseguia me ver vivendo naquela casa com Miguel, se ele quisesse. Como lidar com Zé naquela situação? Já tinha deixado claro que não queria nada com ele, tampouco podia negar que *yo* era fraco para essas coisas de apetites e afrodisias. Quantas vezes falei que não ia e fui; quantas vezes disse que não aguentaria qualquer maltrato e aguentei; quando a paz ficou feia, quando não houve mais dobras no escorregadio toque da dor e continuei indo adiante? Não sou uma pessoa em que *yo mismo* acreditaria ou confiaria, porque fui obrigado a enterrar aos poucos a cabeça no travesseiro e a tornar ficção todos os dias para sobreviver a mim mesmo.

Mas o amanhã era outra coisa. A inequação estava nas noites, quando a areia dos descampados de minha história me iludia com suas vontades e não conseguia suportar o frio da solidão, apesar do calor abrasador e real do dia seguinte. A essas noites, eu daria qualquer nome, me daria a qualquer *hombre*, me perderia no único que havia de mim mesmo, essa pessoa que não tomava café às três da tarde porque atrapalharia o sono da noite, mas que passaria a noite inteira desperto satisfazendo-se com outro macho, deixando de ser aquele e, sim, este, que agora se maltratava mais e arrastava outros consigo. Vim para o Brasil para uma vida nova, mas percebia que deveria, quem sabe, sair de dentro de mim e romper com as paredes da casca que me recobria, como uma bomba-relógio que carregava consigo a urgência de se desfazer.

O fundo do poço era raso quanto às lentes dos óculos, então embacei o choro. Não vou chorar na frente de Zé. Em casa, quase nada se concretizava. Na rua, o quase definia quem vivia e quem morria. Entrei no quarto principal e havia uma cama grande, mas distinto da sala, com poucos móveis e decoração. Perguntei se podia me deitar no colchão e ele anuiu. Fechei-me como se estivesse em sono induzido, porque queria fingir que estava sozinho naquele leito para pensar em Miguel.

Na minha imaginação, segurava um amontoado de edredom como se mão fosse. O ar-condicionado ligado, o mundo se desdobrando lá fora, enquanto aqui dentro não precisava acordar para confirmar que era apenas alguém a sonhar alto demais. Deixei-me ali, no meu próprio escuro, enquanto embarcava na imaginação, pois mal não faria me ceder ao absurdo da expectativa, projetar o limite entre o presente e o futuro às dez da manhã sem que houvesse meus demônios. O que a sombra me fazia era companhia, quando o resto parecia se iluminar.

No entanto, fui trazido de volta de meu paraíso psíquico quando senti o peso de Zé contra meu corpo. A mão dele já estava prendendo a minha e a boca estava cravada no meu pescoço. Tentei, de alguma forma, sair dali, mas era mais forte do que *yo*. Cedo estava cego e, cego, cedi. Rezei para *la Señora* que me carregava no colo, cuja voz era um manto, um balbucio: não era minha hora, que me tirasse dali. Só que havia um descompasso entre a necessidade e essas coisas de milagre. Então deixei. Ele se descuidaria em algum momento e eu poderia me livrar dele. Enquanto isso, ele se esfregava.

Não deveria alugar aquela casa, mas era ali que precisava estar. Sentia a presença de *mis papás*, sentia como se eles estivessem ali e não mais acolá. A multa que Zé me impunha, apesar de cara, poderia ser administrável. Se Miguel não me quisesse, pelo menos teria alguém para lidar com o vazio que percorria cada cômodo, ligeiro, para se ocupar de mim, dos pensamentos, da minha noção daqui e do agora, do meu desamparo.

Como falar de tempo depois dos pulsos? Como medir o tempo, depois que a corda aperta? Como recuperar o tempo, depois que se salta? Como pedir tempo, depois que se atira? Como é possível tempo, quando se sobrevive? Quando tudo o que você quer é amar e ser amado de volta? Por que o amor tem sempre esse vento libertador às margens de um despenhadeiro que nos puxa para ele? Por que sempre começa com alguém prometendo a felicidade para acabar em grito?

Fiquei mudo. Mudo para as salas brancas, enquanto Zé se forçava em mim na cama que fora de seus pais. Tudo o que pensava, para além do que sentia, estava nas enfermeiras que se deslizavam no vinílico, quando um vizinho me encontrou, dois anos antes, desacordado em casa, nos Estados Unidos, com poucos batimentos cardíacos, muito sangue ao redor de meus pulsos e pronto para partir, trocando todos os bipes dos aparelhos do hospital por um disco que girasse na felicidade de alguém que, em casa, me esperando, ainda acreditava que quase tudo fosse possível de se alcançar com a força da vontade. Tentei um dia morrer, mas, quando não é a hora, tudo se realinha. Tem gente que é obrigada a seguir, *como yo*.

Mas, naquele exato momento em que ele terminava de roçar seu pau na minha cara, deixando-se verter sobre o meu rosto, ele era, por fim, mais real do que Miguel, e já que *yo estaba* ali, por que não simplesmente aproveitar? O que não podia deixar de lado era a sensação permanente de fracasso, de me saber fazendo o que não devia, pois, em minha vida, sentia a falta do peão mesmo antes de saber que ele existia.

Yo era un hijoputa.

22.

Às sete horas da manhã, solavam os pés na rasteira do sol as mulheres que subiam as ladeiras e as ruelas do bairro branco onde passei a morar, em Baíra, Goiás. Aluguei a casa de Zé e, antes mesmo de minha mudança chegar, peguei as chaves e fui. Todos os dias, via a *esas señoras*. Com o torque da privação, elas carregavam, como sina, cromossomo e cidadania, as pedras que o poeta brasileiro, que *yo* havia lido na escola, um dia viu no caminho.

Sufocadas por portarias e grades das casas, as máscaras do trabalho escondiam a boca que repetia a crença de que *Dios* daria força para que o sistema um dia pudesse dar graças a elas por existirem. Mulheres quase da família. É como costumavam dizer por ali: quem madruga, teria vantagens cedidas pelo mesmíssimo *Señor*. Trabalhe enquanto todos dormem. O mérito viria pelo esforço, bastava querer. Não sabia de onde e como elas vinham. A hora, no entanto, era rígida, sempre a mesma.

Crianças com futuro certo provavelmente chiavam a ausência dessas Marias e a gratidão parecia ser um requerimento básico no descritivo de seus cargos, para que pudessem ser, nas casas onde trabalhavam, queridas como se fossem elas mesmas as mães dos brancos. *Las señoras* que escalavam as ladeiras e as ruelas do bairro branco onde morava caminhavam lento, porque nada o passo rápido delas haveria de mudar: elas persistiam em si mesmas nos lares que cuidavam para servir ordem, progresso à pátria, *Dios* e família.

Para quem elas voltavam, quando já não eram *las señoras* que escalavam as ladeiras e as ruelas do bairro branco onde *yo vivia*? Quem as receberia quando, por uma noite prematura de sono pobre, eram apenas as mães solitárias de outras crianças socialmente invisíveis e que se arriscavam sobre motos, sobre mortos, sobre corpos, sobre rótulos?

No Brasil, *yo no era* preto, me comparavam mais com os povos indígenas pela minha fisionomia. Nos Estados Unidos, não havia dúvida de que eu era latino. No México, sou mexicano *clarito* como diziam, e como explicar que não me sentia como parte de qualquer povo? O que me regia, no meu caso, era minha orientação sexual no contexto racial de cada país. Entendo, entretanto, que no Brasil, a questão racial sempre haveria de vir primeiro e determinar o que fazer na sequência, qual a consequência, qual a permanência nos lugares, qual a aderência às políticas, qual adolescência teriam as crianças e a sua sobrevivência, se interseccionássemos mais e mais com características minorizadas.

O que me diferia de pretos, pardos e indígenas no país ensolarado e gigante da América Sul era o fato de, para antes de ser homossexual, *yo ser um* estrangeiro. Parecia que, neste troço de terra aportuguesado e mestiço, a chancela de uma outra língua e uma outra cultura me isentava de qualquer condenação de irresponsabilidades sociais corriqueiras entre os marginalizados da terra. Por mais que me olhassem torto, caso me vissem por aí abraçado a *otro hombre*, me perdoariam por ser de outro país, porque haveria um olhar de aparências que transcendia as fronteiras. O brasileiro vivia de acordo com a paranoica ideia de que os outros pensariam dele aquilo que ele conseguiria controlar de sua intimidade. Melhor fazer escondido aquilo que desejavam.

Quando *las señoras* subiam as ladeiras e ruelas do bairro branco onde morava, a única coisa que via era o tom de suas peles, quase sempre retinto, ficando elas relegadas ao subir e ao descer de suas vidas reais ou servis. Olhava pelas janelas e pensava que, fosse brasileiro, uma delas poderia ser *mi mamá* e ela choraria ou se aliviaria com a minha morte, a linha fina entre um sofrer eterno e um fim de tormento. Como falava um português espanholado e tinha um passaporte diferente, era quase como se me conferissem, como na época das colônias, o documento que me permitiria a existência, apesar do defeito da minha cor.

Havia alguns dias que estava já com a chave da casa e era o mesmo tempo em que estava pensando sobre que móveis pedir que Zé retirasse e os que deixasse. Minha vontade era que levasse tudo, mas, se fosse para levar tudo, faria sentido não ter *alquilado esa casa*. Achei melhor escolher algumas coisas para ficar, como se fosse uma concessão de bom tom, algo como os espelhos franceses ou batentes de mármore italiano que os *criollos*, filhos dos espanhóis nascidos nas colônias, como o México, mantiveram para serem identificados como elite social em seus países.

Olhava para a sala e pensava pedir que deixasse: o aparador com as imagens de santos, a mesa de jantar e suas oito cadeiras, as poltronas de veludo vinho, o armário de cerejeira e os eletrodomésticos de cozinha. No resto, meu contêiner estaria para chegar em Santos e, depois de mais quatro ou cinco dias, ficaria pronto para ser liberado pela alfândega. Dois dias e meio de Santos até aqui de caminhão. Poucas coisas, mas todas importantes num momento de mudança, objetos emocionais tais como eram as fraldas bordadas ou ursinhos de pelúcia para os bebês à medida que cresciam.

Concentrei-me no meu trabalho na usina. Estávamos começando a nos preparar para o reforço durante a cultura, período em que a cana-de-açúcar cresceria e que o solo precisaria estar adubado e enriquecido para que a fibra da cana fosse mais porosa e que o suco fluísse melhor, que fosse mais fácil de moê-la.

Num país continental como o Brasil, muito se falava sobre o necessário para se fazer a máquina do agronegócio girar, pouco se entendia sobre como uma usina funcionava e o que se requereria do capital social do brasileiro para que a velha indústria açucareira continuasse a adoçar as chávenas de chá mundo afora. Grandes fazendeiros e políticos a regerem o mesmo concerto de portas fechadas, enquanto a turba de pequenos agricultores lutava do lado de fora para ver e ouvir o que cantavam do lado de dentro.

Isabel, a jovem engenheira de língua afiada, também era crítica da roda viva. Naquelas semanas, ela se certificara que não tardasse toda uma vida para perceber algumas coisas no sistema brasileiro de plantio, com atenção especial à divisão social que existia na usina. Se a empresa era um reflexo microcósmico da sociedade, nada mais natural que ali também se vissem as castas.

Na mais alta, estavam os funcionários do administrativo, superados apenas pelos donos e diretores da cúpula, cujas regalias se estendiam pelos escritórios. Na mais baixa, os funcionários da agrícola, profissionais que lidavam com a terra. Na herança colonial dos engenhos, a usina continuava, de alguma forma, a replicar o sistema de segregação, atualizando cargos, mas mantendo a relação ontológica de subserviência. Manda quem pode, obedece quem tem juízo.

— A gente não almoça junto, companheiro.

— Quem? Você e *yo*?

— Não, nós da agrícola e os almofadinhas do administrativo.

— E por que não?

— Já viu boia-fria comer quente?

— Dignidade não é conforto, é uma noção de respeito.

— Você me entendeu, camarada.

— Qual a pior coisa que você já viu por aqui?

— Bom, já vi de tudo! Mas o que eu penso ser o pior é um gestor obrigar alguém a fazer alguma coisa errada e esse alguém fazer, porque sua obrigação é servir, sem poder dizer não.

— Mas isso é assim em qualquer lugar do mundo.

— Eu sei. Mas quando junta pobreza e analfabetismo, fica mais feio, né?

— É.

— Certa vez, eu tinha que fazer um treinamento de segurança com os caminhoneiros aqui na usina, mas você sabe como é corrido o dia a dia e o medo que as pessoas têm de parar para não prejudicar a produtividade. Então meu gestor me mandou fazer os treinamentos na hora da carga e da descarga. Eu respondi que não podia, porque o motorista não poderia ficar dentro do caminhão nessa hora, por uma questão de segurança. Só que não teve jeito, o gestor mandou, lá fui eu fazer. Um, dois, três, quando chegou no quarto, estávamos dentro da boleia quando percebi que o transbordo tinha parado um pouco fora de alinhamento e pesado para o lado. Com a transferência da carga, a cana iria cair sobre nós. Foi o prazo de gritar e descermos às pressas do caminhão. Eu estava errada? Estava. Mas qual era a minha chance de bater no peito e recusar o que me mandaram fazer? Zero.

— Mesmo com o discurso sobre direito de recusa?

— Isso é igual cocô de índio, mexicano...

— Como assim?

— Ninguém nunca viu! — Ela caiu na risada. Ri junto, mas sem entender a piada. Melhor ser gentil com a pessoa responsável por ajudar você na sua adaptação na empresa.

— Como é para *una mujer* trabalhar na usina?

— Tirando o fato de que tenho que vestir roupas tão largas como sacos de batata para que não sexualizem o meu corpo? Ou tirando o fato de que, se estou aqui, na agrícola, é porque sou sapatão ou quenga?

— *Que es quenga?*

— Puta, meu amigo!

— Há putas com frequência por aqui para que confundam?

— Não, cara! Para o homem daqui, a mulher que faz o serviço que é considerado masculino ou tá tentando ser homem ou tá tentando dar pra ele. Os machos categorizam as mulheres de acordo com o quão fácil seria para eles ficarem com algumas delas.

— Você já sofreu algum assédio?

— Hoje? Ainda não! — Mais uma vez, caiu na risada. Decidi então não continuar com a conversa a partir dali, porque pensava que seria invasivo. Seguimos os dois pela planta, com ela me mostrando a linha de produção de energia elétrica, que vinha do bagaço da cana. Energia limpa, mas ecologicamente nem tanto, se considerarmos os efeitos sociopolíticos e ambientais da monocultura de cana no país.

O dia transcorria rápido quando se estava ocupado. No início, todo trabalho é interessante e talvez seja a única época em que se consegue sair no horário marcado pelo contrato de trabalho. O que era bom, porque me dava a chance de voltar para a cidade a tempo de aproveitar e vasculhar o comércio local em busca de algumas coisas para a casa. Copos, vasilhas, panelas, pratos, além de roupas de cama, já que as minhas eram para um tamanho específico que não correspondiam ao tamanho da cama dos pais de Zé. Passei na floricultura para buscar flores e no viveiro para escolher plantas. Mais importante para mim era criar um ambiente em que pudesse estar na confluência entre México, Estados Unidos e Brasil sem perder a dimensão daquilo que me formava e me era estranho, esse estrangeiro em mim mesmo.

Passei no supermercado para comprar as primeiras provisões e, no hotel, recolhi todos os meus pertences, fiz o check-out, pronto para uma vida que desejava com força. Na elaboração psicanalítica, a vida que sonhei, até aquele momento, não havia passado daquilo: um sonho. Talvez um filme que projetava no horizonte e que, de tão distante, retorceu-se ao criar tom de luta vã, como os olhos de quem dormia, mas não descansava, como a voz de quem gritava na paralisia do sono. No entanto, tudo parecia mudar e minha sorte se apresentava.

A vida que sonhei não era impossível. Ainda que a vivesse, parecia haver algo que me segurava, talvez *yo mismo*. Não me bastava apenas ir como coisa desperta, como criança que subia uma árvore e encontrava lá, depois da copa, o caminho para outras aventuras. Descer de uma árvore era estar feliz por ter consigo a calma de quem conseguia viver com o pé na terra, mas tendo visto a amplidão do caminho.

Seguia preso nas ramas olhando as nuvens sem saber em quem crer, enquanto passavam. Nunca criei raízes, mas as minhas asas cresceram. Nasci para voar, nunca pousar. Quando tentei, adoeci. Se viver era exercício de esperança, que haveria de restar a quem, no vazio dos dias, cansado como a natureza também estava, teria perdido a fé?

Saí do hotel pronto para me provar errado e Miguel era a resposta. Deixei todas as sacolas em casa e logo fui rumo ao Mão Amiga. Quando bati à porta, ouvindo os pássaros nas árvores que ficavam próximas, foi Sandra quem me recebeu como se fosse uma caixa na mão de um carteiro. A casa vazia ecoava recheada em bordas e devotava-nos os cheiros no prato da tarde, algo entre lenha e café.

— Não estamos trabalhando, forasteiro!

— Sei que não, Sandra. *Quisiera hablar con Miguel*, posso?

Salivava com bolhas cheias daquele ar que expirava e que me ditavam o gosto do meu momento. Inspirava a saudade que trazia embalada pelas lembranças que já tinha construído com o meu peão, forçando criar um caminho que fosse natural de percorrer. Miguel era como o imaginava e sua voz no tom que me despertava do torpor. Quando ele chegou à porta, *yo estaba* entregue, ainda que brigasse ou ralhasse comigo pela ousadia de ter aparecido sem avisar, e outra vez.

Ele caminhava como se pedisse minha cama. Calçava um par de tênis planos, azuis, e eu nunca o havia visto com outro calçado que não o par de botinas ou saltos. A barra da calça me pedia que olhasse os passos enquanto pisava. No tornozelo, uma fita gasta dos desejos de ontem, do pedido divino. Falava como se carregasse um telefone, mas não havia nenhum aparelho, porque não tinha ninguém com quem falar. Passava a mão nos cabelos e riscava o chão de um lado para outro, feito leão enjaulado, enquanto, do lado de cá da grade, sentia subir em minhas pernas os assovios do assoalho, segurando meus humores na ponta dos dedos, coçando as asperezas daquilo que não entendia nos retalhos da colcha que tecia sozinho, mas que esperava cobrir o corpo dele.

— Oi...

— Algo errado, Miguel?

— Tudo!

— Nem tudo! Já *tengo* casa! — respondi, sem me atentar para a insatisfação na resposta dele. Talvez consciente, não queria que nada de negativo se interpusesse entre nós.

Ele esboçou um sorriso educado, pronto para me agradar, porque essa era a sua profissão.

— Quer vir jantar comigo hoje? *Ya hice las compras* e peguei algumas coisas para fazer um jantar mexicano para você. Assim você conhece um pouquinho mais da minha cultura. Aceita?

— Não sei... Não sei se estou muito no clima para agradar.

— Você não tem que me agradar, só estar lá por si mesmo, disposto a viver e a conhecer um pouco mais de mim para além do que você já conheceu aqui no Mão Amiga ou naquele dia em que fui te buscar na fazenda.

— Sabe, a vida não merece mais o meu esforço, parece que, quanto mais eu faço, pior fica...

— *No digas tonterías... Que pasó?* — Tive que me render ao fato de que nossas energias estavam desequilibradas. Incapaz de subir a dele, tive que reduzir a minha.

— É sério! E ainda estou com esse machucado na cabeça. — Ele mostrou então a ferida aberta pela pedra.

— O que aconteceu? Você está bem?

— Foi só uma ferida... o resultado de um zé qualquer me atirando ódio.

Não sabia o que dizer que não fosse, talvez, afundar a nós dois no pântano. Então, voltei ao assunto original.

— Diz que vem, por favor? Prometo que você vai gostar! Vou cuidar de você e, assim, você também se distrai.

— Tá bem, só não espera muito de mim, tá?

Queria dizer que, enquanto vivesse, só conseguiria imaginar aqueles pés descalços no meu lençol, pisando as carnes do meu propósito, raspando com a língua o meu anoitecer. Tudo em mim tremia ao mesmo tempo que tudo se reafirmava em sua unidade. Era, pois me percebia e o fazia, porque Miguel estava ali remendando os meus cacos e sem que soubesse *si yo le remendaba los suyos.*

Deu-me um beijo suave, como se pousasse o nariz numa flora, e fechou a porta. De volta para casa, a noite chegou na mesma velocidade com a qual se preparava um guacamole.

Sobre a bancada, suja de farinha, *yo terminaba* de moldar as tortinhas de milho com as quais comeríamos feijão e *carnitas al pastor*. Fiz um pouquinho de cada coisa, na tentativa de que pudesse dar noção do que era um encontro de comida e mescal em Guadalajara.

A casa ainda estava por mobiliar, mas um ar de vontade pairava por sobre as coisas imóveis, criando uma cobertura de tranquilidade e acolhimento que havia muito não sentia. Não era ainda a minha casa, mas viria a ser, assim que Miguel pisasse ali e pudesse conhecer mais do livro extenso e complexo que era a vida dele e vislumbrar os capítulos que fôssemos escrever juntos. *Yo pensé* sobre a complexidade de me abrir, porém mais energia consumia ao tentar me manter fechado.

Quando tudo já estava mais ou menos encaminhado, o que era de geladeira lá estava e o que era de forno seria posto mais próximo da hora em que havia combinado, senti um conforto tão absoluto que *yo,* que nunca durmo durante o dia, me entreguei ao vazio da queda. Não é à toa que se cai no sono. Lá, no abismo da breve morte, o encontrei. Não o vi, mas o escutei gritar meu nome, me pedir água e sonho. Estava completamente arrebatado, como um corpo a reproduzir células essenciais, apesar de seu potencial cancerígeno.

No escuro das minhas vistas, ainda sentia o calor do fogo que acendi só pela nossa fome da gente mesmo. Não me lembrava de ter entregado o prato e o copo. Não me lembrava dele ter comido ou bebido. Não me lembrava dele comigo, porque ele ainda não havia chegado, mas me lembrava de *nosotros hablando* sobre as notícias do lado de lá dos sonhos, onde nossos problemas não existiam mais e tudo era promessa.

Quando acordei, já próximo da hora de tomar uma ducha e acender o fogão, com a noite alta, a mirada profunda de um passarinho me velava da janela e voou. Não me cansava de pensar em *mis papás* e em como, de repente, os sentia próximos, como se estivessem ali comigo, como se fosse uma aura do lugar ou se fosse sensitivo o bastante para saber da energia que emanava lá da casa com pátio, na voz de *mi mamá* e no sorriso de *mi viejo.*

Liguei o som e, correndo, abaixei as luzes, terminei de colocar pratos, copos e guardanapos na mesinha de centro da sala. Ajeitei as calêndulas no vaso, enquanto ouvia a Guadalupe Pineda pedindo, com sua voz transparente, "*Regálame esta noche*". Sempre que recupero dias assim no baú de lembranças, é imediata a sensação de estar à beira-mar, ouvindo o ruído crespo das ondas beijando a praia, cantando sobre os dias em que a gente se sentia como quem partiu ou morreu em boleros e rumbas que transformavam qualquer experiência em magia, à brisa de Puerto Vallarta.

A campainha tocou. Ele estava adiantado. Figos em calda repuxavam as dores de uma panela aquecida, mas também da mão que os misturava. Abaixei o fogo e atravessei a sala, espalmando mais as flores nos jarros para que o perfume pudesse ocupar os espaços da casa, entranhando as agruras do cheiro doce solto na dança durante a ciranda da minha culinária. Notei, em minha mão, antes de abrir a porta, a colher de madeira me queixando do tempo úmido e espesso de minha ânsia, e a escondi, para que Miguel visse somente a minha pele.

— Olá! — Entreguei-me com um sorriso.

— Eu vim...

— Ainda bem! — E o beijei.

Bonança.

Meu gostar era calado, de soslaio, receoso como a fruta que caía no chão depois de uma chuva inesperada. Miguel cheirava a araçá quando o vento da tarde passava pelos seus galhos. Surpreendendo-me, ele me abraçou com vontade e gratidão, talvez por se afastar um tanto da solidão, quem sabe se por estar menos objetificado, ou se porque ele gostasse mesmo de mim. Eu preferi acreditar nisso.

Éramos alquimistas, transformando-nos em bala de prata em fogo amigo, direto no coração, numa lupercais de delícias caseiras, frutinhas a mudarem de boca em boca pela mão que também cobria o seio e a face de Maria, uma mãe maior que o próprio filho, e que nos protegia, também à menina do espelho de Miguel. Uma mãe pode não ser capaz, mas fazer-se capaz é sempre assunto materno. Miguel-Maria caminhava por sobre as minhas águas e ia consolidando o sagrado entre nós, como se o avesso da música fosse a pausa.

Ele entrou com uma expressão de encantamento, não pelo espaço, mas sim pela humanidade que lhe era conferida no mandamento de amar ao próximo como a si mesmo, ainda que com um problema: amando-se, lá no fundo, ainda menos pelo medo de tudo dar errado. O outro era mais delícia para um amargurado, então tudo o encantava como uma felicidade longínqua, ainda que visível e sensível.

— Fique à vontade, sente-se, vou pegar algo para que possamos beber.

— Onde ocê quer que eu sente?

— Onde você quiser! A casa é sua.

Foi-se decantando, extraindo de si a culpa, esse espírito arreminado preso na arapuca do corpo, a posse do Estado, a violência familiar na instituição do ser, a busca pela receita da sanidade e o estoico ato de suspirar quando não havia mais jeito, porque se rendia. Dessa forma que nasciam os ressentimentos e a resignação de uma impotência.

Voltei da cozinha com dois copos e uma cerveja. Sentei-me ao lado dele, cobrindo-me com o seu manto, crispando-me na sua maré que subia para nos molhar aos dois, como se estivéssemos no Pacífico em pleno Planalto Central. A noite estava seca, mas existia uma umidade que nos envolvia, traduzida pela maneira com que ele pegava seu copo e o levava à boca, o toque do lábio no vidro e depois o autobeijo para apagar os traços de espuma no beiço.

O manto de mãe apenas cobria a fé no que resistia, *solve et coagula*. No som, recebia às bênçãos ancestrais, porque o mundo era grande, mas a alma era maior. No piso limpo de minha casa, os nossos pés na areia imaginária de nosso paraíso juntavam os pedaços do que éramos e do que poderíamos vir a ser. O sol caía sobre os dedos. A música era marcada por rápidas e leves patadas no caminho. Se ficássemos nas pontas dos pés, conseguiríamos ver o novo milênio e o inauguraríamos com a sanha de atravessá-lo com a mão afundada nas carnes de minhas coxas. O ano 2000 seria minha cama e meu destino era estar deitado no peito do peão.

— Que música bonita! — ele me disse.

— É a favorita de *mi mamá*...

— E o que ela diz?

— Conta uma história de *una persona* que aprende a amar alguém, depois esse alguém o deixa e *la persona* não sabe o que fazer sozinha, precisando desvendar o futuro a partir do que foi vivido, mas não mais com a pessoa, apesar da vida a partir dela.

— Mais ou menos como eu tenho me sentido... Fale a letra pra mim na sua língua?

Onde crescia o desejo de ser, a naturalidade de habitar o presente de um dia de praia, era aquela capa açucarada sobre sua face. No tornozelo dele, a fita, um pedido, a mandinga para um futuro que estava preso no presente. Na vontade da pele, eu recitei a letra em espanhol:

"Tú me acostumbraste a todas esas cosas
Y tú me enseñaste que son maravillosas
Sutil llegaste a mí como una tentación
Llenando de inquietud mi corazón
Yo no concebía como se quería
En tu mundo raro y por ti aprendí
Por eso me pregunto al ver que me olvidaste
Porque no me enseñaste cómo se vive sin ti"

Miguel sentia o peso de um corpo leve e o caminho estava aberto como um dia de sol em Acapulco, na voz de Maria Dolores Pradera.

— Traduz para mim o que ela canta?

Não se assustou com meu toque em sua perna e com a maneira como o encarava. A minha mão queria passear pelo corpo dele, que se deixava descobrir como um canteiro arqueológico no qual se desvendavam tesouros inexplicáveis de outras civilizações. E, enquanto fui tirando a poeira dos dias vividos de sua carne, pronta para esperar o futuro, repetia a música em português com voz baixa.

— "Você me acostumou a todas essas coisas e me ensinou que são maravilhosas..."

Dei um beijo em sua mão.

— "Devagar, você chegou em mim como uma tentação, enchendo de inquietude o meu coração..."

Ele sorriu e beijei o plexo do seu peito.

— "*Yo* não entendia sobre como era amar no seu mundo estranho e contigo aprendi..."

Com a ponta do dedo, deslizei a mão sobre suas sobrancelhas cheias, descendo até os lábios.

— "Por isso, me pergunto ao ver que já me esqueceu porque você não me ensinou como é que se vive sem você."

Miguel me beijou com a pressa de uma boca diante de um bolo de chocolate. Enquanto a música ia acabando sua viagem, ele me explorava com a vontade curiosa que transformava tudo em aventura.

De repente, estávamos os dois subindo as pirâmides maias, astecas, prontos para o sacrifício. Nenhum de *nosotros* sabia como nos ensinar a viver na ausência do outro, mas lá estávamos descobrindo os mapas de nossos corpos sem medo e com vontade, como duas oferendas suculentas a Kinich Ahau ou a Tupã, ambos *señores* com *ojos* de Sol.

23.

O que é amar? Darmo-nos a permissão para o amanhã? Alimentarmos a fé em nós mesmos para fortalecê-la com a esperança que nasce junto com o outro? Admitir que somos eternos aprendizes diante do grande mistério da vida? Enxergar a possibilidade da transformação? O compromisso da proteção da chama que trazemos nas entranhas?

O amor pode ser tantas coisas, mas o que ele não pode ser é sozinho. Para amar é preciso atravessar a distância entre a gente e o outro. O amor, ao contrário de outras nobrezas, não se sustenta sem constante revisão conjunta.

Dizem tanto por aí que, num relacionamento, cada uma das partes deve contribuir com cinquenta por cento. Mentira! Quem acredita nisso passa a operar numa espécie de bolsa sentimental, usando os veículos do amor (isto é, tudo aquilo que a gente clama fazer por ele) como um câmbio que flutua. Pode ser que o amor de um valha mais do que o amor do outro ou vice-versa. Pode ser inclusive que o amor ultrapasse o número de dois para ir além em sua polivalência.

O amor requer cem por cento de cada um dos lados para poder florescer. Se cada um der tudo de si, neste um para um se pode encontrar um grande tesouro, ou seja, a possibilidade de um futuro, a solidez de um presente, a grandeza de um passado. Amor sozinho não basta. Ninguém vive apenas de sentimento, claro, mas sem ele na composição, ninguém há de viver de forma plena.

Quem se casa, por exemplo, não deveria buscar um "felizes para sempre". A gente fica procurando experiências idealizadas: aquele jantar, aquela viagem, aquele presente, o fim de semana perfeito, a transa inesquecível. Só que a gente negligencia os momentos em que a vida acontece. Acordar ao lado de quem se ama, perceber que a outra pessoa olha para você com admiração e com vontade. Aquele café passado no meio da tarde. Um convite para dançar sem qualquer motivo. Coisas que não se contabilizam como algo válido.

Quem ousa se unir a uma outra pessoa por meio do amor para caminhar pela vida deve jamais se esquecer que a felicidade só é possível no agora, na pequeneza das coisas às quais não prestamos atenção e que, por isso, de agora em agora, o trajeto fica mais interessante que o próprio destino.

Todas essas reflexões pairavam sobre mim, projetadas como cinema no teto do meu novo quarto, quando Miguel acordou em minha cama sem despertador. Admirava a sua vulnerabilidade, um pássaro pequeno e de trino alto, que pulava de um braço para o outro, curioso e, quem sabe, feliz.

— *Buenos días...*

— Bom dia, forasteiro!

Uma vez, li uma frase que dizia: "uma verdade nunca é triste, pois o que ela não tem é remédio". Se a felicidade só é possível no agora, a verdade precisava ser a raiz de qualquer desejo. Não havia nada que não pudesse ser dito, brigado, confidenciado, consertado, revisado, abandonado, assumido. Tudo o que vinha da verdade era o respeito, sem jamais nos esquecermos que o primeiro respeito é sempre para conosco. E, mesmo não o tendo admitido ao Miguel, nisso *yo* falhava com constância.

— Preciso ir trabalhar...

— Então vou embora!

— Claro que não, fique aqui! Passe o dia aqui, se quiser.

— Não, melhor ir... Sandra fica brava quando não sabe da gente.

— Mas você volta hoje à noite?

— Não, melhor não...

— E por que não?

— Porque não quero fazer ocê sofrer!

— Vou sofrer se você não vier...

— Como é que isso vai ser possível se eu continuo lá no Mão, Ernesto?

— Você não pode deixar de trabalhar?

— Claro que não! E vou sobreviver como?

— Vem morar comigo, oras...

— Né por nada não, mas acho que ocê tá passando a carroça na frente dos bois.

— Não entendo o que você disse...

— Devagar com o andor, que o santo é de barro!

— Sigo sem entender!

— Nada não, Ernesto... Preciso ir embora, tá?

— *Bésame?*

— Como é o nome da música que ocê me traduziu ontem?

— *"Tu me acostumbraste."*

Saiu sem me deixar dicas se voltaria, se me amaria, se sobreviveria, mas saiu solfejando, assoviando como um homem recém-liberto numa canção. Miguel perdia as penas para se recobrir de humanidade, para se sentir menos produto de *la tierra* e menos mercadoria do homem. Descobria-se, na pauta dos dias, um rapaz que poderia estar liso para o determinismo sóciogeográfico.

O vazio da casa e as partículas que herdamos da noite sobrevoavam minha cabeça. De repente, me sentia como uma imagem barroca entalhada em madeira, adorada, mas impotente, imóvel, assim como a renúncia da dor pelo martírio santificado, pela fé dos outros, pela admiração e adoração dos fiéis que pediriam pela minha intercessão. Não queria ser salvo, não podia salvar a ninguém, mas poderia operar mudanças na rotina do tempo e mudar o futuro para que fosse diferente.

Seria isto o que chamam de esperança?

* * *

Agonia tropical.

Rascava a parede da boca, baixo o céu não constelado e dividido ao meio, a língua que depois recuava e tocava os dentes com a consumição da busca pela palavra. Miguel entrou em casa batendo os pés no tapete e já abraçando a Sandra, que o estranhou, porque Miguel nunca foi de abraços. Encostado em seu peito, ele chorava sem se explicar. Que explicação haveria que ela não já entendesse?

Ele, então, suplicava ao ser ciente para se expelir de uma baleia que nadava, amedrontada, nas correntes desgovernadas do pensamento oblíquo de coisas que não compreendia, surfando em ansiedade e descansando em depressão. Ele, como Pinocchio, queria ser um menino de verdade. Amor: a palavra custava para ser dita, ruminava. Era muito mais cara para ser recuperada nas redes que lançamos e depois esvaziamos na lona de nós mesmos, tão em perigo de extinção como a nossa crença nele.

Tudo o que havia no mar de secura do cerrado era imagem e semelhança a um *Dios* que se divertia com o afogamento constante de asas e barbatanas de seus filhos presos no lixo de suas misérias, tal a tartaruga que endureceu tanto por fora para que nada a machucasse por dentro e que a salvasse da agonia, da mania, da penitência, do desespero de saber da palavra que deveria ser dita, sentir que ela estava ali ao alcance do outro ser que, à sua frente, tentava viver sem entender o que sentia, não deixando que ele e *yo* morrêssemos na praia de areias grossas e quentes como as mãos do passado, que nos pegava pelo braço e depois sumia para sempre como a *su madre*, como a esperança.

— Oh, sô-moço, que é que foi?

— Nada não, Sandra... só esse aperto aqui no peito.

— Saudade da mãe, meu fi?

— Também... mas estava pensando nele.

— O estrangeiro fez algo de mau contigo?

— Não! fez não! Ele só me faz o bem.

— Então o que é?

— Ele me trata igual gente e eu não tô sabendo ser gente com ele. Hoje de manhã, me perguntou se eu queria morar lá. A pergunta veio como corte na carne.

— E ocê não quer ir?

— Eu vou viver de quê, Sandra? Se deixo de trabalhar aqui?

— Oh, sô-menino, tem tanta coisa que ocê pode fazer na vida...

Miguel não respondeu e ficou quieto, pensando no óbvio, sem reparar que esvaziava o copo de seus medos com solvente de autoestima, costurando seu humilhado fracasso de acreditar que não havia outra vida possível que não aquela que ele levava. O peão passava então a minguar até supurar como um apêndice amoroso, difícil como querer montar um corvo que grasnasse na árvore cujo galho cutucava o vidro da janela do quarto onde ele dormia e de onde ele via a vida que ele gostaria de viver lá do lado de fora, mas sem coragem de descer para com ela brincar.

Sandra entendia. Ela mesma já estivera nesta situação muitos anos antes, ainda que no caso dela o amor foi, ao contrário dele, uma promessa vaga, um suborno emocional para alargar o tempo de cama, longas horas como se vida não houvesse, não porque morresse, já que a tortura e o amor compartilhavam o mesmo berço, filhos da mesma mãe que, com a mão estendida, prometia salvá-la e, depois, condená-la.

— Se acalme...

No céu, as nuvens cor de ardósia anunciavam uma tempestade que nem sempre caía. No entanto, o cheiro da terra molhada já vinha carregado como se as cordas do universo estivessem tocadas por uma grande mão e as ondas de som se rompessem com a pacatez das paisagens, abrindo no espaço uma vibração tão forte que fazia os corpos tremerem sem entenderem o porquê.

— Vou passar um cafezinho pra nós... vai chover.

— Num tem lenha...

— A gente dá um jeito, fi!

— Sandra, como é que eu vou atender os compadres se só quero um deles?

— A gente faz o que pode para sobreviver, Miguel.

— Lembro da minha avó, ela falava num jeito muito caipira, sabe? mas era bonito o que ela dizia. Sempre que o céu se avolumava com as nuvens igual que agora, ela falava: "parece que invem as chuva moiá os barranco da minha loucura, invem as lágrima burbuiá o ribuliço nas face do meu tempo".

— Sô-menino, a vida é assim! Vêm as dores nos alembrar na pele o cansaço de tudo e vem a noite sossegar tudo de novo, causa de que os dias torturam a cabeça, mas o corpo precisa de alento quando a gente dorme e sonha.

O cheiro do café subiu do coador e a lenha queimava rápido no fogão. Dentro de casa, nas sombras da cozinha, Sandra e Miguel se sentaram à mesa com suas xícaras, segurando a mão um do outro. Não havia mais nada para ser dito que as palavras dessem conta da vontade de acabar com a agonia, nem que fosse numa resma de papel escrita com coisas bonitas ou numa apresentação de palco a partir de uma necessidade irrepreensível de se expressar.

— Toma cuidado, Miguel, porque a desesperança vem debulhar da vida as vontades uma por uma, e, se ocê deixa ela chegar muito perto, acaba perdendo o brilho do olho e nada mais funciona.

— Igual na música... ele não vai me ensinar a viver sem ele. Também num sei se quero. Quanto medo Miguel sentia!

— Que música?

Se ele pudesse, demandaria das vozes alheias uma referência sempre cruzada entre o que é e aquilo que, dele, desejava que fosse no encontro com o destino que foi concedido a ele por *Dios*. Com refinado vocativo, semearia um belo e gordo epitáfio — palavra esta, aliás, que ele não conhecia — e que nos faria imaginar o homem caideiro que ele foi, como um santo católico que ninguém conhecia, mas que operava milagres: Miguel, o que se achou no cabaré, o que se perdeu na fazenda, tendo passado pelos dias sem saber de onde e ao que veio, até achar um estrangeiro que tirou dele todo o chão para sumir do mundo de seu corpo e ser Maria, a mãe de todos.

Se ele quisesse, adicionaria aí uma apresentação de sua arte para que quem a visse, entre um chilreio e outro de pássaros, pensasse coisas bonitas daquele ser humano que ele era. Mas não queria. Tudo o que ouvia agora eram uivos inexplicáveis de dias sem eira e sem beira. Pensou então no cheiro de lenha queimada nos crepúsculos de novembro, enquanto caminhava voltando da escola ainda crente no mundo atravessando pelo meio do mato. Aquele, sim, era um Miguel que levantou muros, criou espinhos, que neles escreveu apelos de socorro, pois vivo estava e hoje, mesmo que fosse tarde demais, aceitaria de bom grado ressuscitar e ser feliz.

24.

O telefone rasgou a madrugada. O canavial, antes do tempo, estava em chamas. Olhei pela janela e vi uma luz alaranjada subir no horizonte. Não via as labaredas, mas era questão de tempo que começasse a cair do céu, feito chuva, uma fuligem fina sobre a cidade, pousando sobre carros, telhados, roupas estendidas em varais, casinhas de cachorro, espreguiçadeiras de clube, piscinas de ricos, caixas d'água de pobres, quadras poliesportivas e amantes que se beijavam escorados nos muros assombreados de ruas pouco movimentadas às margens da cidade.

Perguntei o que tinha acontecido e recebi respostas desencontradas, muitas teorias que se anulavam, levando-me a crer que, para além de investigarmos causas e consequências, deveríamos também considerar a possibilidade de que fosse um incêndio criminoso. Mesmo que tivesse chovido durante a noite, não parecia ter sido um incêndio iniciado por um raio. Para que o fogo tivesse se alastrado tanto em um dia de chuva com naquela noite, a primeira centelha deveria ter sido posta e o rastro ter se espalhado muito antes das primeiras gotas d'água.

Vesti meu uniforme, calcei as botinas, entrei no carro e fui ao máximo da velocidade que pude, sem me colocar em risco numa estrada esburacada e encharcada. Afinal, não era a minha presença ou a falta de mim que faria diferença entre apagar o fogo ou deixar toda a safra da produção do primeiro lote se consumir. Era preciso, para além de extinguir o incêndio, ver o estrago no solo. As pessoas pensavam que queimar uma vegetação deixava *la tierra* mais forte. Lenda! As queimadas eliminam nutrientes fundamentais, matam microrganismos que auxiliam no desenvolvimento das plantas, reduzem a umidade do solo levando à compactação, desencadeiam o processo erosivo e aumentam a liberação de dióxido de carbono, além de poluir nascentes, águas subterrâneas e rios.

Quanto mais próximo ficava, mais podia sentir o calor nas maçãs da minha face. O laranja no horizonte se intensificava. Em poucos minutos, também podia ver a luz das lanternas dos carros, o giroflex de polícia e de bombeiros, carros de segurança da usina, os 4x4 dos chefões. Uma conferência pagã ao redor do fogo numa noite escura. Estacionei como deu, desci e, além do cheiro forte e da fumaça ardendo os olhos, havia também um clima de desambição que, junto com o que queimava, atacava mesmo na distância. Não havia nada que fazer a não ser tentar apagar o fogo e, no mais, esperar.

— Filhos da puta!

— Quem?

— Provavelmente foi alguém que ateou o fogo de propósito.

— Isso já é certo?

— A polícia investiga, mas, como a chuva começou forte há pouco mais de uma ou duas horas, não havia como o fogo se alastrar assim se não tivesse ocorrido, pelo menos, três ou duas horas antes.

— Sim, pensei *la misma cosa* quando me ligaram.

— Vamos ter prejuízo com a perda da safra, precisaremos usar o plano de contingência e tentar comprar a cana de arrendatários, usar nosso plantio de emergência, que fica na cidade vizinha.

— *Mi preocupación es la* qualidade do solo depois da queimada.

— A gente costumava queimar sempre para eliminar restos e espantar os bichos, mas, desde que começamos a buscar a certificação ambiental, deixamos de fazer. Essa queimada de hoje, inclusive, pode interferir no processo de renovação da certificação e perdermos espaço do açúcar orgânico no mercado, incluindo o internacional.

— Precisaremos, assim que o fogo for extinto, medir PH e entender o impacto do calor na compactação do solo, uma vez que os carros de bombeiro estão também passando sobre o que já havia sido arado. Além de colher a cana queimada para a moenda antes do tempo.

— Todos para a usina já! Estamos em gabinete de crise e só vamos nos dispersar depois que tivermos o plano revisado e ações tomadas. Ninguém volta para casa!

Precisava voltar, tentar avisar a Miguel ou Sandra. Tentei convencer os diretores que pudéssemos fazer isso quando o dia tivesse já nascido, mas o desespero é o maior dos autoritários. Quer mexer com fogo? Ataque os bolsos de uma oligarquia. Abraçaram-me os laços gordos e tesos do medo. Meu peão ia pensar que tinha dito tudo da boca para fora.

Subimos todos nos respectivos veículos e rumamos para a sede da usina, enquanto cada um de nós estraçalhava nossos pensamentos e organizações silenciosas de cotidiano diante das intempéries do juízo laboral. As minhas mãos no volante, o limpador de para-brisas ligado e uma pasta cinza a se formar na mistura de fuligem com a chuva. Com o que mais me desfaria dos anseios laminados e plenos de ir embora que, tal como o meu relógio entre um poste e outro, brilhavam como porcelana e se quebravam com a mesma delicadeza?

Liberei a cancela com o meu crachá e estacionei na vaga designada para mim. Subi para o prédio administrativo enquanto ouvia a sirene para a mudança de turno dos funcionários. Fui um dos primeiros a entrar na sala de reunião e, sobre as mesas, já antecipados, estavam copos, jarras de água, garrafas de café e pães de queijo. Nas pratas da mesa, os diretores e o presidente não mais acenavam ao espanto de quem salgava a vida como podia e, por momento algum, chorando sobre as carnes dos outros funcionários que dançavam luzidias, atravessadas por espetos, na rotina capitalista de uma organização que não pode parar por um minuto sequer. O lucro é um senhor de engenho.

— Pois bem, senhores, sentem-se.

— Bom dia, bom dia!

— Já pedimos que todas as câmeras possíveis no caminho e no entorno da área queimada sejam revisadas e fornecidas para investigação. Vamos tentar descobrir quem foi o filho de uma égua que quis nos passar essa perna bem passada.

— Alguém que não fuma, mas que anda com um isqueiro... Há muitos produtores que, na precisão de dinheiro, ateiam fogo em suas plantações para que nós as compremos mais cedo. Mas isso faz muito sentido aqui, não faz? Queimar a nossa para que precisemos das deles?

— Finanças, por favor, prepare um levantamento de custos, perdas e uso de recursos emergenciais para continuarmos sólidos.

— Sim, senhor, já estamos revisando! Esse levantamento já estava feito para qualquer contingência.

— Excelente!

— Nós também já estamos repassando o dimensionamento da produção para saber se conseguimos, pelo menos num primeiro momento, produzir com o material da safra anterior para enviar aos compradores que já têm contrato de fornecimento contínuo.

— Muito bem.

— *Mañana mismo ya* começaremos a estudar o solo. Se não tivemos muitas queimadas nos últimos anos, pode ser que o prejuízo seja menor e possamos, correndo tudo bem, replantar uma parte da safra com as mudas adolescentes que temos no viveiro da planta três.

— Também já estamos preparando o comunicado para a imprensa e as entrevistas que daremos, além do que divulgaremos para nossos clientes. O escritório de comunicação está a postos. Não podemos sequer deixar que pensem que estamos fora do que a legislação ambiental exige.

Entre status e ideias, amanhecemos discutindo e, quase às sete horas da manhã, quem precisava sair, saiu para seus campos, quem ficou, já estava pendurado aos aparelhos de telefone e computadores. Era sexta-feira e, diante do sol quente e dia nítido pós-chuva, ainda com muitas angústias para sopesar na ordem das coisas, transcorreu o tempo sem que pudesse, por fim, avisar Miguel que o mundo havia se revirado e que, tão próximo dali, estivesse soterrado num sem-fim de análises dia e noite, sem poder pensar em cansaço ou no meu amor por ele.

* * *

Naquela mesma manhã, Miguel tinha acordado como se estivesse se equilibrando na corda de uma viola. Tomou banho, revisou com Mateus os planos para o fim de semana, considerando os trabalhos de casa que eram divididos entre os meninos que lá trabalhavam. O peão, desta vez, tinha ficado com a limpeza dos banheiros, o que fez logo na primeira hora com esmero e resiliência. Quanto mais rápido terminasse, mais cedo estaria pronto para viver novos capítulos de uma história que se abria com possibilidades de atuar em novos personagens. A vida não era, afinal, um gibi. Era um livro extenso, de linguagem complicada, que requeria atenção e persistência.

Por onde fosse, o peão só pensava em meu nome, como se estivesse escrito numa faixa sob o sol, enquanto a sexta-feira se entendia pardacenta como um domingo. Entre um afazer e outro, ele cantarolava a música da qual tanto havia gostado e, apesar de não entender espanhol, sabia que podia substituir o pronome pessoal "tu" pela forma como ele me chamava, quando estávamos a sós. Quanto tempo meu nome viveria na linha daquele horizonte que ele enxergava? Em quantas tardes o meu nome e o dele marcariam o fim dos encontros de outros nomes desimportantes? Quanta areia ou poeira seria preciso para sustentar minha presença na concorrência do espaço com os desafios da vida? Ou a minha ausência no amanhecer dos fatos?

Sandra chamava atenção aqui e acolá, ensaiava o show do fim de semana, pedia que móveis fossem arrastados, que luzes fossem trocadas, espelhos limpos e que os quartos tivessem os lençóis frescos, preservativos repostos e, sob hipótese alguma, que houvesse qualquer vestígio de encontros anteriores para não quebrar a ilusão de exclusividade que os compadres gostavam de ter para não pensarem na rotatividade deles com eles mesmos.

Como apagar os vestígios de mim em Miguel?

Quando as coisas já estavam mais encaminhadas, ele saiu para ir até a lan house procurar a música da qual tinha gostado e copiar a letra. Não contou a ninguém aonde ia. Passou no supermercado para comprar seu doce favorito, queria que *yo* o provasse mais tarde. Ele estava se abrindo para viver uma vida na qual tinha virado uma personagem que imaginou sorrindo por inteiro diante de muitos que só sorriem para fora. Antes de qualquer cenário fantástico, via meu nome que não conseguia esquecer. Miguel não precisava de nenhum outro lugar no mundo para abrir os braços.

Ouviu as pessoas comentarem sobre o incêndio no campo de cana da usina, porém não conectou a demanda com a minha responsabilidade. No rádio, a queimada era o único assunto entre uma canção e outra. A atendente no caixa do supermercado conversava com a colega do outro caixa entre bipes e o desdobrar das sacolas de plástico. O dia estava claro demais, com aquela sensação de ar limpo e energizado que sempre aparece quando uma tragédia começa a ser integrada aos sentimentos de tudo, no fundo de qualquer baú escorado nas paredes de nossa incompetência perceptiva.

De volta à casa de Sandra, ajeitou-se com capricho. Cortou as pontas dos próprios cabelos. Buscou, ele mesmo, as flores no jardim para enfeitar o quarto ou, se saíssem, para levá-las num ramalhete. Trocou a água da moringa, passou perfume na cama e nos travesseiros. Colocou um lenço sobre a cúpula da luminária para criar calma e aconchego. Abraçou-se com vontade, algo que não fazia, mas estava feliz e isso era algo novo e estranho.

Esperou que *yo* aparecesse para nosso fim de semana juntos, para que pudesse fazer o que havia prometido. Olhava impaciente o relógio, subia e descia as escadas, encarava Sandra confuso com a minha ausência, que dava de ombros com a capacidade espartana de gerenciar crises e, ao mesmo tempo, reconfortá-lo com olhar materno, pois o coração é forte e bate, mas também impulsiona, inspira e redime.

— O que tá errado, Sandra?

— Tem nada errado, sô-menino! Sossega.

A agitação no salão antecedia a apresentação da noite. As luzes foram apagadas e o palco, onde os delírios mambembes de *hombres* com muito passado e nenhum futuro se realizavam, fica exposto na penumbra, enchendo-se com aquela excitação de com os desempenhos de seus meninos como alguém que estava prestes a dar vida a uma criança que haveria de ser amada, apesar de suas imperfeições.

Mateus, que curioso e diferente dos outros, havia visto certa manhã de domingo, pela tevê pública, uma récita de ópera, decidiu abrir o coração a uma voz tirada de *Sansão e Dalila*, peça de Camille Saint-Saëns. Claro, ninguém ali entenderia nada, nem de música, nem de beleza ou tristeza, apenas de um corpo nu exposto pelo desejo de fazer arte e ser fabuloso em seu ofício, enquanto a plateia queria destroçar a carne para cozê-

-la ao ponto menos, sangrando, porque o tesão é uma forma de poder que nos pede pela morte do outro em razão de nossa própria vida.

A música começou, a plateia se entreolhava com certa chacota, um assoviou, outro gritou uma sacanagem. Enquanto a orquestra ia crescendo e Mateus-Jordana dublando a voz da soprano que não conhecia, palavras que não entendia e um sentimento que transbordava apesar da ignorância, tudo o que Miguel conseguia fazer era se deixar ir como um tronco morto descendo pela enxurrada, esbarrando aqui e ali nas pedras que aceleravam a correnteza, rio que se vertia em cascata alta e volumosa, um salto de sais minerais que escorria pelas suas bochechas e pingava no chão, misturando-se com as babas de homens brutos demais para entenderem sentimentos aos quais não conseguiam nem nomear, como o abandono que Miguel experimentava naquela noite.

— Ele não veio...

— Fi, às vezes aconteceu alguma coisa, vai saber!

— Tinha me prometido!

— Vamos ver o que ele tem pra te dizer, sô-moço. O problema é que ocê tem que trabalhar e eu preciso receber. Sei o que aconteceu entre ocê e o Zé, mas ele te solicitou e pagou pelo seu fim de semana inteiro...

— O Zé não, Sandra! Por favor! Por favor...

— Sô-rapaz, eu não tinha como dizer não, ocê sabe... nossa vida é essa: eles pagam, a gente entrega.

Quando a orquestra subiu para o fim da apresentação, Mateus-Jornada estava ajoelhado e, com os olhos borrados, buscava Miguel na plateia e o encontrou tão desprovido de vida que tudo se quebrava feito gesso, esfarelando-se nas vistas de Zé que, segurando o braço do peão, o puxava para fora do bordel com resolução e sanha. Não sabia para onde iriam e nada podia fazer pelo amigo. A soprano chamava por Sansão ao fim da ária e, para terminar, soltou um agudo potente como se suspirasse com ar para que alguém a escutasse e a salvasse. A grande ilusão de que exista uma força maior que nos impeça de sofrer.

Mateus terminou a apresentação e Miguel estava em vias de viver a sua paixão.

* * *

No carro com Zé, Miguel, calado, não pensava muito além do ressentimento por mim. Não haveria trilha sonora mais adequada do que o som das próprias palavras ou de sua mudez. Não haveria aqui prestidigitação, já que para um mundo de ilusões, os fantasmas eram as próprias pessoas.

Incompreensão é natureza. Quando se elimina a primeira sílaba, compreensão é intempérie, feito chuva forte, vendaval, mar bravo na ressaca do encontro. De repente, a história de uma vida inteira não caberia num texto, porque o pavor e o nojo estariam divididos por uma linha muito fina, assim como a raiva e a abnegação. Apesar das forças contrárias, em algum momento se conectariam para colocar a faísca no pavio e consumir tudo o que de frágil Miguel nutria.

Ele não falava nada.

Ouvia Zé cantarolar e sentia os baques da camionete na estrada de terra que tomaram após abandonarem a rodovia. Não estavam muito distantes da cidade, porém longe o suficiente para que ninguém desse pela presença deles. Pela janela, percebeu ao fundo, na linha do horizonte, como um sem-fim de cupinzeiros acesos, as casas iluminadas das pessoas e, do outro lado, um azul profundo que terminava num nada escuro, onde dormiam as árvores e onde os bichos caçavam as suas presas. O peão estava capturado. Seu predador, iluminado pelas luzes do painel do carro, tinha um resplandecer de fogo e a boca a salivar de cólera.

Chegaram a uma chácara, precedida de um lago escuro e carcaças de palmeiras, onde garças e araras construíram ninhos. Naquela hora, não se podia ouvi-los, ainda que algo piasse ou os sapos os lembrasse de que, diante da experiência a ser vivida, só era possível pensar no *eu*. Miguel não pensava mais em mim. Estava preocupado consigo. Ainda que não pudesse provar que a pedra que o atingiu na cabeça tivesse vindo da mão de Zé, ele sabia que sim. Miguel, por outro lado, se ressentia de mim, por ter faltado com ele e que as cenas tivessem se rearranjado para aquele momento, entregando-o ao sadismo e à perversão tão inerentes ao poder normativo que o cidadão de bem representava.

Minutos que foram percebidos como horas, horas como dias, dias como meses, meses como anos, anos como séculos. Quando Zé ordenou que Miguel descesse e entrasse na casa, o peão fechou os olhos e se lembrou da fazenda, ele e *su hermano*, dois *niños* correndo e brincando sem o temor da vida futura. Talvez fosse a noção de tempo o maior problema em sermos adultos. *El niño* que corria estava pleno no ato de correr. *Una madre* que corria queria manter a organização de sua rotina. A rotina de *un niño* era descobrir o mundo, a de Miguel era se defender dele.

Miguel evitava que a rotina mesma o devorasse ou ficava a pensar se se entregaria de vez. O colo no qual ele se deitaria também era um faquir e o seu caminho se embrenhava pela natureza que o rodeava. O concreto talvez o tivesse machucado porque havia permitido ou porque tivesse desistido de se proteger. Ele entrou na casa e ouviu Zé fechar e trancar a porta. As janelas estavam todas chaveadas. Um era o gato, o outro o rato.

Como, naquele momento, o gato tinha mais espaço, não haveria de dormir o dia inteiro. Não haveria um sono tão profundo que um sonho não viesse a ser denunciado por um movimento involuntário de patas. Ele estava ativo, faminto, sem memórias, sem vaguear pela casa da infância, sem se lembrar que um dia morou numa casa calma e silenciosa, que seus pais não eram muito de abraçar ou de beijar, mas eram próximos e carinhosos. Zé era pura maldade, porque tudo o que ele queria pulsava nos punhos e nas calças; Miguel estava indefeso e, como todo ser místico seria capaz, apesar de prever o perigo, estava hipnotizado, não conseguindo pensar numa ação qualquer para se salvar ou se defender.

Quando Zé o caçava com aqueles olhos de pantera, ele também invadia todas as mágoas do peão e desenovelava cada uma delas até o ponto que, como as lagartixas, se debateriam em suas patas em busca de abrigo ou fuga. O problema era que não se podia escapar do julgamento que um faz de si mesmo quando se via, como nos filmes, pelos olhos de um gato. Foi por isso que Miguel não percebeu o primeiro soco que Zé desferiu com potência do gozo e, quando se atentava para o que acontecia, recebeu o segundo, o terceiro e o quarto.

No chão, Miguel tentava se safar dos chutes, mas não gritava. Sua voz seria como um espeto a atiçar a brasa, como um leque a levantar ainda mais a chama, como a gordura a pingar e a fazer fumaça, atiçando o apetite. Ele estava quieto e, tirando os ruídos da bota de um na pele do outro, não reagia.

— Anda, sua putinha! Fala alguma coisa!

E nada.

— Você quer morrer, veadinho?

E nada.

— Você quer sofrer devagarinho, quer?

E nada.

— Você está gostando disso, baitola? Não tá?

E nada.

— Quer sentir mais forte minha mão, bicha de merda?

E nada.

Quanto mais batia, mais Miguel se entregava.

Para que sobreviver a uma realidade repetitiva que o maltratava tanto quanto à surra que estava levando? Não havia cura. Não tinha condições de ouvir qualquer coisa que não o som das mãos a percorrerem a poeira que se assentava na lâmina dos dias. Miguel fitava o chão e onde enxergava a mão, a pousava como se tocasse um piano esquecido pelo desinteresse, cuja acústica provocava ainda mais o ódio em quem, com ouvidos turvos, não via e ouvia além do eco dos fantasmas, do reboco a descolar das paredes.

Zé parou um pouco.

Se o outro não reagisse, não teria graça. Como é que teriam essa interação de macho com macho, brincadeira entre *hombres*, a lutinha vã de quem precisava tocar a pele do outro, mas não admitia e não se entendia na noturna amplitude do seu percurso? Homem quer tanto outro homem que, quando atravessa o desejo, quer aniquilá-lo enquanto trepa. Como em quarto vazio de lençóis e a precariedade do ato de se despedir das roseiras que se levantavam na terra dura, porque eram coisas de meninas, os espinhos a se transformarem em coisas de menino.

— Você não vai falar?

E nada.

— Vamos ver se não vai...

Zé agarrou os cabelos e arrastou o peão pelo chão sem qualquer cuidado e, com os pés, abriu-lhe as pernas e as prendeu com pisada firme, macerando a carne dos braços de Miguel. Tirou-lhe a camisa e o despiu das calças, de suas roupas íntimas. Tudo o que Miguel havia preparado para mim, incluindo o cheiro de sabonete e o sorriso dos olhos, sumia de repente. Ele estava ali, estirado no chão de uma chácara que não sabia onde era, com um homem que já o violentara de muitas formas antes daquela noite por puro capricho, com o desejo de subjugar o outro ao seu bel-prazer. Pulsão de vida, pulsão de morte. O peão estava nu, virado com a barriga para baixo, exposto.

Zé deu uma pisada forte nas costas do peão e, com um ferrão que se usava na lida do gado, empalou Miguel pelo lado da lança, abrindo passo pela mucosa do peão para si mesmo, bandeirante nas áreas íntimas do vaqueiro, como se a empurrar um boi, prendendo-o por sua giba no brete, preparando-o para sua manipulação. Assim empalado, de quatro, com o pescoço seguro no tronco, babando sangue, mijo e dejetos, Miguel foi obrigado a mugir.

E, depois, quando Zé baixou as próprias calças e, impiedoso, repetidas vezes dali em diante, durante todo o fim de semana, ofereceu Miguel em sacrifício a si mesmo, estralando a pinhola em suas costas com a vontade da sujeição do outro, demonstrando a força do que sua masculinidade era capaz. Chegava o reio na carne de seu animal ensanguentado e esporrado, na imundície do chão, exigindo dele não apenas os mugidos, mas os urros quando o cobria feito touro ardente, cravando socos nas costelas do vaqueiro, os cascos contra suas têmporas, fazendo Miguel perceber que, se houve mesmo algum dia qualquer sonho de ser feliz, a realidade da dor de uma tortura como aquela que sofria haveria sempre de imperar sobre todas as coisas.

Não haveria cura.

Jamais.

25.

O sol já estava alto quando cheguei em casa no sábado, depois de quase trinta e seis hora de trabalho na gestão da crise na usina. Além do incêndio, também tivemos um acidente não reportado da forma correta, resultando em uma internação de emergência de um funcionário que havia ficado soterrado pelo bagaço da cana. Ao entrar em casa, tomei um banho, comi qualquer coisa e dormi, porque era justo e obrigatório. No breu do quarto, me entreguei sem medo aos sonhos e aos pesadelos, sem me preocupar com a vida e com a morte.

No sonho, *estaba yo* diante de uma pedra imensa, à beira-mar, ainda que dentro de uma casa, admirando-a através de uma janela. Nada acontecia, tudo era isto: olhar a pedra banhada pelo sol e pelo mar num dia calmo e sem rompantes. A minha janela, no sonho, era um altar. Dia e noite se passavam. Amanhecia sempre com a mesma nitidez: o céu azul sem nuvens, a brisa morna, o barulho das ondas e a pedra, inquebrantável, imponente diante de mim. Cada dia que passava, no parapeito, agradecia, porque a vida era insuportável, mas dava prazeres inquestionáveis. Olhando o sol esquentar a pedra, vivia aquele sonho repetitivo de que, *fuera yo la roca*, estaria muito feliz, até que a pedra ruiu e me atingiu em cheio.

Quando acordei, ouvia a canção soar no alto da torre da igreja. Passava das seis horas e me lembrei de uma mulher anciã e sábia que morava em nosso bairro, no México, que dizia que, depois que a luz nos deixava, não havia nada de bom que pudesse nos acontecer. Abri a geladeira, faltavam coisas. Abri os armários. Também me faltava a vontade de sair e ir ao supermercado, mas era o que faria. Vesti qualquer roupa, sem muito apreço pelo conjunto final, calcei o que estava mais fácil e fui.

Neste pedaço de mundo, os fins de semana tinham uma ordem repetitiva, porque a vida foi desenhada para tal. Havia um momento entre o fim da tarde e o início da noite em que tudo parecia anestesiado, em que se percebia uma pressa aparente de voltar à proteção da intimidade e um desejo, quase sanguinário, de que a noite chegasse, que saíssem aqueles que, adormecidos durante a semana, buscavam reviver de suas dormências. Tudo se movia no mesmo compasso de uma obra barroca e, em suas faces, percebiam-se horror e prazer combinados, como se se preparassem com constância e resignação para o pior e esperassem, com menos frequência, pelo melhor à luz e à sombra.

No supermercado, como uma *toccata* nas mãos de um organista, as pessoas planavam sobre suas listas, acelerando e diminuindo suas impressões sobre os produtos, buscando as filas nos caixas como se embarcassem em navios que zarpavam para um lugar onde, quem sabe, estariam a salvo das próprias moléstias e comiserações. Circulei as gôndolas, muito resoluto em relação ao que tinha ido buscar, sem dar muita atenção a quem cruzava o meu caminho ou quem, por mero descaso, esbarrasse com o carrinho nos calcanhares. Pão, frios, manteiga, leite e ovos. Assim, como se tocasse as teclas de um piano, deslizei para a menor das filas, quando alguém, atrás de mim, chamou minha atenção.

— Essa fila é preferencial, meu rapaz!

Quando me virei, sem dar por certo se o comentário era mesmo para mim, vi doutor Haroldo, o vice-presidente de operações da usina, sorrindo, como se me houvesse pregado uma peça. Cumprimentei-o com respeito, mas sem a intimidade necessária para engajar numa troca maior. Ele alisava a barriga, retirando um papel do bolso da camisa, que me entregou como se me passasse um segredo.

— Tome, pegue... É o resultado das amostras do solo.

Segurei o papel, mas não o analisei. Era fim de semana e, apesar da hora, confiava que encontraria auspícios à minha espera, enquanto ele mencionava qualquer coisa sobre o incêndio e sobre o acidente, quebrando a própria ordem de confidencialidade que impôs a todos os que estivemos juntos em reunião. Ele percebeu meu desconforto.

— Doutor Haroldo, *ese no es un tema* para conversarmos aqui.

— Tem razão, rapaz! Tem razão — respondeu olhando para os lados, incerto se havia alguém com escuta atenta para aqueles estribilhos particulares.

— Quais os planos para o fim de semana? Vai capinar um campo? — fazia troças com a velha separação entre os que trabalhavam no administrativo e os que trabalhavam na agrícola. Para eles, os que estavam no campo pertenciam a uma casta inferior e, logo, destinados aos serviços considerados menores e remunerados como tal, como se toda a indústria não fosse sustentada pelos pilares de quem preparava, arava, semeava, cuidava e recuperava o chão de terra vermelha, quase roxa, onde se plantavam diferentes tipos de cultura, sendo a cana a mais rentável por essas bandas e, por isso, a menos doce.

— Digamos que *sí*, doutor Haroldo... *hay un campo que carpir.*

— Ah, já arrumou uma namoradinha por aí então!

— Sim e não...

Risonho, como se me colocasse diante de um paredão de fuzilamento, tomou minha resposta muito mais como uma jogada.

— Sim, estou gostando de alguém e, não, não é uma namoradinha.

Bateu no meu ombro.

A moça do caixa chamou e era minha vez, que cedi ao meu chefe, lembrando que aquele era um caixa preferencial como qualquer outro, em especial quando se havia uma hierarquia tão desenhada na fauna social à qual estávamos inseridos. Ele assentiu com a cabeça, orgulhoso do meu reconhecido lugar, e passou. Assinou um recibo, deixou a conta pendurada e saiu quando eu já estava pagando pela minha e o rapaz me ajudava a colocar os produtos nas sacolas de plástico.

Na calçada, olhei o céu e as árvores, todos imóveis. A rainha dos ventos tinha se esquecido naquela tarde da cidade, ainda que visse nuvens pesadas que não davam certeza se choveria outra vez. Entrei no carro e procurei as ruas menos movimentadas, virando ali e seguindo por acolá, até entrar em minha casa e ver que Sandra estava sentada numa cadeira que ficava no alpendre à minha espera. Estacionei, sentindo o coração palpitar, enquanto desligava o motor. Somos máquinas e estamos de acordo que, assim como uma orquestra acelera para criar o clímax antes do final, ao pisar o chão, independentemente das nuvens, pode ser que houvesse mesmo uma tempestade quando ela abrisse a boca.

— Como descobriu meu endereço?

— Miguel havia me dado como gesto de cuidado, sô-rapaz... Meus meninos têm quem cuide deles, ouviu?

— *Yo iba al* Mão Amiga mais tarde...

— Não precisa nem ir!

— E por quê?

— Como ocê acha que Miguel ficou quando num apareceu ontem?

— Tive um problema na usina, não consegui voltar e nem avisar. Não soube do incêndio? Cheguei hoje pela manhã...

— Isso importa?

— *Presumo que no*. Mas vocês não têm telefone...

— Miguel é garoto de programa, fi, se ocê num aparece, alguém vai aparecer.

— Ele está com algum compadre?

— Sim, está, e ocê sabe como as coisas funcionam.

— Sei, mas *yo podría dejar ya pagos* os dias daqui para frente...

— Isso depende dele. Acho que ocê num sabe no que tá se metendo...

— Entra! Vamos tomar um café?

— Sabe que num posso. Vim aqui só para te dizer que não adianta ir hoje. Descansa e depois se acerta com o meu menino.

Enquanto colocava a chave para abrir a porta, ela já não estava mais. Sumiu com a mesma graça com a qual apareceu. Sandra veio me dizer algo que não podia dizer, o que me deixou encucado. Dentro de casa, já com o pão aberto e comendo, pensei em Miguel e nos seus olhos verdes, tentando me desviar das imagens sugestivas dele com *otros hombres*, fazendo com eles o mesmo que gostaria que fizesse comigo ou buscando neles a mesma força de porto que a ele tanto fazia falta e a mim também.

Reparei em minha casa, ainda sem a personalidade que deveria ter, à espera de mim como se tivesse dificuldade de me assentar em qualquer lugar, pássaro tão perdido dos fluxos migratórios, com medo de aterrissar em espinhos. Deixei meu sanduíche na bancada e atravessei a sala. A casa estava escura, naquela hora em que não se distinguia o que era sombra material e sombra espiritual. Liguei o aparelho de som, coloquei um CD instrumental de algum pianista que veio comigo na bagagem de mão.

Pensei na menina do espelho. Maria, a mãe de todos, força e loucura, uma ópera no cerrado goiano. Enquanto terminava de comer, algo em mim me guiava por outras sombras, estas sim presas comigo, projetadas nas paredes de minhas lembranças, como se fizesse formas com as mãos e as tentasse agarrar. Como seria bom se, ao contrário de minha casa, aquela tivesse *niños* correndo e caindo, chorando e sorrindo, gritando e pedindo, *hijos* com olhos do pai e a cor do outro pai, enquanto Miguel estaria em algum canto fazendo qualquer coisa e *yo* estaria aqui, preparando-nos o jantar.

A ilusão da heteronormatividade era uma sedução muito difícil de resistir. O que nos fazia querer a vida de casal e filhos? O que nos fazia almejar os problemas corriqueiros de uma casa viva com outros víveres? O que nos fazia pensar que seríamos felizes? Será que conseguiríamos fingir tão bem como fazem os maridos e as esposas?

Sem realidade que explicasse, me lembro de um dia quando segurei a mão de uma prima que paria e, enquanto pensava, aos quinze anos de idade, se o futuro faria do *hijo un padre*, ouvi o coração de um bebê ainda na barriga que o embalava. Um ano após o outro, segurei muitas crianças que não eram minhas e as olhava, no vítreo reflexo de suas belezas e fragilidades, a bica d'água a jorrar vida das casas de suas infâncias. Enquanto passeávamos pelo capim alto, fazíamos o que qualquer criança daquela idade estava acostumada: acreditávamos no futuro.

Quando um bebê, deitado no remanso do abraço, sorria, não porque me via, mas porque descobria a máscara da sobrevivência, o devolvia para o peito de *su madre* que o injetava força e loucura. Por que então pedir pela mesma coisa? Pelos mesmos problemas? O que é esse amor que aprendemos a traduzir como descendência? Qual o medo que temos de que, ao morrermos, nos esqueçam por completo? Como nos organizaríamos, *nosotros los hombres gays*, sem que pudéssemos jamais ser *mamás*?

O menino que *yo era* quando vagava pelos campos de Guadalajara cresceu. Partiu para longe de *la tierra* e se calçou com sapatos, vestiu-se com máscaras, mas continuou a ninar bebês que surgiam nas esquinas do caminho. Nenhum deles me fez *papá*, ainda que o mistério persistisse e alguma vontade brotasse. Eu queria família. Uma com Miguel.

A casa foi se deixando entrar na noite, como se quisesse também me levar até ela. Senti-me num filme no qual o perigo se aproximava e estava dentro de casa, tentando fugir daquilo que me aterrorizava subindo para o andar de cima, quando deveria correr mundo afora. Mas cá estou e não sei o que fazer com o tempo que tenho.

Peguei um livro, não me concentrei. Tentei arrumar alguma coisa na casa, não me prendi. Ainda havia no ar qualquer coisa que me suspendia, como se buscasse ser lançado rumo aos céus, desejoso de *un Dios* que me protegesse, *un padre* que sentia estar próximo de mim, como se *mamá* também estivesse próxima, cantando. Tentei ligar outra vez para eles no México e não consegui falar. O que será que estavam fazendo que não me atendiam? Onde será que teriam ido com a vontade de não olhar para trás? Saberem o que foi do filho que os abandonou?

Depois de algum tempo, tomei um banho e comecei a duvidar um tanto de Sandra. Miguel estaria no Mão, apenas irritado comigo, não querendo me ver. Ela, quem sabe, estivesse blefando ou tentando me convencer de que, no fim da história, aquilo que vivíamos não serviria de nada. Afinal, o que é de um romance sem que o narrador se embrenhe por lugares pantanosos, prontos para tirar da lama aquilo que nos alimenta na literatura, para trazer às páginas tudo aquilo que nós pensamos e não dizemos, fazemos e não contamos, erramos e inventamos, mentimos e não nos corrigimos?

Como um gesto dos mais romanescos, *yo me decidi entonces por ir* ao Mão Amiga, enfrentar ao Miguel ressentido e marcar a minha posição. Não tive culpa alguma pela noite anterior, ele teria que, pelo menos, me ouvir antes de tomar qualquer decisão acerca de *nosotros dos*. Ainda que pudesse ser também possível que Sandra estivesse tentando me salvar do desgaste de vê-lo com outro compadre, lá estaria para que ele me visse e, ao fazê-lo, lembrasse que, comigo ou sem mim, a cama em que ele se deitasse nunca teria o mesmo peso dos nossos corpos entrelaçados no lençol deliciosamente sujo de nossos despojos.

Quando, então, cheguei ao bordel, o letreiro já estava aceso e havia alguns carros parados no entorno. A vizinhança tolerava e espiava, anotando em cadernos e nas palmas das mãos os nomes de quem entrava e saía para depois soprarem as centelhas na lenha em que se queimavam as fofocas e com as quais se acalentavam as ansiedades locais por notícias onde nada ou pouco acontecia. A lua, no céu, era apenas um risco e, tal qual um personagem de filme de suspense, olhei os dois lados da rua, afundados em escuridão, na conferência se haveria alguém ou *par de ojos* que pudessem confirmar que, se sabiamente ou não, estivesse fazendo o que deveria mesmo fazer.

O som estava numa altura considerável e, dentro, não havia nada de muito diferente das noites anteriores. Lá no canto direito, um dos meninos dançava com um compadre. Mais perto da entrada, numa poltrona, outro estava sentado no colo de *su hombre*. No bar, alguns solitários encaravam seus copos como se fugissem, um pouquinho que fosse, de suas realidades ruidosas de criança e esposa, compromissos e dívidas, o castigo da mesma vida todos os dias até que, por fim, ela acabasse. Tinham famílias e queriam fugir de suas gaiolas.

Ao me ver, Sandra balançou a cabeça.

Atravessou firme o salão, usando um vestido curto e vermelho, bijuterias que pouco brilhavam, mas davam a ela um ar de imponência necessário de uma empresária.

— Falei pr'ocê que ele não estava aqui! Veio fazer o quê?

— Eu achei que ele só não quisesse me ver...

— Ele tá com um cliente que pagou pelo fim de semana inteiro!

A ordem dos fatores não alterava os produtos. Lei matemática básica que todo estudante aprende e que qualquer engenheiro jamais poderia se esquecer. Por isso, na ordem diferente das minhas ilusões, a certeza diante dos olhos doía mais do que a frouxa fantasia que me dava o benefício da dúvida. Estar ali e não o ver, de novo, me fez querer pegar o carro e ir até a fazenda, como fiz da outra vez, dizer a ele que era impossível que a cana fosse doce se não houvesse o tempo certo para a colheita. Mas ele não estaria na fazenda. Ele estava no abraço que não era o meu.

Então me uni aos solitários do bar, encarando meu copo. E assim fiquei: um, dois, cinco, dez, treze coquetéis. Na embriaguez de meu desespero, deixei-me tentar reviver a felicidade que um dia tinha sentido. Cantei, dancei sozinho. Sandra veio até mim e a tirei para dançar. Ela me pediu que fosse embora ou que a deixasse me levar para um quarto, para que pudesse dormir, para que não afugentasse os outros compadres, não criasse nenhum problema, que não tivéssemos polícia, para que não tivéssemos vampiros, que o filme terminasse sem que nada passasse, sem Dráculas, ainda que eles existissem.

— Sabe aquela música que havia se perdido nas minhas listas, Sandra? Reapareceu agora...

— Que música, fi?

— "Lará lará lará lá, lará lará lará lá..."

— Vamo pra cama, que vou dar um café pr'ocê.

— Assim, Sandra, sem muito alarde... *Yo ya habia* desistido dela, mas a canção me achou no escuro dessa noite, aqui meio doente de paixão e solitário, olhando para uma janela um tanto aberta, sem o *par de ojos* que lá antes estava e me via.

Desgarrei-me de Sandra e, cambaleando, fui até o palco. Peguei o microfone e pedi a ela que colocasse a música. Não se moveu. Não estava pensando no ano novo, no bug do milênio, não ia realizar o desejo de ninguém. Também não havia muito o que dizer do que já acabava. Se alguém, nos outros quartos do bordel, conseguisse me ver dentro, veria um rosto iluminado pela luz daquele palco, um palhaço que causava graça a partir de sua desgraça.

— *"Aquellos ojos verdes de mirada serena..."*

Fui cantando do jeito que podia aquilo que me lembrava da velha canção. Miguel pousado na minha fronte, deitado no meu colo, lambuzado com meu suor, pronto para o beijo, para o toque, para a vida. Ele hoje não ouviria a canção, nem saberia também que ela, um dia, me fez dançar sozinho na sala de casa, abrindo as minhas asas, alimentando a coragem de sair do cativeiro cujas portas estavam escancaradas para voar com ele apenas.

As pessoas me olhavam desentendidas daquilo que sentia, tudo o que viam, na verdade, era um cara bêbado, buscando palavras onde deveria haver ação. Talvez até me dessem por triste e digno de dó, mas sem saber que, por outro lado, havia dentro de mim fantasmas e vozes, enquanto a música tocava, cuidando de minha tosse de fumante, atenuando as faltas.

Sandra tentava me baixar do palco, queria terminar a música. Até que vi então as horas e, nas cristas da insanidade, lembrei-me de tomar mais essa rota, esperando que o tempo me tragasse feito remédio e, assim como a música, cumprisse seu papel de me deixar inconsciente. Quando acabei, no profundo tácito das coisas, minha atenção se desviou deste espaço cavado, ao meu lado, sem ninguém. Estava sozinho. E, então, a busca cessou. A música parou, o ano continuaria a virar dali a pouco, a vida seguiria. Desci e deixei que Sandra me levasse. Nada mais me importava que não *fuera yo mismo*.

26.

Miguel abriu os olhos e, desorientado, enxergou o teto do carro e os bancos da frente. Ele, deitado no assento traseiro, percebeu não haver ninguém no lado direito e apenas uma cabeça no lado esquerdo, lugar do motorista. A dor na nuca, nas pernas, no quadril e nos pulsos latejava e irradiava para outros lugares como um sinal de desistência. Enquanto tentava recuperar informações básicas e rápidas, tentou não se mexer ou fazer ruídos. Foram as bacadas do caminho que o lembraram de tudo, como se fossem outros socos ou estocadas de Zé, ou o zunido do ferrão no chão crescendo pois se aproximava, como se fosse uma surdez às avessas. Ele escutava o fim de semana no centro de cada ferida.

Ao momento em que todas as memórias se reorganizavam, o peão chorou com olhos secos.

— Por que fez isso...?

— Ah! Olha só quem acordou... porca adormecida!

— Por quê, Zé?

— Porque você merece.

E, como se merecesse, Miguel se calou.

Sabia que Zé não o mataria, porque a morte significava acabar com o poder que o violentador pensava ter sobre aquele que oprimia. Notou que era fim de tarde de domingo pela qualidade lerda do anoitecer, o céu e a poeira alaranjados criando um filtro através do qual o desprezo e a desesperança se traduziam pelo homem que Miguel era. Seria melhor ter morrido, deitar-se no colo de *su mamá*, assim como fazia quando era pequeno, antes de saber que havia um mundo maior e incompreensível para além das cercas da fazenda.

Depois que o carro passou para o asfalto, sentiu algo mínimo de alívio uma vez que o sacolejo e os buracos acabavam acentuando à dor. Todo aquele fim de semana era uma cratera aberta no seu caminho. Deixou-se anoitecer, fechando os olhos e pensando sobre qualquer carinho e, por isso, subia-lhe o ácido da revolta de que, se *yo no hubiese cumplido* com a minha parte do combinado, nada daquilo teria acontecido. *Yo lo había prometido que* pagaria pelos fins de semana e ele estaria, temporariamente, livre da vida que levava no Mão Amiga. Que ele pudesse encontrar a membrana, ele que era um oceano sem superfície.

Apesar de gostar da liberdade que o trabalho trazia, muito além da cidade, muito aquém do céu, ele e *yo estaríamos* juntos. Deixou-se pensando em mim com o desencanto dos traídos e com a raiva dos iludidos, mesmo que não tivesse escutado sobre as minhas razões por não ter aparecido e entendesse que o destino, por caprichoso que era, brincava conosco com a mesma crueldade de um animal que, antes de matar o outro, tortura-o.

O carro parou, assim também parou o pensamento. A partir dali, o presente imperaria sobre cada hora, sem plano ou sonho que apressasse o amanhã. Para quem vivia a vida de Miguel, na instabilidade dos principais pilares sobre os quais um indivíduo se sustentava, o amanhã era tão violento quanto uma surra, quanto uma quase morte. Zé abriu a porta traseira do carro, agarrou os dois pulsos de Miguel e o arrastou para fora sem qualquer cuidado. O peão caiu do banco e o golpe ressoou um baque surdo no chão encascalhado. Sentiu as pedrinhas rolarem sob a pele lacerada. Zé o puxou até a calçada, esfolando ainda mais pernas, braços, costas e o resto de seu amor-próprio. Deixou Miguel jogado, sem forças, sem voz, sem lágrimas, sem fé.

O outro, então, deu a partida e foi-se. Antes de ir-se, porém, olhou uma outra vez para o corpo deixado em frente ao Mão Amiga e notou que algumas manchas de sangue tinham batizado o banco traseiro do carro. Precisava lavar e teria que fazê-lo antes de voltar para casa. Ou poderia dizer também que, enquanto esteve na fazenda, caçou um veado ou que tivesse levado algumas galinhas para o caseiro e sua família. Qualquer que fosse a desculpa, sabe que a esposa acreditaria sem questionar. Preferiu, ainda assim, lavar a fim de evitar qualquer discussão.

Encarando o céu cada vez mais escuro, Miguel ficou estirado na calçada e a única coisa que remoía era a música que havia conhecido em minha casa e que tinha me pedido para traduzir. Balbuciava algumas das palavras e terminava sempre perguntando por que *yo no le había enseñado* como se vivia sem mim. Ele não sabia que *yo también* não tinha a resposta, porque tampouco a saberia, depois de ter aprendido a enxergar como a vida seria com ele e, principalmente, se sem ele, a devastação dela.

Com os braços abertos em cruz, o peão ficou quieto e um ranho espesso e turvo escorria dos olhos baços, descendo pela lateral machucada da cabeça. Esse líquido, ao cair no chão, batia como se encontrasse o bronze, criando pequenos gongos, sinos de uma capela em cujo altar estavam os insetozinhos, as larvas que já brotavam nas feridas, o barulho do passar da página de um livro que Miguel nunca leu, mas que muitos leriam no futuro como se orassem, como se o santificassem num mártir, porque divino era tudo o que ele era.

Percebeu então que não imaginava, mas que sim ouvia as badaladas vindas da torre da igreja dos evangélicos, chamando os filhos de Deus para o culto das sete horas da noite. Pagão, o homem destroçado se fundia com o chão e se esquecia de si, como se vagasse pelo bosque no mesmo caminho de João e Maria prestes a caírem numa armadilha, enquanto via nascer, sem pressa, os sentimentos gordos da tristeza e da depressão para além do tipo de sofrimento que encantava os poetas. Miguel foi absorvido pelo inferno, residente na casa de bruxa, a gestação da atrocidade, um pote de amargura.

Acordou sem qualquer noção de realidade, com a cabeça de Sandra próxima da sua, sentindo um cheiro doce de afeto e, ao mesmo tempo, azedo de coisa envelhecida antes da hora. Com a mão, ela alisava o rosto dele, limpando algumas das cascas e o sangue coagulado sobre os olhos verdes de seu menino.

— Acorda, meu fi, acorda...

— Me tira daqui, Sandra...

— Mateus já foi buscar alguém para carregar ocê — falava com a voz trêmula, culposa — Vou cuidar d'ocê, não se preocupa não, viu, meu bem, não se preocupa... eu vou cuidar d'ocê...

— Como é que vou fazer dinheiro, trabalhar desse jeito?

— Endoideceu?! Óbvio que ocê num vai trabalhar mais, sô-menino, e não pensa nisso agora, não... A gente vê como ocê pode ajudar com a casa, mas não mais como vinha trabalhando. Isso é culpa minha também. Me perdoa...

Miguel não conseguia vê-la culpada. A vida era como era, sem qualquer reta ou distância curta. Tudo era composto de sinuosidades e, como num labirinto, o que parecia ser não era e o que não parecia ser também talvez nem fosse, mas teria mais chances de sê-lo.

— Tem que pedir perdão não, mãe...

— Os meninos chegaram... Eles vão te levantar, tá? Vai doer um cadiquinho, mas vai ficar tudo bem.

E assim foi.

Mateus e mais dois dos meninos levantaram Miguel com cuidado, enquanto ele urrava de dor. Levaram-no para o quarto, tiram-lhe as roupas, assustados com o que viam. Mateus e Sandra, cada um de um lado, com panos limpos e água morna, mãos compassivas e corações mudos, limparam o que puderam das feridas e dos hematomas. Quando viraram Miguel de costas, Mateus respirou fundo e segurou o grito, sem conter as lágrimas, uma cachoeira silenciosa de piedade pelo amigo, ali diante da ferida exposta no ânus do peão, de onde descia um corrimento viscoso, uma pústula já inchada com pus, sujeira, larvas de mosca e sangue pisado. Sem deixar que o amigo percebesse, Mateus saiu do quarto para não o preocupar mais e deixou Sandra sozinha, sabendo chorar calada, que ela tinha experiência naquilo.

Com cuidado de mãe, Sandra fez tudo o que podia pelo seu menino. Deu-lhe um beijo na testa quente e pediu que descansasse. Ao sair do quarto, mandou que buscassem o doutor Ricardo, médico de confiança que trabalhava no posto de saúde.

Fosse necessário, ela pagaria qualquer coisa para que ele viesse rápido e em silêncio. Sabia que qualquer escândalo comprometeria não apenas o funcionamento da casa, como poderia provocar um banimento geral que os obrigaria a fechar e a fugir para outro lugar. Não deixaria que isso acontecesse, precisava cuidar dos seus. Seus meninos precisavam seguir adiante e ela era responsável por ser mola.

— Vamos avisar à polícia?

— Claro que não! Nada de polícia! Endoideceu?

— Ocê sabe quem fez isso com ele, Sandra!

— Todo mundo sabe quem foi, Mateus! E isso é o que me dói mais, porque aquele belzebu pode acabar com tudo o que a gente tem, inclusive com a nossa vida, e fico sem condições de cuidar d'ocês. Ele sabe que pode e quem pode manda, quem não pode, segue com a vida.

— É injusto isso! A gente tinha que dar uma coça nele, fazer igual!

— Ocê tá me dizendo que é capaz de fazer com qualquer pessoa, independente se Zé ou não, a mesma coisa que ele fez com o Miguel?

— É só ó ódio, Sandra!

— Meu fi, não é só o ódio! É o mal. Não podemos descuidar da nossa reescritura, meu bem, que o mal se cria nas brechas da gente, igual mato em terra boa que ninguém capina.

Mateus saiu com a bicicleta rumo ao posto de saúde, enquanto Sandra desceu para esquentar um chá, fazer uma sopa, qualquer coisa que a deixasse sem pensar por algum tempo. Com a chávena na mão, Sandra subiu e se sentou ao lado do peão, observando seu rosto bonito e desfigurado, velando o corpo forte de homem e alma tão frágil de menino. Tomava o chá em invisibilidade, porque o mais importante era que Miguel não se alterasse até que o doutor Ricardo chegasse.

Sandra não era religiosa, mas decidiu que valia a pena tentar usar um pouco de fé.

— Minha mãe, a Senhora que não é pai, que não é homem, há de entender essa aflição que tô sentindo... Olha pra esse meu menino, desce sobre ele o seu manto, perdoa as imperfeições e deita ele no seu colo, que aqui os nossos colos são mais duros e não tão dando conta... — E, misturando-se nas lamentações, a culpa que não a abandonava. — O que é que eu fui fazer, minha mãe?

Quem a visse do corredor para dentro, veria uma imagem simples e sagrada, a ternura de um ser humano vasculhando a humanidade na carne exposta do outro. No jogo de luz e sombra, tudo o que restava era apenas uma sugestão e, ali, a que havia era a tradução quase melódica do que era possível ter de amor nesta vida. Sandra o acarinhava leve com as mãos grossas de tanto curro. Miguel dormia profundo sem descanso, se refazendo de seu calvário. Sandra com síndrome de Pilatos, Mateus voando com a bicicleta como se o amparasse feito Verônica.

O médico, ao entrar no quarto, pediu que abrissem a janela. O ar se renovou com o cheiro da noite e o cricrilar que se criava nas folhas de um mamoeiro.

Avaliou Miguel e viu que havia machucados demais, talvez uma costela quebrada, nada mais que o olho pudesse perceber para além da nudez violenta. Teria que fazer uma ressonância e uma tomografia, ia deixar os pedidos todos, porque não dava para saber exatamente como estava o corpo pelo lado de dentro. Se houvesse hemorragia, tudo se complicaria.

— Ficar mais complicado do que já está?

— Sempre se pode complicar mais, Sandra... Vou passar uns remédios também e alguns procedimentos de limpeza para cuidar das feridas. Minha preocupação maior está na ferida no ânus para que não infeccione mais e passe para o intestino. Já fiz uma limpeza funda e suturei. Vai precisar limpar de três em três horas com cuidado para não ferir mais. Apliquem vaselina ou até mesmo álcool para sufocar as larvas, se reaparecerem. Doerá, mas nada pior do que ele já aguentou. Cubram a ferida e esperem uns minutos. Com uma pinça esterilizada, vão tirando com cuidado, uma por uma, sem machucá-las, que é pra não seguir depositando ovos. Senão, vamos precisar operar.

— E se ele quiser ir ao banheiro?

— Dá um laxante para deixar as fezes líquidas, assim doerá menos. No entanto, cuidado com a limpeza antes e depois. É bom lavar com água e sabão depois de evacuar, além de cuidar dos curativos. Precisamos fazer também exames de doenças sexualmente transmissíveis.

Miguel ouvia ao médico sem prestar muita atenção. Nada mais importava. Era como se começasse a estar coberto por muitas ramas de uma planta que se expandia por todos os lados e poros, deixando nada à vista, sufocando tudo o que vivesse nele debaixo do pesado cobertor verde que ia envolvendo a sua alma. Junto deste cobertor, também percebeu uma serpente a se enrolar em seu pescoço e a impedir que se movesse, de pensar na vida, de se entender como parte de um todo, apenas um apêndice supurado que precisava ser extirpado e descartado para não apodrecer todo o resto.

Ao sair o médico, Sandra pediu que todos também os deixassem a sós. Aproveitaria que Miguel estava acordado, pois havia o que conversarem.

— Não quero falar nada...

— Vai falar sim! O que aconteceu?

— Zé é mau, Sandra... eu te pedi pra não me deixar ir com ele!

— Isso eu já sei, me perdoa, meu fi...

— Ele me deixou doente antes de fazer isso comigo.

— Doente como, sô-garoto?

— Ele me infectou com o vírus, aquele...

— E ocê não me contou? Seguiu trabalhando?

— Eu sempre me cuidei, igual ocê manda, mas Zé me obrigou um dia e depois só queria sem... passou o tempo, senti que adoecia, me sentia mais fraco e fui ao posto, fiz os exames e eles me disseram que eu tinha HIV, num estágio quase de ter a aids.

— Uai, e não é a mesma coisa?

— Eles me explicaram que não. Uma coisa é ter o HIV, outra é ter aids, que é quando o negócio já está muito agravado. Como, naquele momento, eu tava sem medicação, as taxas todas baixas... mas tem esse remédio novo aí, o governo tá dando de graça, me cuidei, então comecei a melhorar.

— Foi por isso que ocê brigou com ele no centro da cidade?

— Já tinha um tempo que eu sabia e queria que ele admitisse, que cuidasse de não passar isso para outras pessoas, mas, depois que eu tentei falar, ele parou de vim, então fui até lá. A mãe viu, depois morreu. Ele falou pra ela.

— Isso num importa mais, fi...

— Acho que ele quis me dar essa coça por conta disso, por conta de ter feito ele passar vergonha na cidade, desafiado o poder dele. Já tinha me tacado uma pedra na praça outro dia. Tudo culpa minha...

— Nada de culpa sua!

— Eu pedi pra que ocê não me deixasse mais ir com ele...

— Eu tentei, mas ocê sabe que num dá pra recusar, especialmente ele, que pode acabar com tudo para nós. Ele estava pagando caro por você e eu preciso cuidar d'ocês!

— Acho que não foi tão caro assim pela forma que me deixou, né? Às vezes, a gente muda a tabela e coloca que, com coça, é mais caro... — Arrependido do que disse, Miguel não tinha como pescar suas palavras de volta e pausa nenhuma desfaria o peso delas — Faço o quê, Sandra? Sigo como boi de piranha?

— Num é justo, né fi?

— Não é, mas alguém tem que fazer, é isso?

Ela nada disse que já não estivesse claro.

— Abre ali aquela mochila, Sandra, por favor...

Sandra se levantou e foi até a mochila que estava no canto do quarto, perto de um cabideiro. Abriu e viu um objeto enrolado em um pano. Retirou-o com cuidado, sem saber o que era e se sentou de novo perto de Miguel.

— Era de mãe. Pode ficar pr'ocê.

Sandra desenrolou o pano da Santa para a qual *la madre* de Miguel oferecia florezinhas. Ela, que não acreditava, mas pediu com humildade pelo cuidado do menino, sentiu-se ouvida e, de repente, algo que nunca havia sentido em todos os anos de vida, entendeu que tinha também uma mãe. Abraçou-a com carinho e olhou para o peão com a cara de quem sabia que não poderia recusar, mas que aceitar também seria impossível.

— Acho que ela me ouviu... e logo eu, que achei que a Santa não ouvisse mulher que nem eu, sô-menino...

— Ela fica melhor c'ocê. Ocê é a minha mãe agora. Só sinto muito que eu não seja um fi dos melhores.

Sandra a apertou contra o peito, tomando cuidado para não a quebrar. Pensou em chorar, mas chorar era algo que ninguém nunca a tinha visto fazendo. Então quis sair dali o mais rápido possível, feito música quando é boa e acaba rápido. Antes de passar pela porta, Miguel a chamou outra vez.

— Ocê falou com ele?

— Falei... Fui ver o que tinha acontecido. Teve um acidente lá na usina, pegou fogo, uma pessoa morreu. Ele não tinha como vim e nem avisar.

— Acreditou nele?

— Num primeiro momento não, mas aí ele apareceu aqui ontem, bebeu que nem um pudim de cachaça, subiu no palco, começou a cantar lá no idioma dele, fez um papelão daqueles... Mas só fez isso quando apareceu aqui para comprovar que eu tava mentindo e viu que não tava. Que ocê tinha mesmo ido com o outro. Mal sabia ele que ocê tava do jeito do que tava. Soubesse eu, tinha dito pra ele ir atrás!

— Fala nada não, por favor... Ele num merece acabar com a vida dele com um fulano feito eu.

Deixou que ele ficasse ali processando a informação. Em casa, *yo solamente* conseguia pensar em como Miguel estava aproveitando um fim de semana melhor do que poderia dar a ele. Afinal, quem se apaixona por um puto paga um preço mais alto que dinheiro algum pode comprar: a desistência de um amor calmo e rotineiro, a sorte de uma vida tranquila. Esse tipo de amor é como o arranhado num disco de vinil que narra a história perfeita.

A vida, enquanto usa a agulha de diamante para extrair de nós a narrativa em alto e bom som, também tatua com ela uma única nota que se repete até o dia em que algo nos descompasse e tudo passa a seguir no improviso. De repente, era óbvio que o cachorro da vizinha, a mulher sem cabelos que espantava pássaros da janela e a enfisema no pulmão de alguém respiravam um ar muito melhor do que esse que a desesperança nos dava quando ela nos beijava em cada um dos desencontros entre mim e Miguel.

27.

Passadas as semanas desde aquele episódio, ficamos sem nos vermos. Se *yo iba*, era sempre alguma escusa. Por outro lado, Miguel apesar das feridas e dos hematomas, começou a se sentir um pouco mais inteiro, recuperando-se no cuidado de todos seus companheiros e de Sandra que, renovada na amizade com a Santa, passou a cobri-la com florezinhas e a encher Miguel de pequenos mimos cheios de indulgência. Ao peão, toda essa atenção era nova, quase uma intromissão, uma invasão de intimidade que não conhecia, adaptando-se aos poucos ao cuidado e se permitindo ser amado com ternura.

Longe das vistas públicas e repleto de lacerações e marcas, porém belo em sua complexidade, Miguel se concentrou em ajudar os companheiros de trabalho a organizarem suas apresentações ou a penteá-los, massageando os seus pés e os ombros, tentando transferir para os outros aquilo que estava descobrindo para si. Se ali viviam todos juntos, mais do que uma comunidade, a convivência e as dificuldades que todos entendiam bem e que advinham de suas funções e históricos familiares eram mais pelo que os tornava tão únicos e não pelo que os fazia mais ordinários e expostos aos apreços verdadeiros e, de uma maneira ou de outra, duradouros.

Como se embirrados e falhando na comunicação, dançávamos como ímãs de polos opostos. Então, num fim de semana, a ele deu uma vontade pura de me procurar em minha casa, ainda que Sandra o tivesse proibido de sair por aí e atraísse os olhares da cidade, sempre protegidos pelas suas janelas e atacados pelas línguas, prontas a apontar e a acusar, aumentando pontos, distorcendo contos, remanejando informações para o bel-prazer de verem o circo pegando fogo. Incêndios, criminosos ou não, eram essenciais para a vida e para o desejo do povo. *Yo*, ressentido e enciumado, encasulei-me ao ponto de não falar com mais ninguém, mergulhando com vontade recalcada no trabalho. Não conseguia administrar a minha culpa de ter permitido que Miguel fosse com outros e, em alguma extensão, tampouco o perdoava por ele não os ter recusado.

Ele pediu a Mateus que o ajudasse, ao que o amigo respondeu não ter condições, primeiro porque não queria desobedecer à matriarca, segundo porque ele também concordava que não devesse me procurar e terceiro que Mateus precisava ensaiar para sua apresentação no sábado. Miguel não insistiu, fingiu que não ligava tanto e, confabulando maneiras de sair sem ser visto e passear por aí sem que dessem pelo seu estado, decidiu se vestir como um boia-fria, nome comum e baixo com o qual as pessoas das castas mais altas da sociedade chamam aos trabalhadores do campo que cortavam a cana-de-açúcar. Por levantarem muito cedo e trabalharem pesado até mais tarde, levavam suas comidas em marmita e, não tendo como esquentá-las, as comiam em temperatura ambiente, enquanto as famílias de bem e de valores cristãos almoçavam em louças e porcelanas limpas, muitas vezes uma comida que não eram nem eles que cozinhavam.

No quartinho dos fundos, no depósito das inutilidades, onde todos guardavam os objetos que não tinham coragem de descartar, encontrou um chapéu, uma camiseta velha, uma calça maior do que seu tamanho e usou as próprias botinas. Colocou uma outra camiseta como se fosse uma bandana na cabeça e, sobre ela, o chapéu de aba larga. Subiu a calça até a altura do peito e a franziu, atando-a com um cinto que também estava no depósito. As botinas calçadas, protegendo os pés que, pisando com cuidado nas tábuas da escada, desceram sem causar ruído e sem chamar a atenção de alguém.

Miguel sentiu saudade de Paloma. Olhou para a árvore onde antes deixava a companheira amarrada, mas não se deteve no passado. Desceu pela rua, virando por outras de menor movimento, sempre com um andar meio desequilibrado tanto pelas dores, quanto pelo que pensava ser a personagem. Passou diante do colégio e os alunos não prestaram muita atenção no pobre que cruzava a rua diante de seus narizes acadêmicos. Subiu rumo ao hospital e logo estava no Setor Sul, que era um bairro mais vazio do que outros, com casas imensas e inacessíveis para boa parte da população, mas desejadas por todos, por pais que, colocando os filhos nos bancos traseiros de seus carros, passavam pelas ruas as identificando pelas profissões de seus proprietários como exemplos de sucesso a serem seguidos.

Parou algum tempo sob uma árvore frondosa e descansou. As pernas e quadris ainda doíam bastante. A ferida no ânus, apesar de melhor, latejava e ardia ao caminhar recebendo gotículas de suor, também quando respirava e tossia. Ele vinha sobrevivendo à sua paixão, mesmo que a via sacra talvez estivesse apenas nas primeiras estações, como pressentia. Não se deteve por muito tempo, queria chegar rápido à porta de minha casa e, quando chegou, não viu o meu carro, mas tocou a campainha de qualquer modo. Repetiu o gesto, bateu palmas, gritou pelo meu nome e nada.

Pensou em voltar para casa. Ao mesmo tempo, incentivando-se pelo percurso já recorrido, convenceu-se de que deveria me achar, que seria desperdício de tempo e esforço voltar tão cedo, além de que levaria uma bronca imensa. Teria que fazer tudo valer pena. Era importante para ele que me visse e, ainda que não admitisse, queria muito que *yo pudiera*, diante de seu estado, embalá-lo e retirá-lo da aflição, criando ao redor dele uma família que ele pudesse chamar de sua, sem a necessidade de um mundo exterior. Não havia decidido se me contaria o que tinha acontecido ou não.

Por isso, o peão seguiu sua jornada duas quadras mais acima até o ponto de ônibus onde passavam, de hora em hora, os coletivos fretados e pagos pela usina e que levavam as pessoas até a planta industrial, afastada da cidade. Seja por qual razão fosse, bastava entrar no veículo e pronto. Subsidiado pela usina como contrapartida pelo desenvolvimento da região, não havia passagem a ser cobrada e ninguém ali duvidaria que ele não fosse um dos trabalhadores da área agrícola naquela estrutura da empresa onde *yo trabajaba*.

Esperou um pouco e subiu. Sentou-se mais ao fundo, olhando pela janela as casas e os comércios da Avenida Goiás, as pessoas e seus semblantes perdidos em si mesmas, ignorantes daquilo que o mundo oferecia e desejosos de um status social que tampouco teriam na época da colônia ou do império. O Brasil estava repleto de pessoas que acreditavam em meritocracia e que o merecimento, para elas, acabava sendo sinônimo de esforço, sem qualquer associação com privilégio, mesmo que estivessem atoladas em facilidades sociopolíticas e acessos irregulares a serviços e benefícios para resolver suas falhas e dívidas com o mínimo esforço.

Durante todo o caminho, Miguel se ensimesmou da mesma forma que já vinha acontecendo e apenas pensou na canção que havíamos escutado juntos, cuja letra em espanhol ele havia decorado de qualquer jeito para me surpreender um dia, sem que tivesse, para isso, tido a chance. Ao contrário, cantou outras dores durante o fim de semana de tortura ao qual foi submetido. Todas essas coisas vim a saber depois e com riqueza de detalhes por fontes diversas.

Ao chegar na usina, desceu do ônibus e viu algumas pessoas monitorando toda a entrada da planta. Pela aparência e pelo julgamento de vestimentas e vocabulários, os monitores direcionavam as pessoas, sem muito ouvi-las em suas necessidades, para postos de triagem que seguiam a divisão interna da operação, isto é, quem estivesse limpo, bem-vestido e tivesse um vocabulário melhor era encaminhado para a triagem do administrativo, enquanto aqueles que estavam vestidos com roupas velhas, sujas e apresentavam qualquer ineficiência funcional ou educacional eram encaminhadas para a triagem da área agrícola.

Por já saber sobre como as coisas funcionam naquele universo, Miguel foi encaminhado e, por mais que ele tentasse se desviar ou falar sobre suas reais intenções, foi posto numa fila com outros que foram julgados como semelhantes seus. Muitos saíam já com equipamentos básicos direto para os caminhões que os levariam ao corte ou à recolha da cana, enquanto outros saíam de mão abanando, de volta ao ponto de ônibus com as vidas atravessadas nas gargantas e o facão comendo os seus recursos com voracidade. A mais-valia apenas gere os seus recursos quando os nega, de forma a deixá-los mais vulneráveis e desejosos de milagres no almoxarife que era a pobreza.

Miguel ficou na fila, debaixo do sol quente e, apesar do calor, as roupas que havia escolhido o protegiam tanto da luz quanto da poeira. Pediu para falar com um dos monitores, mas não conseguiu, até que chegou a sua vez e a única coisa que falou foi que precisava ter comigo e pediu que me chamassem.

— O que você quer com ele?

— É assunto meu.

— Ele não está na usina hoje.

— E onde é que ele tá?

— Isso não é assunto meu e nem seu.

— Eu passei na casa dele, também não estava...

— Olha, moço, sei te dizer não. Às vezes foi para Goiânia ou tá fugindo de você...

— Quem pode confirmar qual a opção?

— Olha, eu não deveria, mas vou quebrar seu galho. — Pegou o telefone, discou um ramal e falou coisas que Miguel não conseguiu ouvir. Depois de algum tempo, voltou e avisou: — Sim, ele foi para Goiânia liberar uns papéis relacionados à mudança dele.

— Muito obrigado — reconheceu a bondade do atendente. Miguel, então, voltou para o ponto de ônibus. Como a frequência das viagens era de hora em hora, considerando também que tinha acabado de chegar, esperou cerca de quarenta minutos até que o próximo coletivo com destino à cidade aparecesse e ele voltasse ao Mão Amiga, onde já teriam dado pela falta dele e estariam preparados para cobrar alguma explicação.

28.

Fui a Goiânia liberar a minha mudança. Os papéis precisavam ser entregues ao despachante e acertar o envio das coisas por caminhão, todos os custos cobertos pela empresa. Em vez de aceitarem cópias dos documentos por correio, requereram que estivesse presente e, *en persona*, as entregasse e assinasse aos formulários. Uma viagem desnecessária, mas que, de alguma forma, me fez bem, considerando os contratempos e minha obsessão pelo fato de o peão ter ficado todos esses dias sem falar comigo, talvez aproveitando da sua vida *con otros hombres* que não era *yo*.

Estava difícil não me deixar levar pela fantasia. Na minha cabeça, Miguel se entregava aos outros como nunca fizera comigo, como se os gemidos inventados e os gestos ensaiados fossem mais reais do que as palavras básicas que nos dizíamos antes, durante e depois do sexo. *Yo lo* imaginava deitado em lençóis que não eram os meus, o chapéu jogado ao acaso no chão, os dedos percorrendo os corpos alheios como quem doma um animal rebelde. Um espetáculo de músculos e suor que *solamente yo* assistia, preso ao ciúme de plateia, cego ao que acontecia fora desse teatro inventado. Não era só por eles, sabia; era pelo que eles viam, pelo que ele mostrava e não era *yo* quem estivesse tocando, lambendo, comendo, amando.

Tomei a oportunidade para ir ao shopping center e comprar coisas das quais estava dando falta, como novos tênis de exercício, roupas de ginástica e artigos de decoração para deixar o ambiente em casa um pouco mais aconchegante, algo que fosse mais meu do que da família de Zé.

Também quis visitar a capital, que tinha visto pouco desde minha chegada e, com o meu carro, fui passando por pontos turísticos que tinha pesquisado: a velha estação de trens, a Praça Cívica, o Monumento das Três Raças, o Bosque dos Buritis, o Parque Vaca Brava. Era uma cidade como qualquer outra, mais próxima de uma metrópole, quando comparada com Baíra, mas com alma muito provinciana e desconectada de lugares como São Paulo, Cidade do México ou Dallas.

Não que isso fosse demérito para a capital goiana. Apenas uma constatação acerca de sua ocupação urbana, com os valores comungados pelas cidades no Centro-Oeste brasileiro. Goiânia tinha arquitetura moderna e o maior acervo de *art-déco* no Brasil, era o que havia lido. O prédio do Teatro Goiânia, por exemplo, e a velha estação de trens eram belezas arquitetônicas que nenhum morador parecia dar muita atenção entre engarrafamentos e ônibus apinhados de pessoas indo e vindo, enquanto construíam um estado rico, mas cheio de iniquidades, prezando por edifícios cinza e espelhados, numa leitura muito pobre do que é ser desenvolvido, a linha fina entre a bala e o abudo.

Terminei minha visita já no meio da tarde e parei num restaurante na Rua Cinquenta e Cinco, que, segundo o guia, fazia os pães de queijo mais famosos na cidade. Muito difícil de estacionar, parei rapidinho, comprei alguns e provei também da pamonha, que era muito semelhante aos *tamales* mexicanos. Coloquei os pães de queijo num saquinho e saí de volta, rumo ao interior. Pararia no caminho para comer, talvez perto de algum lugar bonito ou bar de beira de estrada. E, assim, fui-me embora, cansado, mas com aquela sensação de quem aproveitou bem, mais distraído de meus ciúmes, as horas disponíveis para tudo o que precisava fazer.

A estrada era bonita, repleta de montes esverdeados, ribeirões, também muitas plantações e pastagens. Goiás era uma imensa fazenda repartida entre poucos. O clima estava agradável, fui com o vidro aberto. Havia um cheiro de terra molhada contínuo no ar e, vez ou outra, via pássaros tropicais cruzando o horizonte, como tucanos e araras. O céu parecia mais baixo do que em outros lugares e as nuvens pesavam, mesmo quando estavam alvas e sem qualquer probabilidade de chuvas.

Quando cheguei, suave já era a noite. Estacionei o carro na garagem, desci as sacolas, comi o último dos pães de queijo, tranquei o veículo, fechei o portão e, ao colocar a chave na fechadura, vi um bilhete enfiado entre a porta e o batente que dizia: *Volto mais tarde*. Amassei o papel, abri a porta e entrei. A casa estava do jeito que a tinha deixado, uma das grandes felicidades de se viver sozinho. Guardei as sacolas, tirei a roupa e fui tomar um banho. Quando saí, o papel amassado ainda estava sobre a cama.

Vesti uma roupa leve, liguei o som, abri uma cerveja. Respondi alguns SMS, olhei arquivos de trabalho, não havia nada que tivesse que fazer naquela noite a não ser arrumar alguma desculpa para que Zé não entrasse quando aparecesse. Ele era insistente e pensei que talvez pudesse ter sido mais fácil se tivesse tomado a decisão de alugar outra casa qualquer. Mas as escolhas estavam feitas e o passado no passado estava.

* * *

Miguel estava deitado na cama, de cara emburrada, depois do falatório ouvido quando retornou à casa. Também, entenderam que ele estava um tanto perdido e que precisava, de alguma forma, se repensar, pois afinal perder o equilíbrio fazia parte da jornada para encontrar o equilíbrio. Não foi pela ação em si. Estavam preocupados com a situação em que o peão ficou depois daquele fim de semana e acreditavam que nem fosse saudável para ele ter qualquer conversa comigo, que *yo lo viera* como ele tinha ficado, apesar de ter melhorado bastante. No entanto, antes que o dia anoitecesse de vez, Miguel pediu a Mateus que o ajudasse.

— Vai até a lan house pra mim, por favor, e grava essa música no mp3? A letra eu já tenho...

— Pra que ocê quer essa música, homem de Deus?

— Eu gosto, uai! Quero aprender a cantar ela.

Anotou o nome num pedaço de papel e lá se foi Mateus fazer a vontade do amigo com quem dividia o quarto. Mateus era um menino alto e magro, de cabelos e pele pretos, um pouco corcunda — reflexo de quando era adolescente e tinha vergonha de sua altura. Muito gentil. Não tinha pelos no corpo e, quando estava sem camisa no quarto, Miguel ficava sempre impressionado com a cor das aréolas de seus mamilos, além daquele porte de quem tudo comia e nada engordava.

O menino foi abandonado quando ainda era criança e viveu pedindo coisas aos motoristas dos carros que paravam na entrada da cidade. Foi quando Sandra o encontrou e o levou para viver na casa. Mateus, ao completar seus quinze anos, ouviu da boca da matriarca sobre o que se fazia no Mão Amiga e pediu que ele pensasse, com calma, sobre o que ele gostaria de fazer da vida, pois aos dezesseis teriam que entender como ficariam no futuro. Ele concordou que queria seguir com ela e ela não via problemas. Ninguém explorava ninguém, quem quisesse parar, parava, a vida real era muito complicada para se enquadrar em qualquer lei ou julgamento. Sandra entendia tanto pela intuição quanto pela experiência que a hipossuficiência era uma ferramenta muito efetiva na cultura brasileira para a degradação de uma identidade.

Mateus entrou na lan house, comentou alguma coisa com o Cleidir, que trabalhava no caixa e que o liberou para a máquina cinco, a mais escondida, no canto da sala, havendo mais privacidade para qualquer que fosse a atividade do usuário diante da tela. A internet era algo um quê de velho para o mundo, mas uma novidade tecnológica no interior goiano. Um universo tão repleto de possibilidades que um não se dava conta do que isso significava, nos anos que vieram, em relação às mudanças de comportamento, comunicação, cultura, relacionamentos e desejos. Também não imaginavam que, de alguma maneira, toda essa mudança chegaria com impactos jamais antes sentidos ao velho e sempre disposto Mão Amiga.

Gravou a música que Miguel pediu, conferiu a qualidade. Mateus era um menino que sempre conferia tudo. Se tinha fechado a porta, se tinha trocado mesmo o lençol que acabara de estender na cama, se algo foi feito com cuidado como deveria, se Sandra estava lá todas as manhãs... essa perseverança de quem já tinha perdido muita coisa na vida. Ele era meticuloso e considerava sempre a possibilidade de que, diante de todas as dúvidas, as que ele tinha sobre si mesmo não fossem nunca as que estariam no meio de seu caminho atrapalhando ou atrasando a caminhada.

— Se a gravação num estiver boa e vou embora, é capaz de Miguel me pedir pra vir aqui de novo. Então melhor perder um tempinho agora do que depois, né?

— Como é que tá Miguel, aliás? Faz tempo que ele não vem aqui.

— Hummm, tá tudo bem... Anda lá ocupado com as coisinhas dele. Eu já vinha olhar umas coisas minhas e ele me pediu para gravar esse mp3 pra ele.

— Não vai baixar vírus no computador, hein!

— Se liga, cara! Tá achando que eu sou ocê com as suas punhetas?

Caíram na risada. Eram mais ou menos da mesma idade.

Quem também sorriu foi Miguel quando, depois, ouviu a música que tanto amou:

> *"Tú me acostumbraste*
> *A todas esas cosas,*
> *Y tú me enseñaste*
> *Que son maravillosas."*

Palavra por palavra, ele ia tentando pegar a entonação. Ouviu uma, ouviu duas, três, centenas de vezes.

— Desliga essa desgraça de música! — gritou Sandra.

— Não sem antes eu aprender a cantar!

— E pra que ocê quer decorar isso? Para cantar na rola do mexicano?

— Rá, rá, rá! É pra gritar na porta do teu toba e ouvir o eco!

— Ocê me respeita, sô-moleque!

— Agora, sério, eu queria cantar pra ele, pra dizer que num estou com raiva.

— E tá achando que vai sair linda no palco, estampada do jeito que sua cara ainda está?

— Claro que não, muié! Queria cantar pra ele só, mas agora que ocê me deu ideia...

— Nem vem!

— Ocê faz uma maquilagem em mim, tampa tudo da melhor forma, a gente apaga uma das luzes do palco, fica assim com ar de mistério, posso até usar um tapa-olho igual a Catalina, da novela *Ambição*... dá pra fazer!

— E depois? Ele vai querer te ver e o que ocê vai fazer?

— Uai, ver ele, ara! Vou contar por cima o que aconteceu e resolver essa peleja de vez.

— Se ele quiser pagar pelo fim de semana, o que é que eu vendo, sô-moço?

— Vende seu botão, veia mocoronga!

— Eu te bato, hein!

— Bate nada... Ocê vende o fim de semana e o resto dos dias tudo...e deixa que com ele eu me ajeito. Me ajuda?

Olhou para Mateus pedindo coro.

— Sandra, ocê já conhece a peça, sabe que ele vai fazer de qualquer jeito, então melhor ajudar.

— Tem razão... Sô-moleque é carne de pescoço! — brincou Sandra vendo, pela primeira vez, em semanas, um pouco de brilho naqueles olhos verdes que haviam se perdido da mirada serena.

— Tem algum vestido meio de mexicana que dá pra me emprestar, mãe?

— Ih, e como é que é mexicana, Miguel?

— Uai, meio de Maria do Bairro!

— Acho que tenho! Vem cá.

Saíram os três até o quarto de Sandra, onde entravam só com convite. Ela abriu o guarda-roupas e tirou um cabide forrado com um saco de lixo preto. Retirou o saco e mostrou um vestido midi, vermelho, com muitos babados no colo e nos braços, também na barra da saia. Um cinto de corrente dourada já gasta e um fascinante para usar na cabeça. Sandra o entregou para Miguel, que foi ao espelho para se ver. Ele todo ainda era ferida e hematoma, mas o que enxergava, naquele momento, não era mais a si mesmo, e sim Maria, a quem ninguém nunca tinha feito mal.

— Posso usar?

— Claro, fi! Mas, se estragar, eu te dou outra coça boa, hein?

Mateus olhou para ela assustado.

— Muito cedo para essa piada? — perguntou, já caindo na risada.

* * *

Miguel ensaiou tudo o que podia e fizeram testes e mais testes com a maquiagem para cobrir as suas feridas e manchas. Ele ainda não sabia o que ia me dizer, mas o que me diria era o menor dos problemas que ainda estavam por vir nesta ópera latino-sertaneja, para a qual a vida me trouxe e da qual apenas a morte me expulsaria, arrastando-me para fora de um buraco.

29.

Quando Zé chegou, ainda cedo da noite, estava me arrumando para dormir, um tanto preguiçoso. Não tocou a campainha, entrou com a chave da casa que ele tinha guardado. Sentou-se à mesa da cozinha, perguntou se *yo tenía cerveza* em casa. Descalçou os sapatos, pôs os pés sobre uma outra cadeira, esticando-se com os braços em alça atrás da cabeça. Começou a falar de forma desenfreada, como se ele fosse o marido chegando após um longo dia de trabalho e *yo* a esposa que o esperava para servi-lo.

Sem que ele percebesse, peguei o molho de chaves e o coloquei no bolso da minha bermuda. Peguei a bebida que ele tinha me pedido, o tratei com proximidade, mas sem intimidade, no limite da desconfiança. Disse que precisava ir ao banheiro, fui, recolhi a cópia da chave que ele tinha da casa, voltei para a cozinha, coloquei o molho de volta na bancada e me sentei numa cadeira no outro lado da mesa.

— Vem aqui, vem — me chamou, indicando colo.

— *Estoy bien* aqui e precisamos nos falar também.

— O que eu vim fazer aqui hoje não precisa de conversa e, se for pra conversar, melhor que a gente fale umas safadezas — respondeu, enquanto se alisava.

— Zé, isso não pode ser assim!

— Assim como?

— Você chegando aqui, abrindo a porta quando quiser, entrando sem convite. A casa é sua como propriedade, mas enquanto estiver *alquilada* para mim, o direito de residência é meu.

— Que história é essa agora?

— História nenhuma, oras! Só um pedido. Já tinha dito quando me trouxe pela primeira vez para ver a casa. Não venha mais aqui sem convite ou sem combinar comigo antes.

Tirou os pés da cadeira, endireitou-se no assento apossado de muito desconforto. Olhou-me com uma expressão de juízo contestado, com a prepotência típica de homem e com a raiva inerente daqueles que não têm seus assuntos resolvidos. O acosso e a violência são idiomas fluentes para o homem autoconfiante de seus privilégios e de ego frágil.

— A sua sorte é que hoje estou de bom humor e paciente. Mas é importante que você entenda: vou vir aqui sempre que eu quiser sim e vou entrar porque a casa é minha e tudo o que está nela, inclusive você, é meu, tá me entendendo?

Fiquei em silêncio, não por medo, mas por deixá-lo navegar um pouco mais e colocar todas as cartas que ele tinha disponíveis para esse jogo ridículo que estávamos jogando.

— Caguei. Caguei para o que você pensa, pede, fala.

— Por favor, saia da minha casa.

— Sua casa?

— Sim, minha casa, de acordo com o aluguel que *yo he contratado*.

Zé se levantou num arroubo, a cadeira caiu para trás, ele não se importou. Não me movi ou demonstrei qualquer reação. A humilhação e a depreciação eram um incentivo para o agressor. Ficar quieto, por um tempo, adiava a dor. Zé tentou ainda barganhar usando o sexo como moeda de troca.

— Que isso, cara? Vamos jogar fora a chance de curtir entre nós por conta de uma bobagem dessas?

Ele se aproximou, tentando me trazer para perto do seu corpo. Para quem conhecia o hábito de caça dos animais, sabia que alguns tinham o dom de deixar a vítima hipnotizada para que, num abraço, se enrolasse em você até que não houvesse mais ar, mais vontade, mais força, e esmagasse seus ossos. Dei dois passos para trás, não caí na armadilha. A barganha então foi deixada de lado e a imposição se traduziu pelos gestos. Um tapa no tampo da madeira, outra cadeira que foi atirada para o lado, um soco na parede. Não me intimidei.

— Saia já da minha casa ou eu chamo a polícia, Zé!

Enquanto ele vinha para cima de mim, *yo andaba* de costas rumo à porta. Não corria, não me desesperava. Sabia que alguma coisa aconteceria, então estava tentando apenas contornar os danos da melhor forma. Zé não estava acostumado a ouvir negativas, não aceitava opiniões ou sugestões, para ele o que valia era a palavra e a dele era a lei.

Ele me alcançou, me agarrou pela gola da camisa e me bateu. Senti os nódulos de suas mãos nos ângulos de minha cara. Zé me empurrou e me deu um último soco antes de sair pela porta e ir embora. O que o fez parar não soube no momento, mas hoje penso que, naquele dia, mais um espancamento poderia ter lhe trazido consequências imediatas que ele quis evitar. Afinal, por mais forasteiro que fosse, nas castas sociais da cidade, *yo era* alguém a quem prestariam atenção, já que a Miguel não.

Corri até a porta e a tranquei. Se ele tinha mais chaves da casa, não sei. Preferi pensar que peguei a única cópia para deixar mais palatável a ideia de continuar adiante. No espelho, vi que o meu supercílio estava aberto e sentia uma náusea crescente, uma dor no fundo da cabeça. Num passado próximo, não buscaria ajuda alguma, porque, nos Estados Unidos, qualquer visita ao médico significava uma pequena fortuna, ainda que estivesse assegurado. Aqui, por conta desses sintomas extras à dor da ferida, o corte precisaria de pontos. Vesti um par de calças jeans, olhei pela janela antes de sair e nem sinal de Zé. Entrei no carro e *fui por la noche*.

Era nesse silêncio que percebia que havia imperfeições na aparente calma da cidade. Assim como o estudo antropológico que descobriu que, em sociedades nas quais os indivíduos tinham hábitos pessoais de higiene, as condições sanitárias coletivas eram precárias, e nas quais eles não se preocupavam com higiene individual, as cidades eram limpas e asseadas, para mim, o silêncio e a calma me diziam que, na intimidade das casas, havia caos e desespero, ainda que não identificados. Confirmei minha teoria ao chegar no pronto-socorro e ver a quantidade de pessoas ali em diferentes situações, todas elas de alguma forma nascidas na pasmaceira noturna de uma cidade como Baíra.

O médico que me atendeu tinha pouco mais de quarenta anos e a voz era firme, ainda que ele não me olhasse a cara. Ele me perguntava coisas fitando um prontuário, no qual escrevia, com letras impossíveis, textos cuja semântica era literal e não haveria nenhuma poesia ou recurso narrativo que identificassem o sujeito da ação e o protagonista da história a partir dos garranchos. Ele pediu que me sentasse na maca, limpou a ferida com antisséptico, o que fez arder e doer, sem que mexesse a cabeça um milímetro sequer.

— Como é que isso aconteceu?

— *Yo he caído* e bati a cabeça numa dobra de um armário.

— Você tem vacina antitetânica?

— Não sei *doctor*... No meu país, tomamos vacinas, mas não todas, porque são caras.

— Bom, vou fechar a sua ferida, mas preciso que você tome a vacina. Você pode tomá-la aqui mesmo, a enfermeira vai aplicar. Também vou precisar que você faça uns exames apenas por precaução, já que você bateu a cabeça e, claro, por isso mesmo vai precisar dormir aqui nesta noite para ficar em observação.

— Dormir aqui? Não precisa...

— Você é médico também?

— Não, sou agrônomo — respondi.

— Ah, então deixe que o médico recomende e conteste as coisas por aqui, está bem?

— Desculpe, *doctor*...

— Além de uma ressonância, vou pedir também exames de sangue, porque assim já deixamos seu prontuário completo. Alguma coisa mais?

— *Creo que no, doctor*...

— A enfermeira vai te acompanhar para os exames e vacina, depois te colocará num quarto. Amanhã, passo para te ver e, se estiver tudo bem, te dou alta.

E, assim, fui atrás de uma enfermeira sonolenta, que me aplicou a vacina, colheu o meu sangue, limpou as outras feridas que não precisavam de ponto, me levou para o quarto, me deu um camisolão, troquei a roupa e me deitei numa cama sem personalidade, fitando a paredes em tom de verde-claro, uma pintura brilhosa para que não se sujasse, e respirando o silêncio sepulcral da parte interna do hospital.

Ainda que minha cabeça doesse e o remédio para náusea começasse a fazer o efeito, o que notei pelo sono forte que sentia, pensava sobre um tipo de substrato que prepararia para enriquecer a plantação, quando...

30.

Miguel acordou na sexta-feira com a força de quem sonhava. Tudo correndo bem, ele se apresentaria para mim naquela noite. Ainda muito machucado, mas já num processo de recuperação que a juventude permitia ser mais veloz, alguns dos hematomas começavam a ficar mais amarelados e as feridas tinham uma casca fina, porém resistente. Tomou café com Mateus, beijou Sandra no rosto e decidiu cuidar de algumas das plantas, antes de começar a limpar o bar, que foi a tarefa que ficou sob sua responsabilidade naquela semana.

Ali, entre os arbustos e as moitas de ervas, debaixo da goiabeira, limpou o chão com o rastelo, catou o montinho de folhas, queimou o resto. Mudou uma bacia na qual estavam crescendo as cebolinhas para um lugar com luminosidade indireta e podou algumas das roseiras para que pudessem seguir dando flores na próxima temporada. Mexendo na terra, o peão sentiu saudade do tempo em que cultivava os abacaxis, os milhos e o sorgo, sentiu falta de *su padre y de su hermano*, que provavelmente já haviam trocado as lembranças que tinham dele pelas atividades obrigatórias e apressadas da rotina rural. Não cabia ao pobre ser triste e não havia tempo para saudade.

Lavou os pés com a mangueira, limpou a mão na pia da torneira que sempre pingava, sentou-se no murinho da área, de onde ficou olhando os passarinhos pulando de galho em galho, conscientes de seu papel no mundo. Quando um cantava, ele se concentrava no som e esperava a resposta de algum outro, nem sempre da mesma espécie. A maior beleza das criações de *Dios* estava nas interações dos seres em seus consultórios sentimentais. O que um dizia sempre que o outro solicitava. Tudo sabia ser compreendido, menos os humanos.

Enquanto ouvia o trinar, sentiu um aperto na boca do estômago, como se algo o espreitasse e o colocasse às margens da catástrofe. Algo que lhe dizia:

— Eu vou te matar...

Não sabia de que parte do ser vinha aquela mensagem, não distinguia o tom daquela voz. Não a respondia por sensatez, mas sabia que era real, que era sua, mesmo que não a reconhecesse. Era alguma coisa rara, indubitável, pronta para um diálogo que nenhum de nós, muito menos Miguel, estaria preparado para ter. Na natureza, ele era mais um, só que separado dos outros, ele tinha consciência sobre os próprios sentimentos, sobre sua solidão e as outras dores da alma que sentia.

Naquela manhã, depois de cumpridas as responsabilidades, entregou-se ao sono ali mesmo, ao ar livre. A voz, rouca e descendente da tradição dos atormentados, era a posse do destino sobre Miguel, um peão nascido no lugar errado, no tempo errado, com as pessoas erradas, mas com a alma rançosa, antiga, aberta ao mundo por dois globos verdes a orbitarem a sua face selvagem, porém confiável, carinhosa e bela.

Quando acordou do cochilo, entrou, calçou seu tênis velhinho e azul, jeans, camisa branca. Cabelo jogadinho de lado e cheiroso. Abraçou Mateus, o deixou beijar seu rosto, se sentia feliz e esperançoso como há muito não sentia, ainda que o silêncio, como diziam por aí, fosse ouro e reluzisse o entendimento de seus desafios. Não havia como saber.

Passou pela banca de jornal, leu o horóscopo e talvez tivesse entendido o recado. Mesmo porque, como costumava sempre repetir, era péssimo em relação às indiretas ou coisas que se aproximavam dele pela tangente. Entrou em muitas lojas do comércio, passou pela igreja matriz, entrou e rezou. Não acreditava tanto em *Dios*, mas gostava de *la Virgen*, não qualquer uma, mas aquela de *su madre*, que é um braço maternal estendido, o ponto de paz entre a ira do ego e a consequência do impulso. Aquela sexta-feira não era como as outras, já não sentia mais ser uma tartaruga virada de barriga para cima.

Sentado no banco da igreja, assumindo a literatura da vida que eram o silêncio e a distância, naquele momento em que nunca havia estado tão aberto e entregue às possibilidades, como se sopradas das nuvens entre os raios de luz, ouviu outra vez a voz que sussurrava no seu ouvido:

— Eu vou acabar com a sua raça...

E, de repente, passou a também ouvir como iria fazê-lo.

Tentou desviar um tanto da atenção dos distúrbios do momento, agradecendo a misericórdia de um dia em paz, com o horizonte descortinado e pronto para ser cruzado, para que encontrasse o pote de ouro ao fim do arco-íris e trocasse de sexo ao passar por debaixo dele, que fosse outra pessoa, outra personalidade, tivesse outra vida. Apagar tudo o que veio antes. Não se lembrar de nada, nem o que houve e nem o que haveria. Estar sempre no fluxo, como se estivesse com alguma mesa de restaurante reservada num lugar arejado, sem muitas interferências, na voracidade pelo banquete.

O dia estava fresco. Miguel foi caminhando pelas calçadas sob as árvores que ainda existiam. Soprava um vento que subia a poeira do cascalho, espalhando pela atmosfera as notas do bolero que ele cantarolava a partir de uma lembrança, de uma tradução que *yo le hice*, glorioso, radiante, radioativo, cancerígeno. Enquanto caminhava e cantava, sentia na boca o gosto do milagre do vinho, mas Miguel nunca bebeu vinho, ou seja, o sangue de ninguém. Miguel era puro e, sendo puro, muito fácil de abusar, de trincar.

Tentou repassar toda a cena preparada, não queria errar nada. Precisava apaziguar a ansiedade e, por isso, corria o risco de ser chato e inconveniente, criando mensagens, bilhetes, sinais de fumaça para me dizer que ainda teria uma chance de que ele fizesse tudo aquilo que *yo* quisesse. Ele também cria o mesmo de mim. Para ele, *yo cantaría*, escreveria, tatuaria uma velha canção do Trio Los Panchos que gritava, com a voz das maravilhas e das urgências, "*si tu me dices ven... lo dejo todo*".

Miguel sabia que a situação não oferecia nenhuma segurança e tampouco *yo estaba* em condições de exigir nada. No entanto, estávamos os dois envolvidos o bastante numa trama para afirmar que doía fazer parte de uma dúvida e, por essa razão, claro, pelas questões que nos semeávamos sem nos pedirmos imensas e sinceras desculpas por nos usarmos, nos púnhamos disponíveis para satisfazer a carência, um com o outro buscando estabilidade emocional.

Ele não queria me perder, ainda que nunca tivesse clamado posse sobre mim. A Miguel não havia ninguém que o lesse, que entendesse suas vozes, seu eu lírico, que traduzisse sua psique cheia de saudades, reflexos e com todos os beijos do mundo nos lábios prontos para sua pele quente. No meu caso, tinha mais miragens.

Alguém sim haveria de morrer nesta história e quem sabe essa morte ocorresse debaixo de uma claraboia, na transparência da noite, com um antojo de mágoa, mas em busca de liberdade. Naquele dia, Miguel seguia cantando e chamando: venha, venha, venha (*y yo lo dejaría todo para irme*).

O dia passou na esteira das vontades e das frustrações. Um bilhete chegou até mim me dizendo que fosse ao Mão Amiga naquela noite. Miguel, de volta ao quarto, já se preparava para a apresentação. Estava orgulhoso daquilo que tinha preparado. A música na ponta da língua e o vestido que Sandra emprestou deixavam o peão pronto para uma nova vida, com a qual ele poderia se encantar com o mundo, assim como as crianças que olhavam para as flores e gritavam: olha, são flores!

Quando os compadres começaram a chegar, o burburinho aumentou e, como se fosse um bolo de corós se enroscando um no outro, ele sentiu um frio na barriga, algo que se movimentava em seus intestinos, que o arranhava por dentro, que pedia para sair, que não suportava mais ser sufocado. A vida, em Miguel, sempre foi uma péssima experiência de seu usuário, sem serviço de atendimento, sem proteção ao consumidor. Tudo nele era sentido na ponta dos dedos e, com a mão, fincada para dentro, uma garra que nada deixava escapar.

No salão, nada além da rotina. Miguel evitou sair antes da hora, para que não se quebrasse a surpresa, mas também que não o vissem de perto por conta das escoriações. Porque todos gostavam muito dele, todos os companheiros estavam ansiosos e essa agitação atiçava o ambiente, criando uma aura de expectativa que ninguém entendia muito bem a razão, mas que se convertia em carícias mais intensas, beijos mais apaixonados, amassos mais lascivos. Os compadres estavam no alvorecer de um novo tempo, que se esperava que se cobrisse de florezinhas milagrosas, que se sentisse como uma graça alcançada.

Quando as luzes se apagaram e o anunciaram, foram cinco segundos de hesitação que atraíram os olhares de todos. A música começou com o dedilhar suave de um violão, uma introdução rápida. Na plateia, fiquei paralisado, porque a reconheci. Entendi que era uma mensagem em uma garrafa atirada ao oceano de minhas ilusões. Quando a voz começou, Maria-Miguel entrou deslumbrante em vermelho, numa sincronia cuja disciplina a fez alcançar cada respiração, cada movimento de cabeça, uma língua que se movia de forma a alterar a dinâmica do ar que todos nós respirávamos.

O olhar me buscava na plateia e, quando me achou, recebi uma lança cuja ponta de pedra entrou pela minha pele e me atravessou por inteiro. Não havia como negar que ela e *yo*, ele e *yo*, nos pertencíamos assim como uma fruta que estava madura no seu galho também implorava para ser colhida e devorada. *Yo me sentí* lisonjeado e, no segredo que compartilhávamos, pensava na exclusividade de todas as sensações, abandonando qualquer problema ou ciúme que pudesse ter sentido, abrindo espaço para acreditar que, num mundo raro, nos ensinávamos a nos querermos e aprendermos com a crueza das possibilidades.

Quanto mais nos envolvíamos, mais nos esquecíamos de pontos básicos desta lição de vida. Era impossível aprendermos como, caso a vida assim o quisesse, nos abandonarmos, como viveríamos um sem o outro se essa fosse a necessidade? Era possível, sabemos, mas a que custo? Qual a entrega de sentimento?

Maria deixou o palco sob aplausos sinceros, incluindo os meus. Queria vê-la, queria encontrá-lo, queria macerá-lo como fazia com as flores cheirosas, embriagar-me com o seu perfume, deixar-me levar para onde quer que ele me levasse. Miguel-Maria era o que Brasil significava como país para mim. Levantei-me e fui até ele, crendo que tinha encontrado uma alma como a minha e pensando nas coisas secretas que tinha para desvendar com ela, deitados preguiçosos numa tarde de domingo, sentindo o hálito do calor escorrer pelas pernas nas gotas do suor que brotavam no contato de nossas temperaturas.

— O que aconteceu com a sua cara?

— *Hola*, antes de qualquer coisa.... — falei, sorrindo.

— Oi... — Ele também ria.

— Você esteve *maravilloso*! Jamais esperaria!

— Foi pr'ocê!

— *Yo sé*. Senti como se estivesse na beira de um rio, quando na praia aparecia o mais raro dos animais. *Yo estaba* selvagem assim como *usted*.

— Não entendo nada do que ocê fala!

— Não precisa entender. A poesia é mais sobre sentir — declarei ao me aproximar para beijar seu rosto e a sua boca. Então vi que, sob a maquiagem, havia também algumas feridas. — O que aconteceu com seu rosto?

— Eu fiz essa pergunta primeiro...

— Não foi nada, eu caí, bati a cabeça. *Usted*?

— Depois eu conto... Por favor, me fala que posso passar o fim de semana c'ocê...

— Eu não desejaria nada mais que isso! Ficamos aqui? Você vem comigo?

— Não importa o lugar, homi, eu quero é ocê.

— Sim, *yo también* quero você...

— Sabe por quê? — me perguntou com as mãos ao redor do meu pescoço.

— Por quê? — Meu sorriso era besta.

— *Porque no me enseñaste como se vive...*

— *Sin ti.*

31.

Não sei por que, se por medo ou egoísmo, não insisti sobre as explicações das feridas e dos hematomas. Sem a maquiagem, eram muito mais evidentes e Miguel estava envergonhado, o que também me fez respeitar a privacidade e o conforto dele — me contaria, se e quando quisesse. Ele me abraçava e me beijava, mas não me deixava tocá-lo de forma mais íntima e, assim, calma foi a madrugada de quando voltamos para a minha casa, evitando qualquer tema espinhoso.

Na manhã seguinte, acordamos ainda bêbados de sono e preguiça de sábado. Perguntei a ele o que gostaria de fazer e me recomendou que nada, caso estivesse tudo bem para mim. Entendi que deveríamos nos acolher, criar a intimidade do dia, deixar que a casa nos entendesse juntos e perder, na película de nossas retinas, a estranheza do gesto, da presença, da dança. O peão se ajeitou e se ajuntou comigo, passando a perna sobre minha perna e aquecendo meu pescoço com sua respiração ácida.

Dormimos de novo e não me lembro se sonhei. Ao acordar, Miguel não estava mais na cama e, por breve momento, o desespero da ausência me culpabilizou, tentando encontrar alguma explicação de erro ou mal gesto que pudesse ter dito ou feito para espantá-lo ou para que o anverso do sonho não fosse a realidade, mas sim o pesadelo. Chamei-o baixo, com receio da não resposta. Então me levantei, vesti os shorts e saí a procurá-lo, tentando ao máximo não parecer um acossador que, de tanta obsessão, farejava a sua presa.

Quando o encontrei, ele estava nu, na cozinha, preparando nosso café. Descia sobre ele a luz que entrava pela janela de todas as manhãs e me surpreendeu que ele estivesse tão à vontade, sem jamais me esquecer que o corpo foi a ferramenta de trabalho dele durante os últimos tempos e que a nudez era, em certa medida, um produto. Causava estranheza, entretanto, ver alguém vestir tão bem a própria pele, especialmente quando ela estivesse ainda avariada e se recuperando. A leveza da cena me fez abrir um sorriso grato, como um cão que, finalmente, encontrava seu dono.

— *Buenos días otra vez!* — E o beijei na bochecha.

— Bom dia! Eu estava com fome e quis preparar o café pr'ocê também.

— Não tem problema! Estou feliz que você esteja à vontade.

Sentei-me de frente para ele, enquanto ele se movia com graça pelo espaço. Ele quebrou os ovos e os mexeu, espremeu as laranjas e mastigou um bagaço, me oferecendo o outro. Fritou os pães com manteiga na frigideira e depois cortou um pedaço de queijo, que assustou rapidinho no calor da panela para criar uma camada amarronzada e suculenta. Colocou a comida nos pratos, me serviu e se sentou também, me encarando como se quisesse aproveitar do momento para me contar qualquer coisa. Tentei acenar com a cabeça de forma leve e incentivadora, criando algo de confiança, porém a segurança é uma prisão para quem sabe o que é liberdade e uma ilusão para quem não sabe. Ele não contou nada.

Comemos, lavamos os pratos e as louças, saímos para o quintal que ficava nos fundos da casa, onde havia uma jabuticabeira, um mamoeiro e mato, nada mais. Ele entrou e não tardou muito a voltar com o edredom da cama, que estendeu sobre a relva alta que ainda crescia e, ali, nos repousamos. Ele continuava nu. Tirei os meus shorts também e ficamos os dois beijados pelo sol, abraçados pelo calor, suaves na percepção de que era possível estarmos contentes por um breve momento, mesmo que talvez jamais fôssemos de fato felizes naquela redoma de vidro.

Preveni a Miguel que não ficássemos muito no sol, porque as feridas poderiam marcar a pele dele e a minha, que também tinha as marcas do faniquito que Zé tinha dado dias antes. À luz, os verdes translúcidos no rosto de Miguel pareciam sair de alguma raiz na terra, uma planta rara cuja floração durava pouco, de tão sensível e frágil que era. Naquela manhã, a flor estava aberta e madura, pronta para seduzir as abelhas e outros insetos, pronta para cumprir com seu destino natural, repleta de beleza, afrodisias e complexidade.

Assim como as formigas seguiam seu rumo, o dia correu pelas suas necessidades. Almoço, soneca, filmes, beijos, conversas sobre passado, presente, nada ainda sobre futuro. Sempre que saía para o quintal, sob o sol, pedia a ele que usasse meu chapéu, que pudesse se proteger. Mas quanto de proteção poderia dar a quem sempre foi pela vida pisando os pastos junto das cobras, carregando madeiras e seus escorpiões, ferroado pelos marimbondos da pobreza, do preconceito, do desentendimento, da inadequação social? Miguel esteve tanto tempo exposto às intempéries que o meu chapéu, fosse meu ou de qualquer outra pessoa, não faria a menor das diferenças.

No entanto, percebo que, ao oferecer a ele o meu chapéu, na verdade, era a mim que protegia, a este imenso desejo de amor, de família, de futuro, de felicidade, de não mais solidão, que se equilibrava como um mambembe numa corda. Estirá--la seria rompê-la e deixá-la mais solta era permitir o balanço, o desequilíbrio. Por isso, o meu chapéu na cabeça de Miguel me cuidava. O sol não haveria de me derreter no pensamento dele, nem o vento haveria de me avoar para longe dos seus olhos. Ainda que Miguel me mantivesse à sombra de sua vida, quem olhasse, nele, o meu chapéu, mesmo que não me enxergasse haveria também de me ver lá agarrado aos seus cabelos.

Quando a noite desceu e a cidade entrou em sua hora mística de calma e medo, falamos sobre o jantar e eu sugeri pizza. Para minha surpresa, Miguel nunca havia comido uma pizza na vida e, mais do que um gracejo, foi questão de honra testemunhar o evento daquela descoberta. Por isso, em vez de pedir que a entregassem, liguei na pizzaria, avisei que *yo mismo* buscaria a pizza para que chegasse quente e suculenta, que não perdesse também nenhum momento da expectativa juvenil diante de um mundo novo.

Quando deu a hora, entrei no carro e parti, deixando Miguel em casa colocando a mesa, com o som ligado, um disco de Rocío Dúrcal cantando canções de Juan Gabriel. A pizzaria não era longe, como nada na cidade era distante, mas teria que atravessar o perímetro inteiro. Não demoraria mais do que quinze minutos.

Enquanto esperava que embalassem a pizza recém-assada, a campainha tocava em minha casa. Miguel se assustou, mas imaginou que fosse *yo quien* estivesse à porta a pregar alguma peça. Correu a atendê-la, despreocupado das formalidades, pronto para devolver em mim a peça que pregaria. Não havia razão para que ele se preocupasse e pensasse que, ao tocar a campainha, ele ultrapassasse qualquer linha vermelha, já que um mexicano com tão pouco tempo de cidade não teria visitas a receber, mesmo que de forma inesperada.

A voz a soprar palavras nas orelhas de Miguel continuava dizendo que iria matá-lo, mas ele não estava dando atenção às suas angústias, não se perderia debaixo de um manto verde que crescia a cada dia, feito uma planta trepadeira que sufocava todos os pontos onde se escorava. No entanto, a voz que vivia em seu ouvido soprou:

— Olhe pelo buraco!

Achou estranha a sugestão, muito distinta das anteriores, num tom mais alarmado do que ameaçador, e decidiu ouvi-la, seguindo o conselho. Nunca tinha visto uma porta com um buraquinho, uma espécie de lente que permitia ver quem estava do outro lado. Encostou com cuidado a testa na madeira e, com a luz que atravessava pela lente, deixou o verde de seus olhos se acenderem, arregalando-se e, segundos depois, apavorando-se com o que via. Do outro lado da porta, era Zé quem batia.

— Abre essa porta, forasteiro! Eu sei que você está aí dentro!

Miguel tremia de medo. Na cabeça dele, Zé devia ter descoberto que ele estava ali e tinha colocado não apenas a sua vida, mas também a minha em perigo. Miguel não sabia de minha ligação com o seu algoz. Afastou-se da porta, pé ante pé, tentando não fazer nenhum ruído, ainda que a música estivesse ligada e num volume considerável. Encolheu-se num canto de sofá que nenhum de nós havia ainda usado e ali ficou, molhado pela água que brotava de dentro de si, escorrendo-se pelo nariz, pelos olhos, pela boca, seus machucados todos voltando a latejar com virulência. O peão era apenas um bicho acuado, cachorro que, de tanto apanhar, tinha pavor e tremedeira.

Zé bateu ainda algumas vezes e depois desistiu. Foi embora quando *yo* virava a esquina, me dando a oportunidade de ver as lanternas vermelhas do carro dele, mas sem sequer fazer qualquer suposição de que aquele veículo estava saindo, na verdade, da porta da minha casa e com ele dentro. Para mim, era só um carro passando de um lado para o outro, levando alguém que ia ou que voltava, talvez com um alimento para alguém especial como era *yo* naquele volante tendo uma pizza por copiloto.

Estacionei o meu carro, sorrindo de orelha a orelha, com a caixa na mão, abrindo a porta com certa dificuldade, porém animado e feliz pelo fato de que meu amor também se traduziria pelo sabor, pelo cheiro, pela satisfação, pela maré alcalina pós-refeição, pelas palavras que sairiam de sua boca ou dos gemidos que ele emitiria ao mastigar uma das melhores invenções já feitas pela culinária humana.

Fechei a porta com o pé e passei reto, não o percebi encolhido no sofá da sala. Fui chamando pelo seu nome, dizendo que corresse, que viesse de onde estivesse abanando sua cauda de alegria. Coloquei a caixa sobre a mesa arrumada e esperei dois minutos, sem que Miguel aparecesse, sem que desse qualquer sinal de vida. Num primeiro momento, me desesperei pensando que ele pudesse ter ido embora, mas logo vi que suas coisas ainda estavam onde ele as havia deixado na noite anterior.

Saí procurando pela casa e, por uma questão lógica, a sala de visitas da entrada foi a última a ser vasculhada, porque já havia passado por ela quando cheguei e nada de mais tinha notado. Quando, porém, lá pisei, meu coração pulou algumas das batidas ao ver aquele *hombre* jovem, bonito, talentoso e bondoso apavorado e abraçado às próprias pernas. Ele não conseguia falar, a respiração estava ofegante.

— *Que pasó?* O que aconteceu? Me conta, por favor!

E ele mergulhado num silêncio profundo de choque, com a voz perdida dentro de si, sufocada pelos ruídos altos de seus pensamentos, de sua ansiedade e de seu sofrimento, catatônico.

— Vem, *acuéstate aquí*... calma... calma... respira fundo.

Tentei passar o máximo de segurança possível para que ele pudesse se estabilizar, mas ele chorava e não tentava falar, pois se via refém de tudo. Ficamos assim por muito tempo, esquecendo-nos da pizza, rompendo o dia em dois, um de antes e o outro do depois desse trevo onde as três vidas se encontravam num desastre sem precedentes.

A manhã de domingo, quando acordássemos, começaria também a definir o destino e o fado de nós dois.

32.

Nas primeiras horas da segunda-feira, meu telefone tocou. Uma pessoa do laboratório me pedia que *yo pasara*, sem falta, para pegar os resultados dos meus exames. Estava já a caminho da usina, então confirmei que sairia mais cedo para voltar antes do fim do expediente. Por conta do incêndio e do acidente, as certificações ambientais teriam que ser auditadas outra vez. Era então o tempo de começarmos a planejar a checagem das evidências que os auditores nos pediriam durante os dias em que estivessem visitando a planta.

Um dos maiores problemas do setor em que *yo trabajaba* era a parte de segurança, com foco na agrícola. Em razão dos dividendos e das relações trabalhistas, também dos riscos reputacionais, as empresas do setor açucareiro, no Brasil, negligenciavam os dados obtidos para maquiá-los em prol de uma governança que parecesse saudável e sustentável. Acidentes de trabalho não reportados e tratados informalmente, falta de revisão nos procedimentos de segurança, maus tratos e trabalhos análogos à escravidão, todos eram possibilidades reais e, muitas vezes, oportunidades de aumentar o lucro do agronegócio.

Para além das aparências, as cooperativas e uniões patronais e de funcionários acabavam investindo tempo e dinheiro naquilo que trazia melhor reconhecimento do produto no mercado como, por exemplo, selos e certificações ambientais, controle de qualidade, variedades exclusivas de cana-de-açúcar, procedimentos para se evitar acidentes ecológicos. O produto e a terra eram tratados com a devida importância, o fator humano ficava subjugado à força do capital, que continuava sendo patriarcal, polarizado, racista e elitista. A premissa do dinheiro de que, para haver ricos, os pobres continuavam sendo essenciais.

Naquela segunda, trabalhei concentrado, fiz algumas visitas técnicas e me reuni com líderes de equipe para discutirmos procedimentos para o manuseio e a revisão das instruções técnicas. O trabalho era um vício potente e que se revestia de dignidade. Quanto mais produtivos nos sentíamos, menos percebíamos o investimento de horas e de vida que fazíamos para nos mantermos parte da máquina, confundindo valor com validação. Assim como, não raramente, acontecia de termos pessoas soterradas pelo bagaço da cana, tampouco estávamos muito distantes de pessoas aterradas pelas dificuldades de sobreviverem com o mínimo possível numa sociedade que privilegia a concentração do capital.

Deixei a usina por volta das quatro da tarde, quando no céu o sol estava mais leitoso e pronto para se despedir, pegando a estrada com a linha da cidade adiante, iluminada pelo grande mar alaranjado e quente, vendo os pássaros retornarem aos seus ninhos e, nos ônibus e nos acostamentos da estrada, pessoas em busca de algum, ainda que pouco, descanso. Meu plano era passar no laboratório e depois ir, um pouquinho que fosse, ao Mão Amiga ver Miguel.

— Olá, me ligaram hoje de manhã para que viesse retirar os exames.

— Qual o seu nome?

Esperei, enquanto a moça vasculhava uma tela de computador como se, na verdade, terminasse um jogo de cartas ou checasse se sua última mensagem havia sido respondida num chat online.

— Ah, sim! Pode aguardar, por favor, ali nas cadeiras, que uma pessoa já virá falar contigo.

Ela se comunicou com alguém pelo telefone interno. Não a escutei, já estava sentado e com uma revista de celebridades nas mãos. Folheei sem muito interesse, fotos brilhantes, posadas, sorridentes. Não havia tristeza nesse mundo de caras e bocas, casas e carros, ilhas e viagens. Havia pouca gente na recepção, presumi que as segundas-feiras não eram bom dia para se fazer ou se receber o resultado de um exame.

— Senhor, por favor?

— Sim, claro — respondi.

Ela me conduziu por um corredor branco, com chão coberto com vinílico, luzes fluorescentes, emitindo um assovio insistente em cada passo dado. Não me deu qualquer indicação, nem um sorriso, um olhar, nada até chegarmos a uma porta, que ela abriu e me pediu que entrasse primeiro, me sentasse numa das duas cadeiras dispostas diante de uma mesa pequena. Havia ali também um computador, telefone, balança, quadros de anatomia, folhetos de doenças que podiam ser prevenidas com higiene básica e com vacinas, um calendário imenso mostrando que o ano de 1999 estava prestes a desaguar no futuro.

— Senhor, os seus resultados chegaram com algumas alterações, então precisaremos repeti-los.

— Que alterações?

— Nós vamos fazer uma nova coleta hoje. Não há necessidade de jejum.

— Tudo bem... Devo me preocupar?

— Não, claro que não! tenho certeza de que tudo vai se sair bem. Essas coisas acontecem com certa frequência.

Calçou, então, as luvas higiênicas, me mostrou que as agulhas eram novas, me pediu para conferir as etiquetas dos tubinhos para onde meu sangue jorraria, colocou um elástico no meu braço como torniquete, limpou a região onde a agulha foi inserida, fixou o acesso e fez a coleta.

— Quanto tempo para que o resultado fique pronto?

— Amanhã mesmo já o teremos. Mas nós vamos ligar para o senhor quando estiver disponível.

Agradeci meio contrariado e, claro, preocupado. Nunca fui de ter uma saúde obstinada em ser boa, mas também jamais tive qualquer sabotagem mais grave, nem osso quebrado eu havia tido para contar história. Assinei a guia do plano de saúde na recepção e fui embora direto ver o meu peão.

Jantei com eles e jogamos um pouco de baralho. Sandra sorria como se o mundo estivesse em paz e Miguel, já mais calmo e sem ter me explicado o surto da noite anterior, me olhava com curiosidade e admiração, com a mesma expressão de alguém que acabava de conhecer um parente perdido ou um bichinho de estimação. Sua mão na minha perna, sobre meus ombros, ajeitando meu cabelo, limpando farelos de comida em minha roupa. Neste dia, ele me tratava como as pessoas que tiram a poeira e colocam lustro nos santos das igrejas, com cuidado e devoção.

Quando deu minha hora de ir, ele me deu um beijo demorado, confidenciando-me que havia sido maravilhoso jantar em família e meu coração se espremeu um pouco, como se precisasse de alguém que o segurasse no descompasso que um amor traz. Tudo o que conhecia de Brasil antes de, finalmente, conhecer o Brasil de verdade, era que, de todas as músicas universais, o samba era o que mais se assemelhava a uma extensão do corpo humano, um ritmo que não funcionaria sem coração, mão, pé e cadeiras. Entretanto, Miguel não despertava o samba dentro de mim. Ele me fazia repicar como um bolero sensual, elegante e bonito, de bongô e maracas. Miguel brasileiro me fazia sentir mais mexicano.

Dormi como uma pedra em cama de louros. Não sei se houve, naquela noite, alguém com um sono melhor do que o meu. Acordei sem despertador, fiz meu café e me sentei nos degraus da escadinha que conectava a cozinha ao quintal. Olhei o matagal e pensei em dar um jeito naquilo no próximo fim de semana, quem sabe comprar algumas mudas de árvores frutíferas, fazer um pequeno pomar, algumas flores e até mesmo uma pequena horta. Sei que Miguel me ajudaria e poderíamos fazer o projeto juntos. Era um quintal grande até. Dependendo, poderíamos ter bichos, galinhas talvez. Não sei. Um ponto para discutirmos e planejarmos. Levantei-me e fui tomar meu banho.

Ouvi então o telefone tocando e, antes mesmo de terminar de me secar, corri para atendê-lo e não perder a ligação. O laboratório já tinha os resultados confirmados, me pedia que passasse o quanto antes. Vesti minhas roupas, procurei a carteira, que nunca sabia bem onde a tinha deixado, as chaves de casa, do carro e parti. O dia estava bonito, sem nuvens, apenas um azul insuportável e profundo.

— Olá, me ligaram para buscar os resultados dos exames que fiz. Ontem, tive que fazer uma nova coleta.

A sala de espera estava mais cheia. Busquei uma cadeira para me sentar, mas antes que o fizesse de fato, fui chamado e acompanhado até a mesma sala onde estive no dia anterior, com a mesma pessoa.

— Repetimos seus exames, porque tivemos um primeiro resultado positivo para um tipo de sorologia e era necessário confirmar.

Ela me entregou o papel, que abri sem demora.

— Você é soropositivo para HIV. Como você recebe essa informação, senhor?

Não disse nada.

No papel, apenas li a palavra "reagente", mas não a entendi muito bem. Talvez fosse um problema de tradução.

— O que quer dizer reagente?

— Que o senhor é reagente ao vírus HIV.

— Eu sei qual vírus é.

— Eu sei que sabe, senhor. Estou aqui para dar o apoio necessário nesse momento. Quero que o senhor fique tranquilo, porque esse diagnóstico não significa o que significava até pouco tempo atrás. Os tratamentos estão melhores, o governo começou a lutar pela quebra das patentes no ano passado e, mesmo que isso ainda não tenha ocorrido, já começamos a fabricar localmente genéricos de medicamentos, como o AZT, desafiando o monopólio e pressionando pela redução de preços. Senhor Ernesto, uma pessoa com HIV pode viver e quero que o senhor acredite nisso.

— O que *hago yo*?

— O senhor terá que procurar um infectologista para fazer o acompanhamento especializado, iniciar o tratamento etc. Sugiro também que você procure os parceiros sexuais que teve nos últimos tempos para uma conversa honesta e para encorajá-los à testagem.

— Quer dizer que *yo estoy* passando esse vírus adiante?

— Pode ser que sim. E pode ser também que qualquer um dos seus parceiros tenha passado para você. Essa é uma investigação improdutiva, não se vai chegar a lugar algum, então não a recomendo. O mais importante é avisar às pessoas para que possam ter a chance de se tratarem e de ficarem bem, além de se precaverem, não o transmitirem para outras pessoas.

O agir do universo era sutil, mas às vezes era um meteoro inflamado invadindo a atmosfera de Terra e acabando com o mundo todo. Saí do laboratório atordoado. Uma pessoa sempre espera que, com ela, tudo seja diferente. Há muitas expressões que definem o lugar onde acreditava estar naquele momento, tentando me manter firme sobre as pernas, com meu resultado na mão, pensando, talvez pela primeira vez com a devida seriedade a respeito do que seria da minha vida, do meu futuro agora como soropositivo.

Por outro lado, já sabia que não era tão grave como já tinha sido e, mesmo assim, o impacto foi forte, me baqueou. Com o intuito de desassociar a imagem e a ideia preconceituosa de exclusividade da doença para a comunidade gay, tentado diminuir ou acabar com os preconceitos e a discriminação típica no início da pandemia, a sociedade passou, de alguma forma, a neutralizá-la, principalmente por conta dos avanços e da universalização do tratamento conforme a enfermeira tinha me dito. Era incrível que o Brasil tivesse sido pioneiro no mundo ao estabelecer um programa nacional gratuito e ecossistêmico.

Com isso, fomos nos recusando a ler livros, matérias, ver filmes, conhecer outras histórias possíveis sobre algo que ainda era e segue tratado como tabu e como incômodo, mas cujas infecções continuavam crescendo e que ainda não tivesse cura. Mesmo se surgisse o assunto e tivesse uma angulação positiva, não se entrava na seara das discussões que dessem a entender que a infecção sexualmente transmissível era ainda uma ameaça.

Mas ali estava eu com a granada sem o pino nas mãos e sem condições de racionalizar naquele momento. Fundo do poço? Na lama? Fim da linha? Naquele dia, não estava consciente de que o choque da notícia estava me preparando para eventos mais traumáticos, como se estivesse elevando o grau de dificuldade numa prova de enduro. O sofrimento passaria? Sim e não. Naquela terça-feira, não sabia sobre quanto o desconhecimento seria prejudicial e quanta força para combater ignorância e preconceito, inclusive dentro de mim mesmo, seria requerida.

Sentei-me no carro e chorei. Não consegui ligar a ignição. Não sabia se conseguiria trabalhar, minha cabeça estava empilhando pensamentos uns nos outros, sem espaço para que respirassem, sem vontade de catalogá-los. A primeira guerra a ser travada era de mim consigo mesmo. Não havia nada que pudesse me fazer mal maior do que o apego ao que fui antes daquele dia, de mim quando era soronegativo, evitando a armadilha de querer explicar e apontar culpados. Haveria culpados? Era culpa o problema?

Assim como na natureza, os primeiros momentos de qualquer ser vivo são repletos de medo e angústia. *Yo me sentía* preso por paredes que se levantavam à minha frente. Ninguém nasce feliz. Renascer então parecia impossível. A felicidade é um conceito que a gente aprendeu a querer como paz de espírito. Existe tal coisa, se não na morte?

Fui aprendendo que não, me destituindo de ilusões.

Sentado no banco do motorista, morrendo de calor no abafamento dos vidros fechados, tentei me concentrar para ao menos sair dali e ir adiante. Havia, de repente, muitos conselhos práticos que tentava recuperar, sem qualquer atenção para ouvir algum. A verdade é que *yo estaba* de novo no armário e ele era escuro, silencioso, frio. De um jeito difícil, aprendia que a solidão era imprescindível para que pudesse me reconhecer nesse novo ambiente, na busca pela luz. Não era a mesma luz que se via havia dez, quinze anos, claro, quando as pessoas morriam com as doenças oportunistas decorrentes da infecção pelo vírus. Já não havia, necessariamente, um túnel para entrar e sim uma estrada para percorrer. Estávamos na virada do milênio, um passo de cada vez, um dia após o outro.

Lembrei-me de Zé e de Miguel. Precisava falar com ambos, mas como fazê-lo? Como conversar sobre isso com Miguel agora que estávamos nos entendendo bem, que estávamos começando a imaginar a alegria que surgia de nosso desejo, ainda que lidando com as questões de fragilidade psicológica que ele *y yo* parecíamos ter? Ele trabalhava num bordel e estava muito mais exposto às situações de risco, tentava evitar de pensar nessa condenação. Será que foi ele que tinha passado isso para mim?

Liguei o carro, desci pela rua sem rumo, buscando um lugar onde pudesse parar de novo. Vi-me atravessando uma das avenidas principais da cidade e virei à esquerda, sentido cruzamento com a Goiás, onde ficava a loja de insumos agropecuários de Zé. Parei na porta, desci sem trancar o carro, entrei e ele, assim que me viu, me pediu que passasse para a área onde ficava seu escritório.

— A que devo a honra, senhor?

Ele me olhava com deboche.

Zé jamais perdia a noção de superioridade. Se já houve, em algum ponto de sua história, situação em que ele se sentiu humilhado, era de se duvidar. Tinha aquela energia de privilégio, de quem escapava sempre, protegido pelo status quo, pela certeza de que, na composição de todos os seus defeitos e qualidades, haveria um alinhamento com a cartilha normativa esperada e bem avaliada pela sociedade.

Percebeu que havia algo errado na minha expressão, não perguntou de novo. Apenas pegou o papel da minha mão e leu. Silêncio cavado no chão, esculpido em gelo, pontiagudo como vidro, transparente como um cristal.

— Tenho nojo de você, imundo! — E me cuspiu no rosto.

— Você precisa *también hacer* o exame...

— Eu não tenho nada com isso! Isso é coisa sua e daquele lugar podre que você frequenta. Isso só pega em veado!

— Você também frequenta o mesmo lugar, Zé!

— Fala baixo, caralho!

— Você também é veado! — gritei com pulmão de tenor de *papá*, mesmo que tivesse voz miudinha de *mi mamá*. — Quem me garante que não *fue usted* quem me passou?

— Sou mais saudável que um garanhão no pasto, cara! Se liga! Sai da minha loja! Só não te boto para fora da minha casa, porque já assinamos o maldito do contrato. Só de pensar na sua imundície na casa da minha mãe, quero esfolar sua cara no asfalto. Some da minha frente, estrangeiro de merda! Volta pro seu país, imundo!

Saí com raiva vulcânica da loja de Zé. Não só com raiva dele, como também de mim! Que estúpido fui, que lugares absurdos nossa carência nos coloca. Abri o carro e, mesmo com raiva, ainda que mais refeito de minha angústia, liguei para o plano de saúde, pedi por um infectologista que pudesse me atender breve e ela me deu um nome. Liguei na sequência e, por sorte, havia um horário naquela manhã, uma das benesses de uma cidade pequena e em desenvolvimento.

Então fui à primeira consulta e percebi que o consultório estava numa casa vizinha ao cemitério da cidade. Foi muito alegórico, pelo menos para mim, ao chegar ali, compreender que *yo tenía* duas escolhas: enfrentar meu diagnóstico com a ajuda do médico ou virar à esquerda e ir parar no campo-santo. Essa parecia ser uma escolha lógica, mas *yo no la entendía* no desespero. Parecia muito simples no papel, porém muito mais difícil na prática.

No entanto, esse não foi e não seria o único desafio da minha vida. Para cada vez que pensei em me esconder, precisei respirar fundo e pensar no próximo passo. Não havia, para mim, uma alternativa. Até hoje, sempre que o mundo ficava pequeno, *yo lo expando* na força do braço, no arranque da perna, viajando, me mudando de país, procurando desafios. *Yo tenía que seguir viviendo*. Especialmente, com Miguel na minha vida. E como contar para Miguel? O que ele pensaria de mim? O que pensaria dele com a imensa possibilidade de ele ter me infectado? Mesmo que não conseguisse, naquele momento admitir, era o que *yo pensaba*.

O médico me atendeu de forma cortês e calma. Doutor Ricardo tinha um certo jeito de falar, claro, didático. Com o olhar terno, sustentado por informações e ciência, me contou o que estava acontecendo no meu corpo, viu meus exames, me apalpou as axilas, o pescoço e a virilha buscando ínguas, pediu que me pesasse, que mexesse a cabeça, deixou que chorasse, pegou a minha mão e me prometeu que tudo iria ficar bem. Aquela conversa era um acorde maior, algo que deixava a ópera mais suportável diante das tragédias todas. Ele, por fim, me explicou sobre os remédios, me pediu que passasse para pegá-los no posto de saúde, o que fiz assim que deixei o consultório.

Parei diante do Mão Amiga, era preciso falar com Miguel o quanto antes. Entrei sem bater, subi sem avisar, pedi a Mateus que nos desse licença, por favor. Ele, é claro, ficou assustando com o jeito que *yo estaba*. Não entreguei o papel. Meu peão me encarava, me atravessava, me abraçava sem me abraçar. Era o que ele queria fazer, mas *yo no estaba* receptivo.

— *Por que yo*?

— Por que o quê, Ernesto? Não entendo! O que tá acontecendo?

— Por que fizemos isso?

— Isso o quê?

— Acabei de sair de um consultório médico. Eu sou soropositivo, Miguel. Você sabe o que é isso?

Ele ficou calado por um tempo considerável. Ouvia os ruídos de lá de fora, enxergava o mamoeiro com seus frutos estripados por passarinhos. Ele esperava se *yo le iba a decir* algo mais, só que também me calei. O que poderia dizer diante de uma oração que não exige complementos?

— Eu sei o que é isso sim, Ernesto...

— E sabe como?

— Não sou imbecil, sabia? Eu nasci na roça, mas sei das coisas. Aquilo que eu não sei, pesquiso, pergunto. Não sou idiota!

— Não foi isso que eu quis dizer...

— Sei que não, mas de certa forma foi também o que ocê disse.

— Você precisa se testar, por favor. Vai que passei isso para você ou você...

— Eu preciso te contar uma coisa...

— O quê?

— Com tratamento, o HIV não mata mais como matava. Os remédios são amigos. Por enquanto, não tem cura, mas um dia vai ter.

— Sim, foi o que o médico me contou.

— E que mais o doutor Ricardo disse pr'ocê?

— Como é que você sabe *su nombre*?

Foi uma pergunta retórica. Logo entendi tudo. Dei dois passos para trás, como se fizesse com Miguel o mesmo que Zé havia feito comigo. Percebi meu gesto deselegante com alguém a quem amava tanto. Ele também percebeu.

— Ocê tá achando que fui eu quem passou pr'ocê, num tá?

— Não sei, como é que vamos saber?

— Vai embora, por favor! Eu preciso ficar sozinho...

— Não, por favor! Não estou culpando ninguém, *estoy muy confundido.*

— Sabe o que é o pior? Não é ocê achar que fui eu quem te marcou, mas eu acreditar que, sim, foi. Por favor, me perdoa. Por favor, me perdoa...

Miguel caiu então aos prantos, ajoelhado aos meus pés e *yo intentaba*, a qualquer custo, levantá-lo, mas ele pesava. Gritava para que fosse embora, para que saísse dali. Gritou tanto que Sandra e Mateus entraram sem entender o que acontecia, me seguraram como se tivesse agredido ao Miguel e me tiraram à força do quarto. Ele não explicou nada, mas *yo repetia*:

— Não fiz nada! *Yo no hice nada*! Miguel, diga a eles que não fiz nada com você...

— É melhor ocê ir embora, sô-moço. Num sei o que ocê fez, mas é melhor. Depois nós proseia.

— Eu não fiz nada!

E assim, terminei a terça-feira.

Em três dias, viveria o pior dia da minha vida.

33.

Como sair de um buraco? Pulando? Tentando segurar as bordas? Gritando e pedindo socorro? Desistindo? Subindo as paredes com os dois pés igual às crianças que sobem os batentes das portas? Esperando que chova para que o buraco se encha e, nadando, possa escapar? Cada situação demanda uma estratégia diferente. Quando se está sozinho, às vezes é difícil pensar com clareza. *Yo necesitaba* de colo e, mais uma vez, não tinha o colo. Será que algum dia o tive?

Peguei o telefone e liguei para *mis papás*. Eles nunca atendiam, estava já preocupado. As cartas que mandei e os postais tampouco foram respondidos. *Yo no sabía que más hacer*. Já havia parado de chorar, do que adiantaria? Sem dúvida alguma, meu coração estava malfadado, não apenas com o diagnóstico, mas por conta do desentendimento com Miguel. E, mais uma vez, estava sozinho na casa, com os fantasmas circulando e com as sombras do peão pelos cômodos onde ele esteve, onde se sentou, na relva sobre o edredom tomando sol, seu corpo nu. O verde transparente dos olhos do vaqueiro. A pele dele a esquentar a minha.

Tentei encontrar o telefone de uma loja de artesanatos que ficava perto de casa lá no México, *la señora* era amiga de *mi mamá*. Procurei na internet, nada. No entanto, me lembrei que já havia, também online, a lista telefônica disponível. Procurei no catálogo o nome da loja sem muita certeza se era ou não, o máximo que poderia acontecer seria desligar e buscar outra vez. No entanto, por sorte, consegui falar.

— *Hola, como está usted? Oye, le pido por favor una información...*

Expliquei quem era e o que queria. Estava tentando escalar o poço, o buraco onde tinha caído, subindo aos poucos, escalando as paredes. *La señora* que me atendeu fez silêncio e o silêncio, muitas vezes, diz coisas absurdas.

— *Sus papás* morreram, *hijo*... Sinto muito.

— Não sei se entendi bem, *señora*, pode por favor repetir?

— Houve um grande terremoto, a casa de vocês estava velha e não resistiu. Caiu, e eles estavam dentro. Vieram retirar os corpos. Tentaram falar com você, mas não o encontraram. Em nenhum lugar havia uma forma de contato. Então assinamos nós mesmos os papéis que tinham que ser assinados e eles foram enterrados aqui no cemitério de Guadalajara.

— Como assim não conseguiram contato?

— *Sí, hijo*... não havia nenhuma informação de seu paradeiro, do seu número de telefone. A única coisa que sabíamos era que você estava no exterior, no Brasil, porque *su papá* falava muito sobre isso e você não se registrou ainda na embaixada mexicana, tampouco tínhamos o seu endereço...

— E os cartões e cartas que mandei?

— Depois que a cidade começou a se recuperar, houve um chamado dos Correios para regularizar os endereços e solicitar as cartas e as encomendas, porque muitas famílias se mudaram, outras tiveram a sorte de continuar em suas casas. Então eles nunca chegaram a receber nada, creio, e nós não podíamos retirar as correspondências deles. O terremoto foi pouco depois que você se foi daqui, me estranha que não tenha visto nada nos noticiários. As correspondências devem estar lá guardadas à espera de que você as retire.

— *Estoy viviendo* numa cidade pequena, no interior do país, *señora*, não tenho acompanhado as notícias, não vejo a televisão. É uma lástima, mas obrigado pela informação e por ter providenciado as primeiras ações. *Que Dios le bendiga...*

Desliguei o telefone descrente do que ouvia. O mundo entortou de repente, feito boi pisando em próprio rabo. O ar desandou de caber no peito, embolando feito novelo sem ponta. O chão, esse ingrato, endureceu além da conta, recusando afago de pé. Tudo era ranger de porta que nunca mais se abre, era eco de nome chamado ao vazio. O sangue correu ao contrário, esqueceu do rumo. A vista embaçou sem lágrima, seca de susto, feito rio que some na areia antes da cheia. A alma? Ah, essa se escondeu em algum canto entre o estômago e o não saber. Morre *papá*, morre *mamá*, e o mundo não se dá conta. Mas dentro da gente, tudo fica torto, deslocado, como se tivessem tirado a espinha do tempo e deixado o corpo dos dias desmoronar.

Não podia escapar da dor, ainda que, para nós, mexicanos, a morte não significasse o fim. No entanto, isso não conflitava com a tristeza que senti quando ela, definitiva, passou por perto. Para nosso povo, assim como escreveu o poeta Octavio Paz, o culto à morte é um culto à vida. No Brasil, longe da atmosfera mátria, tudo o que conseguia sentir era uma falta tão visceral que ultrapassava a saudade. Não havia palavra em língua alguma que descrevesse o que sentia. Era uma tristeza por detrás do que sabíamos ser tristeza, um desarrimo que era maior que o próprio desespero.

Sem dormir toda a noite, ouvi *mi mamá* cantando e *mi papá* sorrindo com uma *caveirinha* literária que tinha escrito para ele quando era criança. As *caveirinhas* eram muito comuns no México, pequenos poemas dedicados a pessoas vivas predizendo suas mortes. Não havia nada de mal em morrer. O mal estaria em não ser celebrado, ser penitência na lembrança de alguém, como uma cruz a ser arrastada por quem ficasse. A que escrevi para *mi papá* assim dizia:

> *"Mi papá é tão grandinho,*
> *De voz alta e forte,*
> *Quando morrer de tanta sorte*
> *Não vai se esquecer nunca do seu filhinho"*

Insone durante toda a noite, liguei de imediato para a usina e avisei do que havia acabado de descobrir sobre *mis papás*. Não me ofereceram o que, nas empresas, costumava ser chamado de "*Emergency Leave*", isto é, uma licença especial coberta com passagem de avião, ida e volta, para que o funcionário pudesse se organizar e se despedir dos seus amados. Como o terremoto já havia acontecido há algum tempo, me informaram que não me enquadrava nos termos da política corporativa. O que faria *yo* numa terra onde *mis papás* eram raízes de novas plantinhas?

Fiquei deitado durante todo o dia, sem comer, sem água, sem banho. Não tinha vontade de nada mais, nada que pudesse fazer para me reanimar, nada que quisesse seria possível naquele dia e o que mais queria era crer em milagres. Em vez de me desesperar com o estado depressivo, me entreguei a ele, pois estava tudo bem não estar bem com tantas coisas acontecendo ao mesmo tempo, tantas notícias se acumulando como se fossem nuvens num céu tempestuoso, eletrificado.

Tomei algumas pílulas para dormir e me deixei estar. Até acordar com a campainha tocando. Não sabia se a escutava de verdade ou se era uma ilusão, coisas da confusão mental em que estava, uma cabeça que ouvia canções, vozes, julgamentos, gritos, choros, risos e minha própria voz me dizendo culpa, culpa, culpa, culpa. Fechei os olhos mais uma vez para ganhar foco nas pupilas e me obrigar a acordar. Sim, a campainha estava tocando e não iria me levantar para atender. Fosse quem fosse, iria desistir e partir.

Continuou, insistiu, me irritou. Levantei pisando fundo, o calcanhar batendo forte no piso, abrindo a porta com pouco cuidado e não percebendo que, ao abri-la, estava apenas com os shorts de dormir, sem camisa, com a cara amassada de vinte e quatro horas de dor.

— O que você quer?

— Eu vim falar c'ocê.

— Não é um bom momento, Miguel...

— Eu vim te pedir desculpa por ter adoecido ocê. Não tenho condições de viver pensando que fui eu que te fiz isso...

— Miguel, vai embora, por favor, não quero conversar agora!

— Me perdoa! — Ele chorava de desespero. Cada um de nós afogados em nossos traumas individuais, inaptos para uma escuta ativa e atenta. *Yo le queria* abraçar, pedir que entrasse, mas não conseguia superar a mim mesmo, minha feiura, aquilo que suspira esgoto, e ele tampouco.

— Se foi você, você sabe de quem pegou? Ou faz com os outros a mesma coisa que fez comigo? — Não sabia de onde vinham aquelas palavras. Tinha consciência de que não as deveria dizer, porque não acreditava nelas, mas elas vinham mesmo assim, uma represa estourando a rachadura e inundando a vida de todos nós.

— Não, eu juro!

Queria pedir desculpas, afirmar que falei o que não devia, que estava sob efeito de muita coisa e de remédios, mas pareceria uma desculpa besta para minha falta de caráter diante do meu egocentrismo. Miguel não merecia isso, *yo no le merecia a él.*

— Então por que você está me pedindo desculpa?

A conversa foi chegando a um ponto em que tudo começava a cair sobre mim, naquele buraco onde estava. Como sair do buraco? Agarrando pelas bordas e escorregando? Esperando que as lágrimas de alguém enchessem o poço e que, junto comigo, afogassem todas as lembranças que construímos até aquele momento? Tinha que fazer Miguel chorar mais do que *yo*, vê-lo sofrendo exponencialmente, a maldade como um mato que atravessava as brechas da terra que agredimos só porque sabemos que podemos.

— Porque eu gosto d'ocê... — ele, todo soluços e muco.

— Isso cura alguma coisa, Miguel? Olha só onde nós estamos?

Um copo de cerveja, uma frase perspicaz, as mensagens na manhã seguinte, reclamar do que não se faz, rir do que se fez. Todas as imagens pré-concebidas para os desejos inventados iam se escorrendo fosso adentro. As relações surgem do chão, um tanto frias, muito diferente de todo o resto, mas fluidas como a nascente de um rio. Morrem como cachoeira, rompendo pedras, afogando seres, amassando tudo.

— Não fala assim...

— Olha só, Miguel, *yo no estoy* com cabeça agora. Acabo de descobrir que *mis papás* morreram no México em um terremoto...

— Eu sinto muito... Eu também perdi a minha mãe, sei como se sente.

— O que é você sabe, *cabrón*? — *Yo*, todo raiva e abuso.

Tudo tem um limite, Miguel ia descobrindo os dele.

— Eu confiei minha dor a você e agora ocê me trata como um ninguém? Ocê tem nojo de mim? Por quê? Por que também tenho a mesma coisa que ocê? Ou por que, ao se ver tão igualado a mim nessa merda de cidade, precisa de um jeito qualquer pra se sentir superior, melhor?

Um segredo, um conselho, a coragem de quem se intromete, de quem se repete, mas é aceito num ombro, nos ouvidos, a se perder do personagem, sendo porque se sabe, e existindo, pois, é sabido que os amores sobrevivem no labor das abelhas, do mel, da comunicação, do entendimento, tudo funcionando com atenção à harmonia social. Como se foge de uma colmeia? Como se esconde das abelhas quando estamos dentro do buraco?

— Claro que não...

— Claro que sim! Ocê é igual a todos eles! Vem aqui, se mostra diferente, mas no fim a sua promessa é tão vazia quanto a de todos. Vai se foder, Ernesto! Esquece que eu existo, caralho!

Deitar-se no colo, remover as telhas de vidro, abraçar sem medo, desnudar-se dos limites, criar o elo para além do espelho, tecer a colcha das noites, das vozes, do ar que nos envolve, na pele da linguagem daquilo que a alma declama. Tudo ia se escorrendo, desmoronando. Um outro terremoto que, desta vez, me soterrava, preso pelo bagaço da cana, pela força violenta dos sentimentos, pelo impulso de ferir já que me sentia ferido.

Miguel foi embora, fiquei com a porta aberta, sentado no chão, sem entender o que fazer, como fazer, quando fazer. Quantas palavras seriam necessárias para desvendarmos a ficção palpável de nossa prepotência? De nossos erros? Como reconstruir aquela parte de mim como parte de um "nós" maior e possível à luz daquilo que bastaria?

Como sair do buraco?

Miguel veio me dar a mão para que pudesse sair dele e não a segurei. Pelo contrário, o puxei para baixo, junto comigo e pisei sua cabeça.

34.

Miguel se sentou no chão do banheiro, enquanto a água escorria sobre a cabeça. Não chorava. Apenas não tinha a força que uma tarefa simples como aquela requeria. O sabonete pesava, as gotas doíam como se fossem mamonas atiradas ao longe por um destino moleque, traiçoeiro, cruel. Sua pele era, de repente, fina como uma membrana e seu sangue sem qualquer coagulante. Ele era cachoeira, uma pedra a ser furada pelo impacto do líquido, a ser vasculhada pelas serpentes e habitada pelos musgos. Assim ficou por um bom tempo, até que Mateus batesse à porta.

O amigo havia notado o descompasso no espírito de Miguel e, se por falta de educação sentimental ou perspicácia gentil, emaranhava-se na confusão sobre como poder ajudá-lo, se é que o podia. Numa primeira hora, confiou no bom senso de que o tempo a tudo curava. Lembrou-se de um livro que havia lido que dizia que o tempo nada curava, ele apenas nos deixava pensar que éramos capazes de esquecer para, depois, nos lembrar daquilo que nos machucava, como uma cicatriz pela qual não se dava mais, mas que um dia, no espelho, a gente olharia e, nela, mergulharia de novo naquilo que havia causado a dor.

A demora do peão no chuveiro não era típica de seu comportamento. Estava assustado. O amigo era quieto, falava pouco, mas era alma de lago, apaziguado e escuro. Agora, Miguel tinha corredeiras, curvas, embrenhava mato adentro feito enchente, subia pelos cômodos da casa, estragava os móveis e cobrava o preço com intoxicação, sujeira embarreirada pelos obstáculos, como se, para encontrar seu lugar, precisasse vasculhar e decidir, expulsando o que e quem fosse para recuperar seu leito, sua vontade de seguir adiante.

Miguel não respondeu ao chamado de Mateus, que tentava abrir a porta com a força do corpo. Não seria difícil, já que a porta do banheiro era velha e fechada com uma taramela bamba. Com jeito e obstinação, conseguiria fazê-la rodar e foi isso que aconteceu. A visão de um homem alto e bonito deveria sempre ser um sinônimo de bênçãos, mas a Mateus lhe falhou a convicção e subiu-lhe pela garganta algo que a vedava, calando-o e obrigando-o a respirar um pouco para que não sucumbisse.

Desligou o chuveiro, passou a mão pelo rosto do peão, os olhos fundos, distantes, pedindo-lhe que se levantasse, que se apoiasse em seus ombros, tentando soerguer o corpo com a força de uma alavanca que, nervoso e com medo, não conseguia ser. Chegou a cair também no chão molhado, enxarcando-se com a poça que não sabia se era de água ou de lágrima. Só que Miguel não chorou. Fechou-se dentro de uma casca, sentindo que o excesso de seu ser estivesse quieto e aconchegado, como animais que colocavam os filhotes nas bolsas de suas panças.

Com algum custo, conseguiu erguer o homem e tirá-lo do pequeno espaço, sentando-o no sanitário, secando com afeto e cuidado todas as partes de seu corpo. No frio de um banheiro de cimento não rebocado, no cinza das paredes e no vermelho do chão, os dois amigos se encontraram num ponto da vida em que decisões não deveriam ser tomadas, ainda que as tomaram mesmo assim. A única fonte de luz era uma janelazinha basculante aberta, através da qual se enxergavam as coisas esbranquiçadas pelo sol.

A toalha na mão de Mateus parecia língua de gato. Ele foi secando os espaços entre os dedos, as axilas, os pés, a virilha, o pescoço, o sopé das orelhas do amigo para que não rachassem, os relevos de algumas crostas que persistiam antes de liberarem a nova pele nos lugares de onde a antiga havia sido arrancada pela maldade de Zé. Quando passava a toalha pelo rosto, tomava o cuidado de, com a outra, acariciar as bochechas, passando os dedos por entre cabelos, falando palavras curtas e de apoio, oferecendo ao fim um abraço apertado e não correspondido.

O amigo levou Miguel com custo para o quarto, vestiu-o e o deixou deitado na inação do dia, sem fome e sem sede. Sentou-se ao seu lado e o ninou, como se anjo fosse. O peão não dormiu, ainda que os olhos estivessem fechados, acomodando-se no toque do lençol. Mateus observou o amigo, alguns dos hematomas que persistiam, o sofrimento de um menino que faria bom uso de uma mãe. Sandra não estava em casa. Na ineficiência sobre o que deveria fazer, Mateus o velava, fazendo-se presente de alguma forma, respeitando a ausência do outro.

Ficaram assim por algum tempo, até que se rompeu a cortina do silêncio:

— Ocê deveria ir se arrumar, Teus — aconselhou Miguel.

— Não quero deixar ocê assim. Vamo se arrumar comigo?

Tinha a esperança de que Miguel pudesse ao menos recuperar o esplendor de outros tempos e enfrentasse, sem culpas, umas lágrimas no silêncio do quarto, porém se refazendo aos poucos, tijolo por tijolo, até que pudesse se sentir inteiro, mesmo que sem telhado. Não notou, entretanto, que ele buscava a solidão, que ele queria vê-lo longe para que pudesse, como se se redimisse da interferência em seus devaneios, sofrer e esquecer, perder-se da minha voz em suas lembranças nas vezes em que clamei por ele e, especialmente, nas vezes em que o espicacei.

Ao perceber que Mateus não sairia, levantou-se e regateou alguns passos em direção à porta, talvez de novo ao banheiro. Mateus ainda estava sentado na cama, sem uma reação de urgência, apenas a pacata observação, como alguém que adora ornitologia ou que se paralisa diante do medo. Deixou que Miguel fosse onde quisesse e escutou o ranger das madeiras da escada.

Sandra já havia voltado e estava ocupada com as últimas cenouras a serem cortadas na cozinha. Tocou-a nos ombros e a assustou, sussurrando com hálito de hortelã e estranhamento:

— Por que comigo, mãe?

Ao se virar, Sandra estava diante de uma peça avariada, que ainda funcionava, apesar dos danos. Sentiu-se marejar. Abraçou-o com força, dando-lhe razões, sendo condescendente, queimando-se por dentro para aquecê-lo, livrando-o da hipotermia.

— Pior que a própria felicidade, que sempre acaba em algum momento, Sandra, é a ideia de que ela fosse algo possível para mim.

— Eu sei, fi. Se sei.. Senta aqui, conversa comigo...

Sandra então puxou uma cadeira, sentou-se em outra. Retomou a faca e as cenouras, encarando o rosto profundo de um rapaz envelhecido antes do tempo, fruta apodrecendo sem ainda ter caído do pé.

— Eu tenho vontade de morrer...

— Não fala assim, sô-menino, a gente vai achar uma solução.

Na desatenção da ação e no susto da confissão, Sandra deixou a faca lhe cortar o dedo, sem reagir, sem desviar o foco, sem que Miguel percebesse. Segurou o dedo, inclinou o corpo sobre a mesa.

— A gente vai... confia!

Colocou a ferida na boca. Não era a dor no dedo que a levava a tal certeza, mas o aperto descomunal que sentia na altura do ventre, auxiliado pela ânsia de ter experimentado do próprio sangue envolto no aroma dos cozidos que fumegavam ali do lado. Era preciso animá-lo, cuidá-lo. Não era simples tristeza, era devastação, aniquilamento, desolação.

— Por que ocê não volta a falar com ele, sô-menino?

— Falar o quê?

— O que ocê está sentindo, uai, o que ocê espera dele...

— Ele foi capaz de me dizer que, sendo quem sou, fui eu quem passou pra ele... e eu acho que fui eu mesmo. Sou muito irresponsável!

— Não menos irresponsável do que ele, Miguel, se é que dá pra falar em responsabilidade numa situação dessas.

— Eu teimei...

— Teimou com o quê?

— Em achar que dava pra ser alguém nessa merda de vida!

Sandra se viu diante de mais uma das muitas crises que havia presenciado ao longo dos anos. Há algo de trágico quando dizem tanto que evoluímos, que progredimos, mas os problemas que ela testemunhava continuavam os mesmos e dizendo o contrário. Entrava e saía ano, alguém haveria de acreditar que ser feliz era possível apenas se replicasse a norma recorrente nas sociedades. A fundação das famílias, os filhos, os planos de compra e venda, o comercial da margarina, as novelas da televisão. Pessoas como eles todos no Mão Amiga, gostando de mulher, de homem ou dos dois, pessoas que se viam como mulheres tendo nascido do sexo masculino, pessoas que se viam homens havendo nascido com o sexo feminino. Toda a comunidade de excluídos seguia apartada, à margem do que era felicidade, pegando dela as migalhas possíveis.

Diante de mais uma das crises, ela estava calejada, mas não menos tocada pela situação. Tinha consciência de que seria preciso aprontá-lo, dizer quase ordenando numa espécie de grito contido o que ele precisava fazer e, ainda assim, ele não a escutaria. A solidão é o que é porque não admite conselhos. Feito uma sucuri que se enrola na presa ou uma planta que se espalha na rama de tudo, a tristeza é o que é por não admitir a solidão como um lugar de cura, mas um picadeiro para a ciranda de misérias humanas que, como numa conspiração, passa a fazer sentido e nos convence de que, mesmo inertes e rijos depois de morrer, haverá de ficar para trás uma marca testemunhal de nossa passagem pelo medo do olvido, porém palhaça, vergonhosa.

— Escuta, fi, ouve a voz da Sandra aqui: se ocê gosta, ocê vai atrás! Orgulho pra quê? Vai tentar pelo menos ver se ocês aprendem a conversar um com o outro... Amor, Miguel, não é importante, não! O importante é a fé e a vontade de compreender. Perdeu a fé, não tem amor que salva, porque não tem paciência pra compreender. Então ocê se levanta já dessa cadeira, vai colocar uma roupa e se prepara pra ir lá na casa dele hoje de noite. Ocê só vai me sair de lá quando achar que tudo o que tinha pra dizer foi dito e entendido. Tá me escutando?

— Sim, senhora...

Ao vê-lo subir as escadas, um pouco mais resignado e um tanto mais energizado, sabendo que tudo era tão frágil, como se o amigo pudesse estar remendado com fita adesiva, Mateus o abraçou e indicou:

— Já separei a sua roupa.

— Ocê tava ouvindo?

— E ocê acha que vou te secar e te tirar do banheiro, ficar aqui do seu lado a tarde inteira, pra depois ocê não me contar nada? Num me conhece, né?

Miguel conseguiu dar um breve sorriso, caminhando em direção ao quarto, buscando se entender no espaço e no tempo. Vestiu a roupa que Mateus havia separado, olhou as horas, calculou que teria que sair em uma hora mais ou menos para que pudesse me encontrar chegando da usina, no fim da tarde. O peão estava exaurido. Não havia dormido bem na última noite e o cansaço o havia selado e montado a sua garupa.

— Eu vou tirar um sono, Teus... Me acorda em meia hora?

— Acordo, claro, meu bem...

Mas só uma hora e meia depois foi quando Mateus o despertou.

— Ocê estava cansado, ué, que diferença faria uma hora a mais ou uma hora a menos?

Tinha razão.

Tampouco era de se pensar que *yo tenía* uma vida agitada e socialmente compartilhada e nem que a cidade oferecia tentações constantes que atraíssem a todos e as transformavam em estátuas de sal. A noitinha já tinha baixado e, no horizonte, ainda era possível ver alguns rasgos de alaranjado. Caminhando pelas ruas a passos lentos, pensando sobre o que e como me falaria, Miguel foi se encontrar comigo sentindo um tanto de esperança que, no suficiente das angústias, seria o bastante para nos levar adiante mais um bocadinho.

* * *

O que Miguel não sabia era que *yo estaba* o dia todo em casa, afundado numa bebedeira irresponsável, deitado no chão da cozinha, azedo com o meu próprio vômito e rançoso de ânimo. Uma vez escutei alguém dizer que o sofrimento é a resistência a aquilo que é. A realidade não se deixa alterar pelo capricho. Sem me enxergar longe da torrente da semana, lembrando de minha família morta, o peso do diagnóstico e bagunça no coração, fechando e abrindo as pálpebras tantas vezes, nada me ajudava a recalibrar a rota. Sozinho, de que serve um mapa quando se não se sabe para onde está indo?

Quando um navio afunda, para os ratos qualquer apoio é corda. A salvação, se seguirmos a tradição cristã no mundo ocidental, só acontece se houver penitência. Uns rezam *Padres Nuestros*, outros se entregam aos trabalhos e ebós das religiões africanas, tantos pedem aos espíritos, poucos de fato encontram respostas concretas, não porque não as recebem, mas porque não as escutam. Tudo o que havia eram dicas que levavam ao próximo passo sem a dimensão do caminho que percorria. Ninguém tem olhos de águia, faro de lobo ou senso de direção das tartarugas. Foi deitado naquela praia sem mar, sufocado pelas algas e pinçado pelos caranguejos que deixei que arrancassem de mim as carnes, as pústulas, o que conseguissem levar de mim.

Lá pelo meio da tarde, quando fora estava tão claro que o olhar se abrasava na nitidez da busca, levantei-me com a força de uma formiga a carregar a potência do próprio peso e busquei meu telefone.

— Você poderia vir aqui hoje? Agora?... Tá bem, início da noite então...

Odiava-me pela crueza da culpa, pela minha ausência, pela minha irresponsabilidade no desaparecimento de *mis papás*, a psicanalítica providência de me manter distante como escudo analgésico, a minha fraqueza de caráter. No entanto, cá *estaba yo* com a voz de *mi mamá* nos meus ouvidos e as lacunas de *mi papá* a deformar meu ser, a flexibilizar a moral, colocando-me em situações de degradação, quando poderia de forma simples e prática construir um futuro diferente. O que me impedia de fazer o certo?

Deitei-me outra vez no chão e lá fiquei. Ouvia os toques do telefone, a usina estava atrás de mim para me moer com a cana, extrair de mim o doce, deixar o que sobra para produzir energia para os outros, esquecendo-me da terra, das obrigações. Nunca fui uma pessoa irresponsável. Sempre cumpri com meus compromissos na melhor das intenções, mas culpava Miguel por ter retirado de mim a força, cortando os meus cabelos como o fez Dalila e me deixando fraco, ao jugo dos inimigos e de mim mesmo. Na lisérgica homilia desta cerimônia de comiseração, *yo pensaba* em Maria, a via no palco dublando a música, olhando em minha direção a perguntar sobre as razões de não termos aprendido a viver um sem o outro. Fazia falta saber disso naquele momento, porque a corda, obviamente, no momento de ter os privilégios retirados, acabaria rompendo para o lado do mais fraco. *Yo* não fugia à norma da corrupção social.

A noite veio por formalidade. Não acendi as luzes, não tinha fome. Nenhuma preocupação sobre o odor ou a sujeira que se esparramava pelo chão. Enquanto esperava, em mim deixava correr pelas pernas a minha urina, cujo ácido resultado da alquimia com álcool circunscrevia na minha virilha com a violência das marcas com as quais os fazendeiros queimavam o couro de seus animais. Já não mais me pertencia. *Yo era* apenas um títere nas linhas do acaso.

A campainha tocou uma única vez. Gritei o que consegui para dizer que a porta estava destrancada. O que mais poderia me acontecer neste coração de país? É de se pensar que, na imensidão continental do Brasil, o que pulsava estava velho e enferrujado, cavando a terra para que a tradição persistisse. Mesmo que houvesse progresso, o sistema se encapsulava de geração em geração. Para um estrangeiro como *yo*, a lição era básica e direta. Muitas vezes, autoexplicativa.

Zé entrou então em casa com cuidado, sem entender muito bem o que estava acontecendo. Tateou o escuro procurando os interruptores, como se a casa fosse nova, como se se visse num filme de suspense, próximo a encontrar um corpo putrefato, exalando ao tempo passado, alterando as evidências do crime.

— O que você está fazendo? Por que tá assim?

Não o respondi de primeira.

Abri os olhos e os deixei acostumarem com a luminosidade.

— Anda! Levanta!

Ele então me suspendeu no ar sem qualquer dificuldade, mas não firmei a posição e caí. Estava tão bêbado, que não conseguia me equilibrar ou reclamar. Então ele me pegou, apoiou meu braço em seu pescoço até que pudesse, por fim, me escorar na bancada da cozinha, ficando frente a frente com ele, criando uma oportunidade de me humilhar uma vez mais nas mãos de um *hombre* por quem nada sentia, mas para quem vivia voltando como mosca em comida podre.

Zé então começou a falar algumas coisas das quais não me lembro, até ele me dizer:

— Anda, vem, que vou te dar um banho...

E assim ele fez.

Levou-me até o banheiro, tirou as minhas roupas, abriu a torneira gelada e lá me colocou, despido de qualquer dignidade, exposto pela insalubridade do fato, do sofrimento, de nenhuma resistência. A cabeça doendo no toque da água, que criava forma no piso antes de escorrer pelo ralo junto com o meu choro patético. *El hombre* que ali me olhava, um tanto desgostoso, nem chegava ao ponto de vasculhar em si o que restava de humanidade, satisfeito de sua posição de poder. Deixei-me escorregar na parede, mal sustentando o meu peso, não mais pela bebida, e sim pela vergonha que sentia.

A vergonha, para quem flerta com o autoritarismo, é um fetiche imparável e Zé logo a percebeu. Vendo-me pelado, frágil, encolhido no canto de um banheiro amplo da casa que fora de sua família, ele estava, mais uma vez, no controle da situação. Tinha não apenas a mim, mas uma reputação numa cercania de aparências. Começou, por isso, a rir com gosto, como se tivesse descoberto a fonte da sua juventude, os olhos brilhando de luxúria, as mãos abrindo o botão da calça, a roupa sendo deixada no piso. Ele foi se colocando sobre mim no chão do lavatório.

Quanto mais *yo pedia* que não o fizesse, mais sentia que ele me empurrava, que se excitava ante a minha negativa, que as suas veias se inchavam, que ele se deixava incorporar pelo touro que montava sobre um cordeiro, alguém que se espatifasse em suas mãos, enquanto era consumido e gasto. *Yo* não gritava mais, não tinha forças nem para empurrá-lo e ali ele se aproveitava em seu próprio deleite, sem pressa, muito consciente da oportunidade que teve ao me ver assim e me violentar como castigo por tê-lo contrariado das outras vezes.

— *Yo amo otra persona* — gritei —, para, por favor, para...

— Eu também amo outra pessoa — ele concordou, falando baixo em meu ouvido, sem se interromper, sentindo o ar quente de sua respiração na minha orelha.

Na porta do banheiro, sem que Zé e *yo* percebêramos, Miguel, depois de ter sido motivado por Sandra para emendar as coisas comigo, assistia a tudo. Chegou quieto, um tanto desconfiado por ter encontrado a porta aberta, pensou que pudesse estar em perigo, como de fato estava. No entanto, fora de contexto, a cena de um estupro pode ser lida como uma ferramenta melodramática de romance e traição, um ponto de virada definitivo, selando o destino desta ópera latino-sertaneja, como a maior das ofensas, das hipocrisias, das emboscadas e das perfídias.

Não ouviu nada, nenhum dos meus intentos de parar com aquilo, de escapulir daquelas garras, apenas me viu debaixo de um homem mau, cuja conexão consigo deu matizes para que entendesse o que quisesse, o que pudesse a partir de suas próprias inferências, mas também compreendendo o que era aquela ligação entre mim e Zé da qual ele sequer havia considerado como uma possibilidade.

Fui yo quem ligou para Zé, *fui yo* quem deixou o lobo entrar, que não se escondeu atrás da porta. Miguel não tinha culpa de nada, muito menos de que, no desespero acentuado pela bebida, *yo hubiera* preferido telefonar para outra pessoa ao invés de ir ter com ele depois de tê-lo humilhado. Não se demorou muito diante do espetáculo. Saiu da mesma forma que entrou. Voltou para o Mão Amiga exasperado. Se a esperança era a última que morreria, o peão estava pronto para contrariar o ditado.

Enquanto isso, no chão do banheiro, Zé se esparramava em seus gemidos e espasmos enquanto gozava em cima de mim. Minha cabeça doía de tanto ser batida contra a parede, enquanto ele se forçava no meu corpo. Minhas pernas cortadas pelo metal da moldura do box do lavatório. Na água que ia pelo ralo, havia um sangue fino e amarronzado que ele, ao se levantar, limpou de sua pele na água que caía sobre mim, enxugando-se com a minha toalha e manchando-a com a sua imundície.

Vestiu a roupa e, antes de sair, sem me olhar e sem que visse sua cara, cuspiu no meu rosto um catarro amarelo e encorpado e *yo* ouvi sua voz dizer:

— Veado de merda, *cucaracha* imunda.

35.

Como se a orquestra acelerasse a música no palco, Miguel irrompeu pelas ruas desorientado, tendo virado em muitos lugares sem sentido, perdendo-se numa cidade que conhecia desde pequeno. Era, de repente, tudo grande demais, os bairros escuros demais, o peito pesado demais. Ele era uma sombra que, ao passar diante das casas das pessoas, era projetada pela iluminação pública nos muros e nas grades, coberto pelas árvores, pisando as pedras e os cascalhos. Não se importava se chegaria em casa ou não.

Diante do Paço Municipal, na praça que o cercava, uma moça passeava com o cachorro, que corria acelerado atrás de seus brinquedos, muito consciente de sua felicidade e da tranquilidade de sua falta de problemas. Miguel olhou o cachorro e se percebeu pior que o bicho, sem qualquer alguém que atirasse um galho ou que desse um comando, um sentido de ir adiante para que, obediente, ele pudesse voltar a quem o amava. Um cão vira-lata que tudo e todos enxotavam por medo de doença, por medo do perigo ou por ódio.

Com algum custo, ele conseguiu chegar de volta ao Mão Amiga e se fez num silêncio que jamais havia sido capaz de reproduzir, algo muito comum às decisões que são obstinadas. Miguel evitou a porta da frente e rodeou a casa. Lembrou-se de Paloma e se arrependeu de tê-la vendido. Poderia agora sair galopando pelo mundo sem rumo ou qualquer paragem. A égua já estava longe e, provavelmente, magoada por ele. A culpa pesou mais no passo, e ele foi se arrastando pelo calçamento de concreto até a área dos fundos, onde a torneira pingava na pia como de costume.

Pensou em *su padre*, que nunca mais o procurou, satisfeito com a distância imposta ou amedrontado pela vertigem de cruzar o abismo que se criou entre ambos. Ver o filho era como se lembrar de que errou, mas não por intenção, pois todos temos os nossos limites, um espelho pouco modesto, um reflexo intenso de vaidades. Não se lembrar de seu filho e dá-lo por perdido era mais fácil do que entendê-lo, mais fácil do que fazer uma revisão pessoal e reconhecer suas falhas e as oportunidades de mudar o passo, o pensamento, a intencionalidade do salto para cruzar o fosso. A fazenda era apenas uma memória. *Su mamá* doía nele como dente.

Entrou no quarto da bagunça, vasculhou com cuidado tudo o que ali havia, encontrando aos poucos o que precisava. Não tinha ideia de como seria, mas não havia outra solução. Na luz da noite banhada por uma lua de halo grande e definido, Miguel se viu no espelho e se notou dimórfico, estranho a si mesmo, muito parecido com *su madre*, mas sem entender o que era aquela outra parte que não nomeava e que, porém, via. Sentou-se um pouco e se perdeu nas lembranças.

— Sua bênção, minha Mãe...

De olhos fechados, percorrendo os caminhos do desencontro, precisando mais do que nunca de visitá-la, subiu na imaginação a rua, escalando as ladeiras, enlouquecendo as sinapses no seu cérebro. Cruzou o portão, onde sempre havia *un hombre viejo* sentado à porta, inútil como a sua visita. No entanto, seguiu o caminho, pisando o chão de pedras pré-fabricadas em formato hexagonal que cobriam as duas grandes aleias, passando pela cruz no meio, fincada no chão preto de resina das velas queimadas do cemitério.

Virou à direita e foi sentindo o causticar do sol até onde ninguém havia colocado uma foto digna daquela que ela fora. Não foi apenas ele que restou ferido. Sua santa rodeada de florezinhas deveria estar mais perto dela do que ele. Ambos se amontoaram para sair de um buraco que se abriu entre os dois e que não tiveram tempo de fechar. Miguel gostava de admirar as fotos antigas, quando ele era apenas uma promessa de força na família. Depois brotou capim em volta e os pombos sujaram tudo. O peão foi pela vida como um busto de praça, assim como *su madre* ficou na terra como ossada roída, guardada numa caixa.

Miguel abriu os olhos, tudo ao redor estava imperturbável. Não havia vento, não havia grilos, nenhuma moto passava pela porta, nenhum carro estacionava, nenhum compadre deixava o copo cair, nenhum dos companheiros se apresentava no palco, Sandra não conversava com ninguém. Se o sofrimento era a resistência à realidade, ele estava mais do que pronto, depois de tudo, depois da perda, depois do futuro quebrado e do amor impossível, a enfrentar a situação como o macho que a roça o havia ensinado a ser. Se ele sofria, era porque merecia.

Pegou uma cadeira, sem arranhar o chão de cimento queimado e encerado, a posicionou no centro da área, muito próximo à mesa onde antes a cadeira descansava. Subiu, tentando manter o equilíbrio. Com a mão esquerda, segurava firme o rolo de corda e com a direita, de forma muito fácil e ajudado pela perfeição de suas vistas jovens e pelos manejos de laço em busca de cavalos e gado, mirou seus dois olhos verdes na viga de madeira grossa que sustentava o telhado e atirou, com a mão direita, a corda, que atravessou pelo vão, caindo como uma cobra pelo outro lado.

Ajeitando-se na cadeira, o peão de coração carmim fez com facilidade um nó, que também jogou para cima, cruzando a viga pelo toco que a sustentava, amarrando a corda para que ela não se movesse e cumprisse com a sua função. Então, com a calma de quem se entendia parte do silêncio das coisas, fez outro nó que corria pela própria corda. Desceu da cadeira, foi até a cozinha. Todos estavam tirando um cochilo naquele início de noite, desregulados de sono como os que trabalhavam no período noturno. Num verso de página do caderno de provisões de Sandra, escreveu um par de coisas, que deixou aberto sobre a mesa. Ela saberia o que fazer.

Voltou à área resoluto, sem qualquer pensamento que pudesse tirá-lo de seu destino e sem qualquer culpa que suavizasse *la mía*. No pior dia de *mi vida*, Miguel subiu a cadeira, colocou a corda ao redor do pescoço, deixou a cadeira cair fazendo um barulho estrondoso que, não obstante, foi insuficiente para alarmar a alguém que desse falta dele e, dependurado da viga, o corpo tremeu até o momento em que seus olhos verdes e transparentes ganharam uma cor amarelada e depois pisados de sangue. Não houve qualquer ar no pulmão que suspirasse de tristeza.

Sem uma orquestra que desse o tom da cena, o adágio nesta tragédia foi o ranger da corda contra a madeira na claridade de uma noite profunda, enquanto o corpo de Miguel balançava como o pêndulo do relógio e o movimento soprava uma brisa que esfriava, de repente, a cidade.

36.

Do chão do banheiro, tudo parecia maior do que era, porque *yo* era miudeza. Desliguei o chuveiro e, me apoiando nas paredes, saí do lavatório e me sentei no sanitário. Havia, naquele momento de desamparo, uma intenção de ser maior, mesmo que silenciada pela companhia dos fantasmas. Ali, enquanto deixava escorrer de mim o que de Zé havia restado, pensei no menino que fui e na distância que se impôs entre ele e *el hombre que hoy soy yo*. Quando parei para pensar, fui jogado como uma bola de um lado para o outro, tentando entender se tudo o que vivi era o que deveria de fato viver, já que ninguém conseguia escapar do destino. Ou se, por outro lado, haveria outra vida disponível à minha espera, ficando comigo a escolha de enfrentar, dia após dia, as consequências das decisões equivocadas que tomei.

Muitas vezes, é mais seguro se culpar, num processo de vitimização que nos permite chorar desculpados, transferindo ou terceirizando as responsabilidades para os outros ou para os céus. No entanto, mesmo sendo dono dos meus atos e resultados, fiquei me rodeando em ineficiências sobre um futuro que pudesse, ainda que não soubesse se queria, construir. Foi limpando meu ânus de sangue e sêmen que me recobrei da fragilidade daquilo que se chama humano. Foi enxergando a mancha no papel, enxugando as lágrimas com o braço, apoiando a cabeça nas mãos e os cotovelos nos joelhos, que entendi haver chegado ao limite. O fruto das minhas decisões amargava em minha boca. *Yo era* uma péssima pessoa.

Já não tinha mais forças, ainda que alguma coisa continuasse me levando adiante. Não era esperança, não era sonho, não era fé. Às vezes, em dias como aquele, pedia lá no fundo que não me levasse, que me deixasse, que me esquecesse pelo caminho. Era difícil pensar em carinho quando se tinha sido testemunha de uma decadência. Era doloroso, em mim, ver o sofrimento do outro, mas era capaz de provocar o sofrimento no outro para que não o sentisse em mim. Seria também doloroso para o outro quando testemunhasse o meu sofrimento? Ou sentiria prazer diante da tragédia, já que tudo não passava de uma crônica anunciada, uma peça sem fim da perversão, do desejo da dor, da ineficiência de lidar com *los hombres* que somos em busca de uma catarse?

Uma vez, tive um amigo que, se hoje estivesse aqui, viria me dizer:

— É como no avião, *maricón*: a máscara vem primeiro em nós mesmos!

Naquela noite, no entanto, *yo no quería* a máscara, não era quem precisava dela, não era quem lutava para sobreviver. O meu tormento não servia de alimento para o suplício coletivo. A problemática do "*yo*" primeiro. O ser individual deveria existir como servo do "nós". Idiota que fui, talvez gostasse da utopia de sedimentar os pós dos ossos enquanto progredia pela vida, ficando com a ideia torta de que estava cada vez melhor.

Foi assim que me levantei e, desnudo, diante do espelho, me encarei profundo, questionador, impiedoso. Se não suportava a aflição alheia, qual a razão para que tudo, até agora, tivesse sido como se para apertar ainda mais o calo, explodir o furúnculo, criar a casca que seguia arrancando de mim mesmo? Talvez fosse essa distopia que me levasse, me elevasse, que me deixasse ingenuamente leve por segundos, como efeito de quando se usa uma droga para cair na perdição trinta segundos depois. No entanto, dentro de mim, afincava-se um ser que se vestia com mofo, que estaria pronto para desistir porque não aguentava mais.

Saí do banheiro e, fraco, com dor na cabeça, me deitei na cama e lá me deixei. Amanhã seria outro dia. *Yo ya no tenía* mais forças..., mas seguiria adiante. Não virei os olhos para longe da morte. Olhava ela lá, na minha cama, crescendo e me observando. E o que não se registrava? Chorava pelo que gostaria de ter sido, mas sorria cínico daquilo que era. *Dios* não existia em Goiás. *Dios* não existia para o Brasil. Se Ele fosse brasileiro, como diziam, então se explicaria. *Dios*, de tão brasileiro que era, desejava mesmo morar em Miami ou andar de metrô em Londres com o apoio de sua legião de boa vontade. A colônia continuava sendo colônia e se reproduzia como bactérias.

Sem poder lutar, dormi. Era o que me restava. Não me deixei alterar nos sonhos. Entreguei-me ao abismo do recomeço, a funcionalidade mais inteligente de nossa consciência: apagar-se quando tudo parece insuportável. Fui pela noite adentro como se vagasse por um povoado que não conhecia, sentasse-me no banco da praça e, admirando os arredores, louvasse apenas o que via, o nada, o vazio, deixando que ele se apossasse de mim e que me regenerasse. Amanhã, poderia fazer diferente. Era imprescindível, diante das dores que eu sentia, confiar naquela possibilidade.

Esquecer-me dos muitos vírus e de suas variantes. Não me afetar por um tipo de gente que vivia como uma cepa única e perigosa de um micróbio que infeccionava todo o resto, esse poder absoluto sobre o outro, o reforço constante de que só poderia ser grande, melhor, ganhar a competição da vida subjugando ao outro, condenando-o. A sociedade precisava de delinquentes para que os justos se chamassem de justos, e os pecadores para que os santos se elevassem, e os fracos para que os poderosos gozassem. A ciranda do poeta brasileiro, aquele que *yo había estudiado en la escuela*, deveria ser: alguém que impôs sofrimento a Zé, Zé que o impôs a mim, *yo que lo imponía* a Miguel, e Miguel que, nesta história, ainda por se achar no mundo ou por se ver esmagado pelo peso de todos nós sobre ele, não recebia a compaixão de ninguém.

A economia não podia parar de moer carne. Aliás, ouvi isso da diretora de Recursos Humanos da usina havia poucos dias:

— Para alcançar os números, farei o que for preciso, inclusive moer carne, com você me ajudando ou não.

Carne apodrecida de brasileiro para gerar riqueza na mesa de quem tem passaporte vermelho ou diplomático, de quem tem o talão de cheques, de quem tem a terra, de quem controla os meios de produção, de quem manda nas dinâmicas da política. Eu não tinha mais forças, mas cá *yo estaba*. Às vezes queria gritar, mas nem isso sabia fazer. Tudo o que pensava saber era acolher ao outro e isso era pouco quando se precisava recolher pelo caminho os milhares de corpos de mortos que ajudamos a matar e a abandonar. Quanto mais íntegros nos pensamos, mais podres ficamos. Há que se colocar a integridade à prova para que se veja incorruptível. Não soube nem acolher ao homem que era meu amor, quanto menos não me corromper às minhas falhas.

Nesse caminho, ainda sem entender se dormia, se delirava, ouvi a campainha de minha casa. Talvez fosse um sonho, talvez fosse a minha vontade de que ela tocasse, de que pudesse ser Miguel outra vez. Quem sabe era já o amanhã, uma segunda chance. Pediria desculpas e tudo ficaria bem. Iríamos para o México juntos e lá reconstruiríamos a vida, cantando e vendo a água brotar da fonte no pátio da casa, que reconstruiríamos, e cuidando da velha árvore enquanto abríssemos tamarindos com a mão.

Pus os pés no chão, carreguei nas costas o lençol. Atravessei a casa como um fantasma caricato, sem correntes, sem vento, sem medo, mas cheio de irresoluções. O que tanto poderia me aterrorizar que já não tivesse me ocorrido? Olhei o relógio da cozinha, cinco e meia da manhã. Percebi então o inusitado da coisa.

Será alguém da usina para garantir que fosse trabalhar? Seria Miguel? Seria Zé de volta? Seria *mi mamá* segurando um ramalhete de calêndulas e cantando? Seria *yo mismo* vindo do futuro com uma arma na mão e disposto a interromper o meu ciclo de erros? Quantas almas teríamos ou quantas chances de atravessar pelas vidas numa máquina do tempo? A juventude era uma ilusão, mas os jovens achavam que a estavam perdendo rápido demais. Não se perde o que não se chega ter. *Yo creo* que pedi demais, como se tivesse abandonado a *un niño*, desesperado e com medo, gritando pelo meu nome sem sair da calçada.

Não acendi a luz. Lá fora havia no céu um violeta acinzentado anunciando o alvorecer. Um carro ou outro passava pela rua. Abri a porta e, sem ainda perceber quem estava do outro lado, levei um tapa forte e quente na cara.

— Ocê vai para a puta que te pariu, fi de uma égua!

Sandra avançou contra mim, socando meu peito, arranhando os meus braços, mais tapas em meu rosto, arranhões em meus braços. Ela era forte o bastante e foi me empurrando, enquanto tentava me desvencilhar. Gritava, a mão estava no ar como a de um maestro no momento mais rápido da obra, os violinos gritando e os violoncelos aprofundando a sensação de desespero. Na sala de minha casa, deixando o lençol cair e exposto, nu, penitente como um filho imolado feito cordeiro, sacrifício inútil pois não se salva ninguém a não ser a si mesmo, me deixei então apanhar e não resisti. Não sabia o que estava acontecendo, mas era certo que *yo lo debería* merecer.

O fim de um era o início de quem?

Talvez seguisse adiante, mesmo sem forças, porque queria entender e o conhecimento jogava sombras na alma. Não precisava contribuir para a dor coletiva. Queria ser solução e não sabia como. Talvez quando descobrisse, já não servisse mais. A violência era também uma recompensa. A dor nos fazia sentir vivos. Apenas os mortos já não sentem mais nada. Todos nós enfrentaríamos a complexidade emocional de um novo milênio.

Não nos enganemos. O mundo prevaleceria de uma forma ou de outra. Nós não. Nunca haveríamos nós. O agora era o fim. O brasileiro seguia dormindo em Bajra, cidade do interior de Goiás, com a consciência flexível, enquanto me oferecia à condenação do que Sandra quisesse me cobrar. Não ia mais me governar com moral frouxa, evangelizadora, com arma em punho, por meio de uma doutrina rígida para quem queremos que a siga, mas não para quem a prega. Sandra arfava, tentava recuperar o ar, parecia se engasgar com o pigarro de fumante antiga, mas o que ela queria era soltar um urro. O momento robusto que não percebia. Ela chorava e eu tudo o que via, diante de mim, era uma onça.

Estávamos os dois no chão.

— Sandra, o que foi isso?

O agir do universo era sutil.

— Sandra, o que *usted* veio fazer aqui? Por que está assim?

A sintaxe do sofrimento: uma frase na qual o sujeito estava oculto. De repente, comecei a pensar que havia muito mais do que *yo* pudesse imaginar no sofrimento ao redor de meu umbigo. O meu sofrimento era maior ou menor do que aquele que a outra sentia? O meu amor era pura contrição ou egoísmo?

— Miguel, sô-moço...

No presente, às cinco e meia da manhã, prestes a me empurrar no abismo em queda livre. Sem qualquer corrente de ar a rasgar a sala, a porta bateu conosco do lado de dentro. Os móveis e os nossos espíritos cobertos de pó.

— Que tem Miguel, Sandra? Fala, *carajo*!

— Miguel tá morto.

No livreto da tragédia, via o que não queria viver. A fé, que antes agonizava, aproveitou-se e morreu junto dele, dependurada em um verso, tal qual *el hombre* que Miguel foi e que balançava, enforcado, da viga no teto velho da casa onde funcionava o Mão Amiga. A mão do tempo a segurar a corda também tinha os meus dedos.

Nada consegui falar.

Não havia o que pudesse ser dito.

Sandra me contou como o acharam, como o baixaram, como recobraram as muitas suposições do que havia acontecido. Na sua força de mulher, Sandra se punha carente de filho, sem condições de continuar sendo mãe para todos os que sobraram, para os que recolheram o corpo, para os que iriam enterrá-lo na fazenda, para os que se culparam, para os que o maldisseram, para aquele que havia sido avisado e não creu quando ele deu o passo e o canto rumo ao pretérito imperfeito, quando o perfeito se deu.

Sandra me entregou então um papel rasgado, que segurei com a mão trêmula, sem conseguir ler direito. Limpei meus olhos. No bilhete, com a letra do meu vaqueiro, vi:

> *Ernesto,*
> *eu vi... não fui eu!*
> Por que no me enseñaste como se vive sin ti?

37.

Todo término é uma conquista e o fim não deixa também de ser um recomeço, que se canta em branco e negro e se recorda com as cores que mais fazem graça ao conto. Aquele que admite a escritura da própria história, logo aprende que a realidade de um fim, por princípio, não exclui a origem da ficção: sonhos, desejos, planos; e que isso, sim, apenas a reforça.

Aprender a reconhecer que a morte, por exemplo, muito mais que a interrupção de um futuro, é fator inevitável que nos ressalta a necessidade de viver da maneira que for possível, o que acaba ajudando a desenturvar as vistas, a nos expandir na mirada para além do fim, enquanto nos permite ver que um ponto final transcende qualquer semântica aparente.

O fim ou toda a contradição que ele causa nos lembra que, para darmos as boas-vindas à natureza humana, precisamos também nos despedir dela; que o eterno, muito além de uma ilusão infantilizada, também é uma paranoia adulta; que a negação do fim é um paradoxo, pois nos impõe a aceitação da finitude; que a falta de limites implica o desiquilíbrio, visto que, assumindo a exatidão na medida que o fim apresenta para todos aqueles que ousam aceitá-lo, terminar é preciso, uma vez que recomeçar é inerente da vida.

O fim não é apenas um recordatório de um fracasso, senão que da impossibilidade de voltar a tentar, como sabem os colos das mães, para os quais não há bem ou mal que sempre dure ou acabe, já que o constituinte dessa alma que nos dá brilho às unhas, aos lábios e aos olhos é indissociável. É, então, importante saber: não é que o universo — ou seja lá quem tenha os controles remotos de nossas vidas — seja benevolente o bastante para nos permitir a redenção de nossos erros, mas generoso o suficiente para nos permitir errar e, de alguma forma, continuar caminhando, apesar de todas as consequências desses erros. A vida nos leva para frente.

Depois que Sandra saiu de minha casa, como se fosse Mefistófeles, fiquei atormentado por todas as coisas que existiam, de frente para minha figura inconsequente. Uma corrente de ar ou o canto de um pássaro seria o bastante para desalinhar a natureza do meu ser. *Eu vi e não fui eu*: o que será que esse eu não foi e o que foi que ele viu? Quanto de Maria estava também dependurado naquela corda? Ou era todo Miguel?

Fiquei pensando na textura da corda tocando a pele dele. Ouvi o rangido das tábuas que, juntas, formavam a cadeira. Qual foi o ângulo exato na curvatura da perna, enquanto ele subia? Senti o ar se movimentar pelo pêndulo do corpo como uma brisa que escalava pela minha espinha e me dava um calafrio. Fiquei pensando nos olhos verdes encarando os dedos dos seus pés à beira do precipício, quando chutou a cadeira.

Quanta coragem deve ter havido…

Que tipo de força se criou com a agonia que sentia? Será que ele se orgulhou do passo dado no cadafalso improvisado? Suas mãos tentaram parar a gravidade da terra: doeu menos do que já doía? Será que ele encarou *Dios* o *el Diablo* como Maria ou como Miguel? Quem ambos gostariam de receber: Maria ou Miguel?

Fiquei pensando na fotografia de nossa penúria que restou gravada e fugidia no rosto. A voz de Miguel ainda hoje é, enquanto *escribo* essa história, o arrulho da água a descer por uma calha num dia de chuva, arrastando as impurezas e semeando. Na profundidade de sua gota escorrendo pelas minhas paredes, buscando caminhos, me perguntava se ele havia chorado, se havia se arrependido, se havia se enraivecido ou havia se inspirado com o oxigênio do adeus e o transformado no último suspiro que se fez brisa como um abraço vazio, um sol que, por fim, se esfriou.

Fiquei pensando no último beijo na face inconsciente que ele gostaria de ter dado. Fiquei me lembrando da minha voz derretendo seu espírito da última vez em que ele esteve em casa. Por que é a comunicação algo tão complexo? Por que ouvir não é apenas sentir o som, mas processá-lo numa máquina que não é codificada da mesma forma para todos? Ali, sentado no chão da sala, fiquei me relembrando de suas palavras breves e precisas. *Yo lo he puesto* de novo sentado na escada que desce para o quintal, com a xícara na mão, esperando pela nossa chance de sermos família. O cheiro do café que ele tinha passado me fez sentir a dor de quem fechou a porta por último na sua cara. Um dia inteiro de emoções salgadas e tensas.

Na ausência dele, o amor se perderia? Ou isso era tudo o que tinha me sobrado? No meu peito, as paredes brancas num dia de calor, ele deitado no edredom sob o sol, a luz bronzeada no entardecer do cerrado, ele me cantando um bolero de que havia gostado. O que será que Miguel viu por último? Que imagem ele levou consigo para o firmamento? Ainda o ouço nos furos dos discos de minha vitrola, apenas nós dois, recuperando nos meus abraços tudo o que, hoje, *yo* queria ter de volta. "*Tu me acostumbraste a todas esas cosas...*"

Mesmo hoje, passado o tempo, precisei voltar a esta história, porque tudo o que faço é pensar demais nele depois dele. Não soube ouvi-lo, não soube vê-lo, não tive coragem de ir quando todos foram se despedir porque deviam a ele um último e digno momento. Sei que o levaram de volta para a fazenda e que, ao chegar lá, *su papá* apenas o aceitou de volta, porque era o certo a se fazer. Baixaram o caixão numa vala que *su propio padre* cavou e, na presença de poucos, assistiram a esse mesmo homem devolver sobre o filho a terra que ele um dia ajudou a semear.

— É melhor que ele fique aqui comigo, lá no cemitério não tem espaço para quem se mata, sá-muié.

Transformou em afeto o medo de enterrar um suicida ao lado de mulher ou talvez tenha ficado com medo de não saber enfrentar ao padre. No farfalhar das árvores no dia do enterro, todos deixaram ir o que, de Miguel, podiam abandonar, ficando consigo aquilo que dele era melhor. Mateus cantou a nossa música, sem saber que era nossa. Sandra, depois que tudo estava feito, deixou ali a santinha e colocou, ao lado dela, algumas florezinhas para que ele as entregasse à *su mamá*, quando o reencontro acontecesse. Paloma, muito distante da li, relinchou.

El padre, sem muito jeito, não tinha o que oferecer para as pessoas que lá estavam a não ser um café forte, amargo, que todos tomaram como se fosse mel.

38.

Viver naquele país foi um exercício constante de fé e resiliência. *La tierra* me pedia o tempo inteiro que confessasse, que expiasse as minhas culpas, que me arrependesse da crueza sobre o chão em que, se plantando, tudo dava. A quem tivesse sede, era a dinâmica das sociedades que escolhia a quantidade e a ordem para que todos os que ali estivessem recebessem de acordo com sua abnegação pelo merecimento de suas relações.

Ficava parecendo que *yo*, estrangeiro e nem tão entregue assim aos espíritos subequatorianos, estava cuspindo nos pratos dos quais comia, na cama que me recebia, na pele que me acariciava. Pensava também sobre como aquele país — assim como *yo también* — havia falhado com Miguel, com Sandra e com os outros meninos e meninas de similar destino por não terem a cidadania aparente como a que Zé, macho e bravo, branco e classe média, ciente de sua impunidade, ostentava ao se impor a quem quer que fosse. Ou os privilégios que a mim me davam por ser forasteiro, com uma linguagem estranha, consentida.

Com a morte do meu peão, *yo no tenía* mais forças e me rendi. Ah!, mas a economia não podia quebrar.... quem disse? Já estávamos quebrados e continuávamos contando os números. Gente mais poderosa que seguiria contando cifras. Outros contariam palmos de chão. Cresceriam as empresas, cresceriam os negócios, moeriam as carnes das pessoas. Jamais nos esqueceríamos que todos também éramos sangue nas mãos primeiras da nação: aquelas que assinavam com caneta o nosso obituário a cada dia em troca de um pouco mais de dinheiro ou de poder.

E foi com essa revolta que percorri, uma semana depois, o caminho entre cidade e usina, levando nada mais do que uma pasta com documentos no banco dianteiro, o aparelho de som do carro sem emitir qualquer música, ouvindo apenas o vento cruzar por dentro de mim, os zunidos dos outros carros e caminhões que vinham e iam pela estrada. Decidido e sem qualquer possibilidade de mudar de opinião, lá fui completar meu ciclo em *tierras brasileñas*, entregar o meu pedido de demissão e a minha solicitação de repatriação para que acontecesse o mais breve possível.

Entrei pelo portão, atravessei o pátio, subi as escadas e, sem muita paciência para as delongas, conversei com a diretora de Recursos Humanos, com o meu próprio chefe e com uma ou outra pessoa qualquer. O alívio que poderia surgir dessa ação foi sentido por todos os lados. *Yo*, porque queria voltar ao México, e eles, porque não estavam satisfeitos com as minhas ausências e com os impactos no meu desempenho no último mês, ainda tão no início de uma expatriação da qual tanto esperavam.

Qualquer empresa que se estabelecesse no Brasil, com atenção às que tivessem aporte de capital estrangeiro, como o grupo controlador das usinas onde trabalhava, sempre seria um microcosmo do que se estabelece nas relações diárias nas curvas e praças das cidades, das províncias. A mão que segurava o pescoço das pessoas era e continuaria sendo branca, como a de

Zé, e a mãe que segurava o corpo morto de seus trabalhadores era e continuaria sendo preta, como Sandra.

Yo, mesmo não sendo branco, tampouco sou preto. No Brasil, estrangeiros, quase sempre, são tratados com as benesses da branquitude, apesar do, como antes escrevi, "defeito da cor". No entanto, quando uma pessoa *como yo*, que também sou homossexual, contraria os planos traçados pelas mentes brancas e másculas, vai logo sendo relembrado do lugar que ocupa na estrutura da cidade. Por isso, tive que lutar com certa assertividade para que me entregassem tudo a que tinha direito, não apenas pelo código de ética da empresa, mas também pela legislação trabalhista do país: e muito mais pela minha dignidade.

A usina não queria me repatriar, alegando que *yo* não havia cumprido o primeiro ano inteiro de contrato. Entretanto, como o meu visto de trabalho era vinculado à empresa, não desobrigava ao empregador de me garantir que todas as despesas de repatriação fossem cobertas pela corporação. Além disso, quando pedi para que me mandassem de volta ao México e me afirmaram que deveria ser repatriado para os Estados Unidos, país anterior à minha estada no Brasil, foi preciso um tapa forte na mesa para que entendessem que meu país de origem sempre foi e será o México, bonito e alegre, tão similar a esse irmão de continente que reluzia à felicidade, mas estava embolorado por dentro.

Resolvidas as primeiras pendências na usina, avisei que não trabalharia mais e que apenas devolveria o carro no último momento, considerando as distâncias a serem percorridas e as outras ações que deveria tomar, como encerrar a conta no banco, romper o contrato de aluguel, pagar o que fosse necessário. O dinheiro me preocupava pouco, sempre fui *una persona* precavida em relação às minhas economias. Aliás, mais precavido do que todas as outras áreas de minha vida cansada.

Com este espírito de ranço, feito carne de porco inteiro, parei o carro diante da loja de Zé para dar o aviso formal de minha partida. Atravessei o salão principal e, desconsiderando a atendente que, sem saber o que fazia, corria atrás de mim a me gritar que não poderia ir entrando daquela maneira, que deveria ser anunciado e tal, que isso ou que aquilo, e tal e coisa. Segui como se espantasse uma mosca insistente e abri a porta do escritório, para o espanto do dono e de sua esposa, sentada diante da mesa, em meio a uma discussão acalorada dada a densidade cursiva do ar que qualquer um poderia ler, independente de idiomas.

— Mas o que é isso?

— Precisamos nos falar sobre o contrato de aluguel.

— Que contrato de aluguel? — a esposa perguntou.

— Você precisa ser anunciado antes! Não pode ir entrando assim.

— Eu tentei avisar, patrão...

— Saia daqui, Eliane! Inútil!

— Que contrato de aluguel sobre o qual vocês precisam falar?

— Meu bem, a gente continua depois, preciso entender o que este senhor deseja.

— *Yo vine* a encerrar meu contrato de aluguel que firmei *con este señor* pela casa em que estou vivendo na Rua Oito, *señora*.

— Você alugou a casa sem falar antes comigo, Zé?

— Meu bem, deixe eu resolver essa confusão, nos falamos depois, e eu posso fazer o que eu quiser sem falar com você.

— Eu quero uma resposta agora!

Zé, com a violência pela qual era reconhecido, se levantou num súbito e rodeou a mesa até a cadeira onde a esposa estava sentada. Ela se encolheu de medo e, vendo o destempero do marido, se antecipou a levantar, porém era tarde demais para reconhecer que tinha agido fora das regras conjugais. Ele a suspendeu pelo braço com um solavanco e, falando sem articular as palavras, com a mandíbula trancada de ódio, despediu-se dela sem qualquer afeto ou apreço, enquanto me puxava com a outra mão, batendo a porta atrás de mim e me prensando contra a parede, forçando-se a um beijo que não retribuí, insinuando-se pelo volume na calça que não me atiçou.

Yo entonces me desvencilhei e me sentei na cadeira onde, há pouco, estava a mulher. Ele respirou fundo, enquanto se dirigia contrariado para o seu lado da mesa. Era uma sala simples. Uma mesa grande com tampo de vidro, sob o qual estavam alguns papéis com números de telefone, fotos de filhos e um calendário da loja feito no advento de um ano novo que, pelo menos para mim, já estrearia velho. Havia também uma máquina calculadora com bobina de papel, um bloco de notas, folhas e cadernos, catálogos de produtos, canetas. Ao lado, uma estante com portas de vidro na parte de cima, através das quais se podia ver troféus: prova de laço, de tambor, melhor cavalo. Algum marco chancelado de uma juventude que levava algum tempo ultrapassada.

— Que merda é essa de romper contrato?

— *Estoy* de mudança.

— E achou outra casa? Não vou te liberar da multa!

— *Vuelvo a* México, *hijoputa.*

— Vai ter que me pagar a multa.

— Não vou! A lei de inquilinato me diz que, sendo expatriado ou repatriado, a multa não se aplica. Sei checar meus direitos.

— Que merda de lei o quê! Aqui vale o que eu digo.

— Bom, *yo no voy a* pagar, vim te avisar que estou saindo em quinze dias e vou deixar o mês pago em razão do meu aviso tão em cima da hora.

— Por que você está indo embora?

— O primeiro motivo é porque não há mais nada para fazer aqui. O segundo é que estou doente e preciso me concentrar em minha saúde, e você sabe o porquê. Terceiro é que, mesmo se ficasse, não conseguiria estar mais na casa que você me alugou. Aliás, sugiro botar aquela casa no chão ou atear fogo nela, que nada há de ser feliz ali. Bastamos você e *yo* como exemplos de que não há nada mais o que fazer.

Respirou fundo.

— Ok, eu passo lá mais tarde para me despedir.

— *No mames, wey! Yo no quiero* ver você mais *en mi puta vida*! Inclusive, vou deixar a chave um dia antes de partir com a sua funcionária para não ter mais que olhar para essa sua cara nojenta. Talvez só nos encontremos outra vez no inferno.

Ele se levantou com raiva, mesmo padrão usado para se impor à esposa.

— Você vai me bater? Aqui? Ou vai me estuprar de novo?

— Quando foi que eu te estuprei, veado? Você nem mulher é para ser estuprada!

— Cala a sua boca, Zé! *Yo* espero que você definhe na própria sordidez e que nem a terra te receba depois, que você apodreça como alimento de ratos. Estou indo embora daqui. Passar bem.

— Mesmo se você fosse mulher, eu não te estupraria, porque você não merece!

— Sugiro você buscar um médico, quem sabe um psiquiatra também, mas o que você precisa é de cadeia!

— Se você falar alguma coisa sobre mim por aí, as pessoas saberão que você é uma bactéria, um forasteiro de merda. Afinal, nada vai se abalar por aqui, vamos seguir vivendo como sempre vivemos. Aqui, o tempo não passa, ele apenas se deixa contar, mas tudo se repete.

— Sei como as coisas funcionam, aprendi da melhor e da pior maneira.

— Vocês vêm aqui, trazem as imundícies de seus comportamentos, estragam os bons costumes, se creem melhores do que todos e saem como se nada mais importasse. Nós, que aqui ficamos, nos importamos sim. É por isso que tudo funciona bem e ninguém reclama. A cidade sobrevive sem você, mas não sem mim!

— *Yo lo sé*, Zé... e sabe o quê? Enfia no seu cu.

Então me levantei, não estendi a mão. Dei os dois ou três passos rumo à porta, mas ele se interpôs entre mim e ela. Mais uma vez, me agarrando pela minha camisa e segurando com a mão o meio das minhas pernas, ele tentava deixar mais profunda a sua marca. Não me intimidei. Olhando fundo em sua alma, sem qualquer pena de onde a bala fosse pegar, apenas atirei:

— Você é como os porcos, Zé. Quanto mais imunda você considera uma pessoa, mais você quer se lambuzar e mergulhar na lama podre.

Soltando a mão dele, o deixei intacto atrás de mim, mas cuspido com meu ranho, sem olhá-lo, para não ter essa imagem gravada em minha memória. Minha vontade era de matá-lo, mas, se o fizesse, teria que ficar para sempre naquele país amarelo e anil sem o vermelho da minha força e sem o branco de minha paz. Sem o verde dos olhos de Miguel, sem a águia que carrega no bico uma serpente, uma reminiscência fundacional de *mi México querido*.

Na linha do tempo, a última pessoa a quem vi antes de ir embora de Baíra foi Sandra e nada nos dissemos. Quando o caminhão fechou a porta com a última parte de minha mudança, lá estava ela parada na esquina, ao longe, sem distinguir bem com qual expressão me olhava. Acenei com a mão e ela, assim como chegou, desapareceu ao virar a esquina, enquanto *yo entraba* no carro da empresa, dentro do qual um motorista me esperava para me levar ao aeroporto em Goiânia. A mudança seguiria seu caminho até que nos encontrássemos de novo, depois de um mês e pouco.

Não senti qualquer dor em partir. Toda a dor que deveria sentir no Brasil tinha sido entregue como um pacote completo no último mês. A única coisa que trazia comigo era o papel que Miguel havia me deixado e, nele, a letra dele com a nossa música e a frase com a qual ele dizia saber e negava qualquer coisa que ele, em sua cabeça, acreditava que *yo* o culpava. Fiquei muito tempo pensando sobre isso e, por mais que *yo tenga* me dado opções e possibilidades, desde o HIV até o término atravessado de nós dois naqueles dias em que havia descoberto que *mis papás* estavam mortos, não conseguia ter uma resposta exata.

O primeiro voo entre Goiânia e São Paulo não demorou nada. De fato, fiquei mais tempo na sala de espera do aeroporto, lendo e escrevendo, até que pudesse embarcar num voo direto para a Cidade do México e, depois, outro para Guadalajara, no estado de Jalisco, durando hora e meia. Uma jornada longa e necessária. De todas as vezes em que pensei que precisava me distanciar de minha *tierra*, a verdade era que precisava mesmo me explorar, desvendar em mim esse território amplo e infértil que era.

— *Por favor, su pasaporte, Señor.*

— *Aquí lo tiene, señorita.*

— *Bienvenido a su casa.*

Estar de volta foi como olhar numa fotografia depois de muito tempo. Não sabia ao certo o que veria, talvez nem reconhecesse o que visse. Na cabeça, a voz de *mi papá* a cantar:

> *"México lindo y querido*
> *Si muero lejos de ti*
> *Que digan que estoy dormido*
> *Y que me traigan aquí"*

Foi assim, aliás, que fiquei diante da casa de *mis viejos*, arrasada pelo terremoto, um monte de entulhos num lote que havia herdado. Não tinha mais pátio, não tinha mais a voz de *mamá*, nem *papá* chegando ao fim do dia. Tampouco havia o garoto que ali fui e *el hombre* que agora era ainda não tinha pisado naquele lugar. Sobrou apenas a tamarineira empoeirada.

— Você pode, por favor, me esperar aqui alguns minutos? — pedi ao motorista que me acompanhava, antes de ir até o hotel onde ficaria nos primeiros meses até que conseguisse reerguer a casa.

Caminhei pela calçada, sentindo a sequidão do ar, o vento quente me lambendo os cabelos, a poeira se misturando com os olhos e o que deles saía. Fui até à loja de artesanatos da vizinha que havia me dado a notícia da morte de *mis viejos*.

— *Buenos días, señora*! *Como está usted*?

— Pois sim, *buenos días*! Em que posso ajudar?

— Não me reconhece?

— *Ay, Dios mío*! Sim! Você está muito diferente! Mais magro e cansado!

— A vida não tem sido muito gentil, quase como uma doença autoimune, *señora*.

— Sinto muito pela morte de *tus papás*.

— *Muchas gracias, señora*! Vim apenas agradecer o cuidado comigo. Agora estou de volta e vou resolver as pendências que são necessárias. Quero reerguer a casa, não apenas como ela era, que ela reflita os novos tempos, o meu futuro.

— Ah, muito gentil da sua parte, *hijo*!

— Bom, então já vou indo, tenho um motorista me esperando.

— *Virgen purísima*! Onde estava com a cabeça! Aguarde aqui só um momentinho, por favor?

E, antes de que pudesse dizer que não havia tempo, que *yo necesitaba* sair dali para não desmoronar com o meu próprio terremoto, ela sumiu para dentro da loja, ainda que continuasse ouvindo seus passos de chinelo arrastado. Então ela voltou com uma caixa pequena na mão, que reconheci de imediato e de muitos anos.

— Isso é seu, *hijo*...

Ela me entregou a caixinha, que segurei como se nela houvesse as cinzas ou os ossos de *mis papás*. O que estavam nela eram os *alebrijes*, pequenas esculturas em madeira que havia dado para *mi mamá* ao longo dos anos até sair do México para não voltar mais.

— *Su mamá* me dizia, *hijo*, que, depois que você se foi, que quanto mais você partia, menos você voltava de onde estava. Então, ela ficava olhando para os *alebrijes* que tinha colecionado, todos presentes seus, como uma forma de se lembrar do carinhoso que você era com ela. Quando fizeram a limpeza dos escombros maiores, encontraram a caixa intacta e pedi que a dessem para mim, que um dia entregaria a você. *Pues ya está entregue, con la bendición de Dios Santo y la Virgen de Guadalupe.*

Com aquela caixa na mão, era como se segurasse um coração sobre o qual impus muitas preocupações, ainda que também muitas alegrias. Penso que *las mamás* nascem para serem injustiçadas, porque jamais entenderemos os limites de alguém a quem amamos sem limites. Saí da loja carregando a caixa rumo ao carro, no qual entrei e pedi para tocar direto para o hotel. Uma mudança requer que aceitemos que o processo pede uma permissão interna para um deslocamento maior, substancial redesignação de memórias e esperanças que parecem sedimentadas, no caso das primeiras, ou inexistentes, no das segundas.

De volta ao México, com todas as minhas coisas empacotadas, inclusive os *alebrijes* de minha mãe protegidos pela caixinha de madeira, Miguel vivia no meu peito como se ele mesmo fosse um *alebrije* que a vida tinha me dado, que eu quebrei manipulando, mas guardava com cuidado e apreço, também por responsabilidade, carregando sua morte nas minhas costas como uma forma de remorso, pensando que tudo, de repente, necessitava de ter cores às quais não havia notado antes.

Mesmo as decisões temporárias, como ficar uns dias num hotel até que a casa estivesse pronta de novo para me receber, me faziam questionar o abandono do passado, daquilo que me formava, preso para sempre na visão inventada de mim mesmo, em busca de fundamentos mais ajustados à necessidade do lar, aposta no apreço pelas surpresas, porém sem planos de radicalismos.

Mi mamá, em todas as vezes que fui embora, não pensava que ficaria distante de mim por muito tempo. Não imaginava que morreria distante do filho, que nunca mais o fosse ver. A última imagem que tínhamos um do outro era através de um vidro de carro, quando fui embora para o Brasil. Ela buscava em mim o carinho do amor duradouro dos cães. Quando retornasse para buscá-la, ela me pousaria os mesmos olhos, inconscientes da crueldade que foi ser separada de quem amava. Para ela, lar não era a casa ou o país e, sim, *papá e yo*.

Foi de volta ao México que entendi outra das minhas graves ausências: Miguel, quando me procurou, não buscava casa ou alento, ele buscava lar e o lar dele deveria ter sido *yo*. E, ao contrário, o repudiei, o tratei com repulsa, dei importância para uma casa que não era minha, um ideal que não consegui anexar à realidade, muito preocupado com a minha estrutura, mas sem enxergar que a felicidade como um antídoto estava em mim junto dele. Fiz com Miguel o que também fiz com *mis papás*. No desequilíbrio emocional gerado por uma mudança, não conseguiria mergulhar em lembranças por muito tempo. Sentia-me culpado pela violência, enquanto eles e o peão, na beira de um caminho, como se ouvissem Roberto Carlos, gritassem "eu existo, eu existo".

No entanto, sei que a potencialização de todas essas emoções estava naquele lugar de deslocamento em que me via. Falo por mim, claro, que mesmo sabendo não ter controle algum sobre a vida e sobre o futuro, a ação de reerguer um lar em outro lugar era uma aventura que pressupunha luto, barganha, aceitação e ressignificação.

O medo de errar era um velho conhecido. Evitá-lo é o que faz as pessoas grudarem porta-retratos nas paredes das casas. Aliás, não é nem do erro em si de onde surge o medo. É da possibilidade do fracasso como retorno do investimento emocional e do receio de perder uma vez mais a esperança. Ela que, durante todos os anos até aquele momento, esteve adormecida como se morta, porém à espreita para brotar como uma praga difícil de combater. Colocá-la em perigo fazia parte do jogo, assim como as consequências dele. Mas será que era capaz de manter novas paredes firmes, quando só parecia possível andar com pernas mais rijas pelo chão por onde elas pisavam?

Permiti-me o deslocamento em todas as instâncias, porque acreditava na imagem que via de mim, da minha família, que me norteava. Enquanto removia as fotografias da parede no interior de Goiás, antes da mudança, pensei que talvez devesse trocar as imagens, mas do que adiantaria? Não *soy yo mismo* um imenso porta-retratos?

Mesmo o passado poderia ser visto de diferentes maneiras. Numa casa nova, ele talvez viesse em sua integralidade, ainda que requerido em roupas mais leves, como a brisa que entraria pela janela da sala nova que começava a reerguer, mesmo que ainda não a sentisse como algo real.

A esperança sopraria as minhas cortinas.

39.

Fechei as janelas, gostava de dormir sabendo quem era *yo* no breu, imaginando situações distantes da vida lá fora, o café que perfumava os corredores, as cortinas que se agitavam pelo vento que entregava todos os dias caminhando pela minha rua. Reconstruir a casa não estava sendo fácil, porque era também preciso me reerguer às vistas de pessoas que *yo no sabía* quem eram, solitário no dever de seguir adiante, de aceitar a vida como ela quisesse ser.

Os pedestres que faziam fila na tabacaria, a moça que trabalhava na livraria onde comprei um livro que li desde o mês passado, livro que carreguei por aí até a tarde de um aguaceiro que inflou as palavras até deformá-las, tornando-as extraordinárias. Todos continuavam com suas rotinas sem que a minha em nada as interferisse. Fiquei repetindo para mim mesmo que a poesia viveria, como também *yo*, nas tripas de um animal que nem sabia se vacinado era. Ali, no escuro do quarto, se forçasse um pouco mais as minhas vistas, conseguiria pelo menos ver com clareza a ideia de um lençol branco e limpo na expectativa do conforto em algum momento. Conseguiria ver as paredes tomando forma aos poucos, dia após dia. A minha casa, o meu corpo.

O ano virou, não houve colapso nos softwares dos computadores, os sistemas operaram a partir do desejo humano. É pena que não funcionasse com outros humanos e seus sistemas operacionais. Entramos no milênio e fomos rápidos com a obra, não tinha tempo e nem dinheiro a perder. À medida que ela tomava forma, nua e tímida, o amanhecer dos meus vizinhos parecia bonito e leve como as borboletas, o bairro voltando a uma vida pacata. Mas, no lado de cá, o distúrbio da vida era como se ouvisse choro de cachorro sempre que pensava em Miguel e no amor que sentia por ele e que ele sentia por mim.

Houve um tempo em que, para o mundo, não havia estradas. Hoje sobram as estradas e o mundo parece ter se encolhido. Antes, sobrávamos em outras pessoas e podíamos conquistar fronteiras nelas. *Pienso yo* que haverá ainda um tempo em que, para as distâncias, não fará falta mais a vontade de percorrê-las, tudo na palma da mão e na solidão de um quarto do pânico social. Não obstante, no momento do meu retorno, sobrava-me a pressa de alicerçar-me no presente, enquanto fitava a superfície de todas as coisas que me rodeavam.

Usei parte das minhas economias para levantar a casa, mas como um investimento em minha própria vida. Sedimentar todas essas memórias e fazer delas algo que me protegesse em vez de me atacar, em vez de se impor para mim como um castigo. Deixar que o tempo tomasse seu rumo e caminhasse com passos aveludados sobre um chão áspero que acolhera muitos mortos, inclusive os meus, porém não ainda a mim.

Às vezes, pensava que o câncer *era yo*, me esparramando pela vida das pessoas, acelerando o processo de definhamento. Chegava quieto, calado, para depois exigir o grito e a agonia.

Então me lembrava de *mi mamá* dizendo que *Dios* nunca dizia não e que, em vez, Ele dizia que ainda não, como se se animasse com a tristeza alheia, com a ansiedade, sentindo prazer na angústia da expectativa que nós humanos sentimos. Era um eco forte e eterno das fraquezas das pessoas, também das minhas.

Cada tijolo assentado, cada cimento seco, cada parede alinhada, depois dos telhados terem sido fixados, as cores, o pátio erigido, como se *yo fuera* um pássaro que costurava seu ninho ou que o fazia para fechá-lo com barro, sufocando tudo o que ele representava para ser, por fim, o que era. Queria ser maior, sem vento ou montanha que impedisse a pressa dos meus dilúvios a transformarem as minhas noites em terras arrasadas de lembranças, mas férteis para que a vida delas brotasse.

Queria ser maior no universo do pensamento das palavras contadas, sem perder, com elas, a minha voz. Talvez, por isso, no meio de tantas bocas, revirava o estômago em busca das lembranças que aqui vão sendo lidas, dando entendimento aos meus causos, como costumavam dizer lá no Goiás. Gritava por dentro e, fora, alguém haveria de me ouvir. Calar-me, jamais! Germinava essa semente de liberdade no gosto daquilo que quase foi, enquanto o perfume da minha vontade persistia na pele que me restava sedenta sem o toque do meu peão.

A casa ficou pronta. As paredes, entretanto, esperaram pelos quadros por algum tempo mais. Havia poucos anos, as samambaias figuravam dependuradas na tamarineira e a música estava sempre presente. Outra casa, outra vida. Passei *yo mismo* a cantar toda vez que passava pelo portal e, com isso, ia desenhando uma nova possibilidade de pertencimento, como se eu fosse *una nueva mamá* para uma vida que engatinhava.

Cuidaria de mim e de tudo o que *yo* era, sem resumir-me, sem me arrepender.

Fui vivendo, assim, na dinâmica da minha desordem, que uma hora encontraria minha lógica. A cidade tinha tanto movimento que nela parecia que às vezes nada acontecia. Se acontecia, *yo* não conseguia ver, porque acordava sempre às três horas da manhã com suores de sonhos estranhos, apalpando o meu sexo e tudo o que tinha me sobrado para garantir que estava vivo. Aí dormia até tarde, exausto das trevas e dos assombramentos.

Noite passada, por exemplo, debaixo de minha cama, sonhei que uma árvore era empurrada contra mim por um ser irreconhecível. Estávamos *Miguel y yo* em uma igreja, correndo ao redor de um altar abandonado. Uma senhora olhava para nós através de uma porta com vitral e, dentro da sacristia, era como se dormissem os meus monstros, como o Zé sentado numa cadeira de balanço. Então, como se nada, Miguel era agarrado por dois homens e elevado ao altar, dependurado em uma cruz, longe de ser *el Hijo del Hombre*. Estava lá muito mais pela exposição da carne da qual esses monstros se alimentavam, enquanto Zé se masturbava. A imolação sempre foi atividade das mais sagradas até que as sociedades passaram a chamá-la de fetiche, o que acaba sendo a mesma coisa, apesar dos referenciais.

Quando acordei, o quarto não estava tão escuro quanto o corredor do lado de fora. O guarda-roupa, a poltrona de leitura ao lado de uma mesinha de canto com um rádio-relógio que estava acompanhado de um livro de muitas páginas, coberto por uma capa dura, ao lado de um abajur. Tudo no meu quarto era tão imóvel quanto a mim mesmo estirado na cama, recém--desperto daquele sonho paralítico.

Fechei e abri as pálpebras com muita rapidez, buscando algum referencial de presente. Por um minuto, apavorei-me pensando que tivesse perdido a visão e os membros do meu corpo, preso à cama sem qualquer explicação plausível. Então, ajustando-me na minha hiperventilação, não soube dizer se estava delirando ou se a metafísica permitia que o visse e o cresse. Mas, na porta do quarto, quando virei o rosto, *yo* vi a *mi papá* me vigiando o sono, com aquela expressão terna de saudade contida, coisa que qualquer *hombre* sente sem saber demonstrar com naturalidade.

— Conte-me das coisas que tenham vida, *mijo*.

— *A mi me gustaria* de viver, *papá*!

Viver com os meus mortos.

Preparei o tempo, lavei o sal dos olhos. Desconfiei de uma xícara de chá, nada mais que ar ou café no oco da boca, do beijo do meu Miguel que inexistia. Realmente estava desperto. A preguiça da vida foi me amando como eles me amaram um dia e eu os via, porque vivia e eles não.

Sentei-me na beirada no colchão. Não sabia por onde começar, muito menos como deveria prosseguir. Talvez fizesse uma lista. Procurei o banheiro que ficava detrás de uma porta do outro lado do cômodo, como se fosse uma saída para os fundos da casa, onde a tamarineira sombreava tudo, sobrevivente a todos nós, e que, quando fosse época, encheria toda a casa com o odor de fruta a cumprir com seu destino.

Atravessei o meu jardim recém-refeito e me sentei à margem de minha fonte reconstruída, onde muitas vezes vi *mis viejitos* cantando ou dançando, passarinhos se banhando, rãs se refrescando. *Era yo* quem lá agora estava sentado de forma desconfortável, mas conformado com essa que seria para sempre a sensação de viver sozinho: a dor nas costas de quem nunca se sentou direito na vida e de quem carrega o peso de sua biografia.

Tinha no meu colo o meu computador, no qual comecei a escrever o que imaginei ter sido aquela primeira manhã rumo à tragédia:

La tierra amaneció con aliento de lluvia...

Depois que o fiz, tudo aqui em casa se revirou ao ponto de voltar cada minuto no passado, como se uma imagem se sobrepusesse à outra, à outra, até que, em cada palavra que *yo* digitava, imprimia um tanto de cada uma de minhas vidas passadas buscando o caminho da futura. Todos os mortos que vieram antes de mim, por mim, comigo e para mim foram se embrenhando pelas minhas frases e parágrafos.

Antes que pudesse voltar à cozinha, que se consumia no vapor dos cozidos que havia deixado na panela e no cheiro pesado de muitos alimentos sendo preparados ao mesmo tempo, pensei no meu Miguel, no verde apagado do escuro de suas pupilas. Na fumaça que saía do caldeirão, todos os sabores que pegamos com uma grande colher de pau, revirando os ingredientes que compartilharíamos num festim. Meu vaqueiro, minha Maria, meu antídoto, para sempre conectado comigo.

O cheiro era latino e era sertanejo. Talvez esse fosse o efeito que a magia provocava em quem dela se beneficiava. A maldição talvez fosse a gula. Comer, comer, comer, comer e comer até que o futuro chegasse como uma imensa diarreia, sem refreio, sem jeito, apenas a natureza a agir na ordem das coisas. Enquanto escrevia e cozinhava, ouvindo o chapinhar da água escorrendo da fonte, deixei-me perdido na narrativa.

Fiquei assim durante um tempo, até que ouvi a sua voz:

— Tenho que ir embora, *alma mía*. Me deixa ir, por favor...

Olhei para uma samambaia queimada, desejando que a chuva, em vez de cair, brotasse ficando com suas raízes presas nas nuvens, como se todos nós, pelo menos os que vivíamos, estivéssemos de ponta-cabeça vendo a chuva como se fossem árvores que balançavam ao vento. Também imaginei como as pessoas se protegeriam com os guarda-chuvas das ameaças das calçadas soltas, sujas, enquanto os ônibus dariam movimento aos céus feito aves e as ruas se desfazendo como nuvens. No entanto, eu não estava louco.

Eu ouvia mesmo a voz de Miguel.

A impressão que tenho é que, ficando vivo, tinha passado a fermentar o tempo, cultivando em cada uma das horas tanta energia que, sem menos ou mais, elas se deixariam explodir em meu rosto, sem que houvesse remédio no mundo capaz de me tratar e curar esse tipo de queimadura. Mesmo se meu peão não existisse, eu sentiria a falta dele. Que merda de vida eu teria tido se não o tivesse em mim.

Buscava ver de onde vinha a voz. É fato que ali estava ele de novo, meu amor, em minha casa, em mim como o seu lar, o seu espírito que, por fim, conseguia enxergar para além de nossas ficções. E ele me sorria, deitado em paz no colo de *mi mamá*, que acariciava com ternura os seus cabelos, dando-lhe beijinhos que pareciam ser o único remédio para essa secura de boca que sentiam os meus sorrisos guardados até agora e que renasciam no meu rosto enquanto *yo* via a eles dois tão íntimos e amorosos.

— Perdoem-me se não soube enxergar para além da minha dor, para além deste que poderia e quis muito ter sido, mas não fui para nenhum de vocês — *yo dije.*

Miguel se levantou do colo de *mi mamá* e caminhou até o meu lado. Sentou-se comigo, na fonte, abraçando-me e tentando não mais escutar as melodias das molas das camas do Mão Amiga, das cadeiras arrastadas no piso de cimento queimado e encerado de nosso passado, desfeito de sua alma rançosa, enfim. Lá fora, na rua, *hombres y mujeres* que tinham maridos e s esposas, que tinham filhos, todas as pessoas que talvez soubessem sobre coisas que a nós dois já não mais importariam, dando-nos, por fim, a misericórdia do perdão.

A casa respirava, enquanto a luz do dia ia se apagando no relógio. Meu amor me olhava como se estivesse detrás daquela janela, parado, sorrindo, mas aqui, encostadinho no meu ombro, tão cheiroso quanto como era quando saia do banho, tão caramelo à luz daquele sol que nos beijava, quando deitamos nus no edredom no quintal e ele usava o meu chapéu. Ele me deu, então, um beijo demorado e definitivo, passou o dedo pelos meus lábios, limpou a minha lágrima e me cantou:

"Tú me acostumbraste a todas esas cosas
Y tú me enseñaste que son maravillosas,
Sutil llegaste a mí como una tentación
Llenando de inquietud mi corazón

Yo no concebía como se quería
En tu mundo raro y por ti aprendí
Por eso me pregunto al ver que me olvidaste
Por que no me enseñaste cómo se vive sin ti"

— Mas eu não me esqueci de você, Miguel...

— Eu sei.

Nós dois, como se caminhássemos com os pés de uma criança que brincava com o jato de água na pequena fonte, abandonados na história com aquilo que nos sustentava na vida, nos consumávamos e nos assumíamos para sempre abraçados como nunca no milagre de nosso encontro. Ele e *yo* fomos e sempre seremos uma caixa de lápis coloridos, apontados de forma descuidada, talvez até gastos à metade, mas repletos de tonalidades que dão nitidez e saturação ao que fizemos de possível com a vida.

Enquanto nós dois dançávamos a nossa música, avaliávamos o risco iminente do choro. Não queria chorar, só que meu coração, como um petardo de dúvidas, transbordava com o sangue confuso errando de veia e se perdendo. Passamos a pensar em coisas que não escutávamos. Como se precisasse partir e *yo* numa tela em que o artista retratava a solidão, sentado ali, sem muita força, uma imagem burocrática dessa profissão cansada de ser uma pessoa que ama. Então Miguel se sentou no meu colo.

— Podíamos ter sido muito, meu amor...

— Nós fomos, Miguel... De alguma forma, nós fomos.

— Eu preciso ir embora... ocê tem que me deixar ir.

Anui e ele então me encarou, como se estivesse detrás da janela, no escuro protegido de seu milagre, voltando para o lado de *mi mamá*.

Tudo o que vi e ouvi depois disso, enquanto eles se afastavam e partiam, quase felizes, definitivamente em paz, foi apenas a água que jorrava no meio desta casa que hoje *soy yo*, cheio de arbustos verdes, refeito à espera de seres humanos nas pedras deste caminho sobre o qual piso, cantando com uma voz desafinada e miúda, sem medo algum de conviver com aquilo que eu sou, meus buracos de alma, apesar de minha ignorância de não saber viver mais sem Miguel.

40.

O fim é apenas uma curva na história, quando os que a observam dobram o passado nas mãos e o sino avisa no alto azul da igreja que o amanhã sempre chega. As linhas não mais estão no frio da água que desce pelas bicas em algum lugar de onde sinto saudade. Não preciso pensar em voltar. Caminho, pé atrás de pé, adiante, para os lados, nunca para trás. Construo a ficção da vida da maneira que mais me convém, com dependência entre a vivência, a escrita e a imaginação.

Os mortos recuperam o cheiro do mato, ouvem o desejo da lenha queimando numa fogueira, enquanto, ao redor do mundo, *otros hombres* conversam, seus filhos se beijam e seguem contando estrelas. Com as raízes que brotam dos olhos de nossos defuntos comidos pelo chão, preenchemos as tocas das serpentes com melodia até que o barulho das cascatas de nossa felicidade sobreponha qualquer indício de desespero no chocalho das cascavéis. A vida não precisa de nós para perseverar, nós sim precisamos dela.

Depois, a natureza nos faz saber que todos descansaremos em paz em algum momento. Se o vento não viesse avisar da voz do peão, não o saberíamos e Miguel não descansaria em paz. E se não tivesse ido ao Brasil, quiçá das tempestades *yo* não colheria as histórias que iluminariam a minha embarcação neste vasto mundo líquido, em páginas que intencionam perpetuar a minha aventura na insignificância de minha existência.

Guadalajara mudou muito desde que fui embora. No entanto, ao voltar, havia algo nela que persistia, sem qualquer receio. Chapala, Colomitos e Zapopan seguem os mesmos de sempre, assim como o espírito da cidade tem mais do sabor daquele México que o mundo conhece, apesar de ser mais do que aquilo. Os mariachis, tão reconhecidos, nasceram típicos daqui e estão em todos os lugares. Quando cruzo a praça Pepe Guízar, lá estão eles tocando e cantando canções teimosas contra o olvido de quem somos. Passo ali a menudo, porque se a morte está para a alma mexicana como um rio, a música é o barco que nos faz navegar por ela. O caminho da água é como o tempo, indomável.

Três anos depois, em 2003, meu telefone tocou.

— *Señor*, recebemos uma correspondência em seu nome e, como nos instruiu, estou ligando para que possa vir buscá-la.

Agradeci à recepcionista do hotel onde morei nos meses quando a obra da casa ainda se erguia. Saí sem pressa, caminhando pela cidade, sentindo o cheiro de comida, do vento seco, de creme azedo, de mescal, o perfume que, em mim, recende de uma água de colônia, como se estivesse limpo e preparado para uma missa de domingo, de mãos dadas com *mi mamá*, caminhando pelas calçadas rumo à igreja, enquanto Miguel tomava um sorvete e me lambuzava de creme num beijo. Sentia-os grudados em minhas mãos, mesmo agora, que íamos separados.

Passei na farmácia do Centro Nacional para la Prevención y el Control del VIH y el SIDA, para renovar meus remédios. *Yo sigo bien* de saúde, me cuido e não tenho problemas. Até o hotel, tive que atravessar a praça dos mariachis. Ainda que para muitos fosse uma perturbação turística em suas rotinas de cidadãos, ousaria dizer que a qualquer um de nós aquele encontro nos fazia despertar das diferentes dimensões pelas quais vagávamos, recuperando-nos para o presente e laçando-nos no cotidiano como se fôssemos gado em disparada, inconscientes do que nos formava enquanto indivíduos.

Quando entrei no hotel, a recepcionista já me conhecia, sorriu de forma protocolar, abaixou e procurou algo. Achou com rapidez o que buscava e me entregou um envelope, que alisei com a mão, vendo o selo brasileiro. E, como a água que procura seu destino na terra, saí sem agradecer, arrastando com a força do meu anseio tudo o que no ar se pusesse contra mim, atordoado em ver aquele papel no qual estava escrito meu nome.

Sentia golpes na boca do estômago. Como se fosse uma televisão na qual zapeava com ferocidade, minha cabeça se deixou levar pelas imagens possíveis. A angústia é o rolodex de um espírito atormentado. Por duas vezes, mesmo caminhando, ensaiei rasgar a borda para ver o que havia dentro do envelope. Mas *yo* precisava me sentar, estabilizar minhas pernas e minhas mãos que tremiam. O que podia haver ali que não fosse Miguel?

Sentei-me num dos bancos da *Pepe Guízar*, em meio à loucura musical de grupos diferentes tocando cada um a sua canção, atraindo turistas e seus muitos pesos, o sustento de um dia a mais ou menos na festa recorrente do patriotismo que se celebrava e ainda resiste por meio dos rituais do caos, como diria o Carlos Monsiváis. Ali, entre os transeuntes, rasguei, por fim, o envelope, fechando os olhos enquanto retirava dele o conteúdo. Era um envelope simples e fino, nada que não tomasse posse do mundo na espessura de um papel. Na verdade, eram dois papéis, que guardei outra vez sem os ler.

Corri desenfreado até minha casa. Fechei a porta, como se houvesse a possibilidade de que me seguissem, me subjugassem, invadissem minha propriedade e arrancassem de mim tudo o que tinha. Olhei para os meus pés titubeantes, para o aparador onde havia uma imagem da Virgem de Guadalupe. Senti minha cabeça, o sexo, a feminilidade, a masculinidade, a vingança do corpo santo sobre a matéria humana. Ela me olhava, me analisava, me escrutinava e yo, *encorvado*, estava a ponto de pedir perdão pela fraqueza diante da autoridade. Por minha culpa, minha tão grande culpa, minha máxima culpa.

A Guadalupana tinha os olhos de Sandra. Ela era uma espécie de espiã, que anotava cada passo meu, cada ação, cada lágrima, cada vontade de tirar toda a minha roupa, de subir sobre o corpo sem vida de Miguel e de entregar a ele a minha própria vida, deixar escorrer de mim a seiva das minhas entranhas e ressuscitá-lo sem ajuda alguma, sem milagre divino, apenas com a minha vontade humana, o meu amor, o meu desejo de ser apaziguado outra vez pelos olhos verdes do meu peão. Três anos depois e era como se fosse receber Sandra, mais uma vez, às cinco e meia da manhã, me espancando com sua fúria.

Aos prantos, sem me perdoar, porque seguia tentando consertar meus erros, todo o peso daquele descompasso era um móvel a mais em minha casa, como se ele fosse a própria casa, molhando o dedo e me virando de bruços, lendo o que tinha escrito nas covas de minha cintura, vendo que as palavras respiravam, sobreviviam, mesmo quando arrumava por formalidade as coisinhas espalhadas por ali e aqui, dobrando a roupa limpa sobre a cama.

A impotência do relógio seguia, dessa forma, brigando com a claridade do sol causticante amolecendo a rua deserta à espera de um veículo pesado ou de uma mulher com bengala, sábia de mundo. Era o apocalipse de *ese hombre que yo era y que amaba a otro hombre*.

Não havia ninguém comigo. Pela janela, via um cachorro que, não sendo meu e dormindo na rua, espantava os bichos que o incomodavam, grunhindo debaixo de alguma árvore preguiçosa. *Era yo* quem deveria estar latindo enquanto consumia todas as lembranças do peão de olhos verdes, no toque de minhas mãos lascivas e cálidas, deitado ao lado de um envelope aberto que não tinha coragem de ler, ao lado de meu desamparo sobre a cama, me despindo das roupas e das angústias da vida, com o rosto apavorado, os olhos e a ferida na garganta abertos num vermelho cintilante, o corpo do meu homem, do meu vaqueiro, aquele que também era de Maria, a mãe de todos.

Precisava tomar um banho, sair do torpor. Abri a torneira. Desvesti-me de minha imagem, me via apenas na dele e, enquanto o banheiro se nublava, ajeitava as coisas sobre a pia, pois e se ele voltasse? Organizei os vidros de perfume, ajeitei o tapete. Liguei o aparelho de som, porque nessas horas qualquer trompete haveria de servir de companhia até, por fim, sentir a água a me lamber os vincos do corpo.

"... Yo era muy feliz, o vivía muy bien
Hasta que te conocí
Vi la vida con dolor..."

No vidro então desenhei Miguel na ponta do meu dedo e as mãos, o vapor, a água, a falta que ele me fazia, o sabonete, o cheiro, o pensamento, o desejo, a humilhação, a saudade, os movimentos, o açúcar de sua pele, os olhos revirados, os meus gemidos e, por fim, o meu gozo de dois, três, quatro jatos de eu-te-amos engasgados, engrumados de tão guardados que estiveram, tudo ali pastoso na superfície de um box ensebado. Deixei então de ver por alguns milissegundos, de perceber a realidade, até quando um cheiro intruso de coisa amanteigada, descendo pelo ralo e alimentando os esgotos, se misturou à imagem do envelope que, sobre a cama, repousava contendo os dois papeis aos quais estava evitando.

Deixei, por isso, as cigarras entrarem no quarto. Havia muito espaço para todos nós. Que cantassem, que chorassem. A solidão é o orvalho que cobre o rosto daquele que implora, a pele sobre a qual cresce um matagal castanho, bonito e denso, e que o dá um ar selvagem, primitivo, humano. Depois de mim, não fosse por esta história que agora escrevo, ninguém nunca mais ouviria falar de Miguel, de Sandra, do Mão Amiga, dos meus fantasmas. No calor do poente, sinto que a alma deste texto que agora vai se terminando estará para sempre menstruada e fértil.

E, assim, sobre a cama, enrolado numa toalha, com o corpo salpicado de gotinhas d'água, tomei a correspondência nas mãos e me supus ter a coragem que não achava que tivesse.

O primeiro papel era um recorte de jornal. Com data recente e impresso na capital de Goiás, uma foto de meia página na qual se vê o Zé tentando tapar o rosto com as mãos algemadas e a notícia que informava sobre a prisão do comerciante por estupro e tortura de vulneráveis no interior do estado. Enquanto seguia lendo a matéria, me informava de que Zé, já muito adoecido, teve que ser internado para tratamento imediato, assim como a esposa, que estava em situação grave no hospital. O jornal recomendava ainda a todos os que tiveram alguma forma de contato sexual com o indivíduo que buscassem o posto de saúde para testagem e exames, recomendando que HIV ainda não tem cura, mas tem tratamento e qualidade de vida. A ignorância e o preconceito continuavam mais danosos.

Já o segundo era um bilhete simples escrito por Sandra num papel de guardanapo fino, quase uma seda, e com uma letra miúda, sucinta, tendo uma mancha circular na borda direita, como se fosse uma digital engordurada. Em cada laço que as letras iam dando em si mesmas, entendi o que sobrava em minha imaginação. No bilhete, apenas três palavras que, enquanto o braço macio e carinhoso de Miguel pousava sobre o meu ombro me assegurando que o perdão, por fim, estava no horizonte, eram uma confirmação que fazia todo o sentido do mundo:

Não foi ele.

agradecimentos do autor

Agradeço ao Tiago Rendelli, meu editor, e aos seus parceiros Debora Rendelli e Wladimir Vaz por fazerem da Urutau um lugar de possibilidades e sonhos; à Marcella Sarubi, pela revisão e pelo testemunho minucioso da evolução do autor; à Jarid Arraes, cuja leitura crítica foi essencial para algumas das decisões narrativas que tomei, além de sua amizade e generosidade; à Isabel Araújo, minha amiga de infância, experiente em cana-de-açúcar, que me satisfez muitas das dúvidas que tive ao longo do processo sobre a cultura que faz parte de nossa história de vida; ao Carlos Raffaeli e ao Eduardo Madella, amigos e leitores beta do texto, pelos apontamentos e sugestões — Carlos, em especial, pelo incentivo ao título que dei; ao Aramyz, pelas trocas diárias, especialmente nos momentos finais antes do prelo; Fernando Rinaldi pelos braços abertos e paciência com áudios longos e repletos de cacos num momento crucial deste romance; ao meu grupo de amigos da faculdade, Rodrigo, Erika, Hebert, Renato, Maria Cristina, Eduardo, Ana, Tiago, Lorena, que me sugeriram muitos nomes possíveis ao meu bordel "Mão Amiga"; ao Alex, pelas vezes em que falei sobre Ernesto e Miguel sem que ele entendesse, necessariamente, das minhas desorganizações; aos meus familiares e amigos que me acham um escritor digno de sua fé e um humano merecedor de seu perdão pelas ausências e silêncios.

Agradeço a todos os meus leitores, sejam os que chegaram no meu primeiro romance *Sem mim não há dia*, sejam os que estão chegando agora, todos com alguma esperança de encontrarem no meu texto uma chispa que acenda suas almas. E à comunidade literária que, por fim, me dá uma sensação inédita de pertencimento buscada desde que era criança, à qual agradeço nas pessoas destes amigos e amigas escritores: Marcio Markendorf, Thiago Loureiro, Ubiratan Carvalho Costa, Pedro Jucá, Marco Severo, Glória Diógenes, Marcela Fassy, Arthur Simon, Natércia Pontes, Thiago Hanney, Marcia Barbieri, Aliedson Lima, Brenno Costa, Renata Belmonte, Liana Ferraz, Gabriele Rosa, Rafael Amorim, Pedro dos Santos, Daniel Fraçoli Yago, Danilo Brandão, Roger Rocha, Flávio Luís Sousa, Paulo Roberto Farias, Mark Cardoso, Natalia Timerman, Nara Vidal, Jordan, Giovana Proença, Vinícius Galindo Farias, Thiago Sobral, Leonardo Nunes, Sidonna, Álvaro Cúria e Luiz Gustavo Medeiros.

Este livro é dedicado aos meus cinco afilhados que, como homens em formação, têm a chance também de abandonarem uma tradição cultural de preconceitos e violências que deixou marcas ainda latentes nesta criança que carrego em mim por eu ter nascido um homem gay e goiano. Que eles sejam adultos amorosos e gentis com todos os que cruzarem seus caminhos e que se superem na ideia limitante do que é ser "homem de verdade".

Fellipe Fernandes F. Cardoso (1984)

nasceu em Goianésia, Goiás. Criança, já se sentia velho. Formou-se jornalista pela Universidade Federal de Goiás em 2005, especializou-se em cinema, escrita criativa e, depois, em gestão de recursos humanos, área na qual tem MBA pela Fundação Instituto de Administração (FIA). Fez carreira em São Paulo como executivo na área de pessoas com foco em educação corporativa e desenvolvimento humano em multinacionais. Escreve porque a vida é ficção, tem fé na literatura e nas vozes de sua cabeça. Quis ser diretor de cinema, maestro de banda de coreto e dono de boate de rodovia. Vive em São Paulo, dorme mal, mas sonha bem. Tem ilusões de aposentar-se para romancear as manhãs ao ouvir passarinhos, aguar as plantas e buscar palavras que tentem explicar o que há por detrás das coisas que pensamos conhecer. Seu primeiro romance, *Sem mim não há dia* (Editora Urutau), foi livro semifinalista do Prêmio Oceanos 2024.

EDIÇÃO
tiago fabris rendelli
wladimir vaz mourão
COORDENAÇÃO DE REVISÃO
debora ribeiro rendelli
REVISÃO
victor negri
PROJETO GRÁFICO
wladimir vaz mourão
DIAGRAMAÇÃO
victor azevedo

editado em abril de 2025

Dados Internacionais de Catalogação na Publicação (CIP) de acordo com ISBD

C268t Cardoso, Fellipe Fernandes F.

Uma tragédia latino-sertaneja / Fellipe Fernandes F. Cardoso. - Cotia : Urutau, 2025. 356 p. ; 14cm x 19,5cm

ISBN: 978-65-5900-958-9

1. Literatura brasileira. 2. Prosa. I. Título.

CDD 869.985
2025-1552 CDU 869.0(81)

Elaborado por Vagner Rodolfo da Silva - CRB-8/9410

margem sul & américa do sul, do sal e do sol

URUTAU 10 ANOS